KB167360

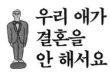

우리 애가
결혼을
안 해서요

우리 애가
결혼을
안 해서요

가키야 미우 장편 소설
서라미 옮김

흐름출판

1

새해 벽두부터 맥이 풀린다. 모리코가 보낸 연하장 때문이다. 읽을 때마다 위가 묵직해진다. 그걸 알면서도 후쿠다 지카코는 질리지도 않는지 연하장을 손에 들고 몇 번이나 뚫어져라 바라봤다. 연하장 하단에는 개띠 해답게 달마티안 세 마리가 인쇄되어 있다. 그 아래 좁은 여백에 조심스레 글자가 나열되어 있다.

리나가 결혼을 합니다.

까닭 모를 억하심정이 몸속 깊은 곳에서 스멀스멀 북받쳐 올랐다. 모리코, 거짓말이지? 말도 안 돼. 리나가 결혼한다니 대체 무슨 소리야? 너랑 나랑 마지막으로 본 게 작년 초여름이었어.

아직 반년밖에 안 지났다고.

방에는 아무도 없는데 마치 모리코에게 보여주기라도 하듯 지카코는 크게 한숨을 쉬었다. 그러곤 연하장을 움켜쥔 채 소파에 몸을 던지듯 털썩 앉아 눕다시피 등을 기댔다. 그날은 분명······. 지카코는 정면 벽에 시선을 멈추고 애써 기억을 더듬었다.

그날은 분명······ 더운 날이었다. 이케부쿠로에 있는 빵집 2층 찻집에서 모리코와 둘이 아이스커피 한 잔을 시켜놓고 세 시간이나 눌러앉아 있었다.

"어쩜 좋니? 다음 생일이면 리나가 벌써 서른셋이야. 이대로 가다가는 평생 독신일 거야."

모리코의 이 말을 시작으로 서로 딸의 앞날에 대해 진지하게 이야기를 나눴다.

"우리 도모미도 스물여덟이나 됐어."

"아직 한창때잖니. 20대라니 부럽기만 한데."

"한창때도 아니야. 우리는 그 나이에 벌써 결혼을 했잖아. 눈깜짝할 사이에 서른이라고."

생활협동조합에서 마련한 〈노후의 경제〉라는 강연을 듣고 오는 길이었다.

앞으로 연금액은 점점 줄어들 겁니다. 의료비 부담은 커질 테고요. 아시다시피 한번 취직했다고 정년까지 보장되는 세상은 이제

사라지고 없습니다. 거기다 머지않아 암이나 당뇨를 유전자 단계에서 치료하는 세상이 온다고 하니 곧 100세까지 사는 게 흔한 일이 될 겁니다. 여러분, 노후자금은 충분하신가요? 마지막에 기댈 곳은 역시 가족입니다.

"오늘 강연을 듣고 나니까 리나가 앞으로 어떻게 살지 더 걱정이야."

"나도."

생활협동조합에서 보낸 공지 메일을 보고 강연을 듣기로 한 건 남편과 보내야 할 노후가 불안해서였다. 하지만 강사의 이야기를 듣고 나니 정작 자신들보다 딸의 앞날이 더 걱정스러워졌다.

도모미는 외동딸인 데다 월급이 많지 않아 저축이라 할 만큼 모아놓은 돈도 없다. 지금은 자신들 부부가 건강하니 괜찮지만, 언젠가 부모뿐 아니라 친척 어른들도 먼저 세상을 떠날 것이다. 홀로 남겨진 도모미가 제대로 생활할 수 있을까? 꼭 돈 문제만이 아니다. 혼자 남은 도모미가 외로움을 견딜 수 있을까? 돌이켜보면 정부가 발표한 '만혼화'라는 표현은 눈 가리고 아웅이다. 그 말은 이제 '평생 독신'으로 바뀌어 있다.

"세상이 변했어. 주변에 여자는 결혼해야 행복해진다고 말하는 사람이 있니? 없지. 결혼해봤자 고생만 할 게 뻔하거든. 오히려 혼자 사는 사람이 더 행복한 것 같지 않니? 마유미를 보면 딱 알 수 있잖아." 모리코는 동의를 구하듯 말했다.

　마유미 역시 대학교 시절 동기로, 졸업 후 대형 항공사 객실 승무원이 되어 57세가 된 지금까지도 해외를 누빈다. 일 년에 한 번꼴로 셋이 식사를 하는데, 마유미는 자신이나 모리코와 달리 아줌마가 아니다. 그렇다고 머리끝에서 발끝까지 돈을 처발라 나이를 가늠할 수 없게 치장한 골드미스도 아니다. 햇볕에 그을려 기미와 주근깨가 가득한데도 화장을 짙게 하지 않고 나이답게 주름도 있다. 일 년 내내 민소매 옷을 즐겨 입는데, 젊었을 때는 상상도 못 할 만큼 굵어진 두 팔뚝을 드러내는 데 스스럼없다. 그런데도 여하튼 눈이 반짝반짝 빛난다. 회사 생활을 하느라 힘들 텐데도 만날 때마다 발랄하게 웃어 주변 사람까지 건강하게 만드는 힘이 느껴진다. 듣자 하니 요즘은 취미인 스킨다이빙에 빠져 있다고 한다. 그것도 쉰이 넘어 시작했다니 놀라지 않을 수가.

　"마유미의 활력은 압도적이지." 모리코가 말했다.

　"정말 그래. 학교 다닐 때 우리 셋이 어떻게 친해졌나 싶을 때도 있어."

　"그러니까. 꿈만 같지 뭐. 지금은 우리랑 사는 세계가 전혀 다르잖니."

　"마유미가 부럽기는 한데, 행여 내가 독신으로 계속 일했어도 마유미처럼 되지는 못했을 것 같아." 지카코는 솔직한 마음을 털어놓았다.

　"나도 그렇게는 못 했을걸. 마유미가 대단한 거지. 자유를 만

끽하면서 노후도 착실하게 준비하고."

마유미는 같은 직장에 다니는 마음 맞는 독신 여성 다섯 명과 함께 노후를 보낼 생각으로 벌써 이즈(시즈오카현 동부에 있는 반도로 해안과 온천이 유명하다―옮긴이)에 땅을 사놨다고 했다.

"그래서 이런 생각도 들어. 리나가 독신인 게 꼭 걱정하고 잔소리할 일은 아닐 수도 있겠다. 마유미처럼 평생 독신으로 즐겁게 사는 본보기가 가까이에 있으니까."

"음, 그건 그렇기는 한데……."

맞장구치면서도 마음속에 의문이 남았다. 독신 여성들이 노후에 의지하며 함께 산다는 이야기는 요즘 여성 잡지에 자주 등장하는 내용이기도 하다. 하지만 누구나 그런 무리를 만들 수 있다고 생각하면 큰 오산이다. 마유미처럼 사교적이고 사람을 끌어당기는 활력 있는 여성이라야 친구가 모여든다. 게다가 늘 시원시원하고 밝아 보이는 마유미는 알고 보면 속도 깊어서 그런 생각을 안이하게 했을 리 없다. 아무리 사이가 좋아도 한 지붕 아래 살다 보면 갈등이 적지 않게 마련이다. 사이가 멀어져도 금세 회복할 수 있는 관용을 갖춘 지적이고 성숙한 여자들로만 다섯 명을 모은 것이 틀림없다. 물론 다섯 명 모두 저축도 상당히 해두었을 것이다. 마유미는 그만큼 현실적이고 빈틈이 없다. 도모미가 과연 그럴 수 있을까? 생각하고 말 것도 없다. 불가능하다.

"꼭 결혼해야만 잘 사는 건 아니지. 리나의 친구들도 아직 아무도 시집을 안 갔고."

"음, 도모미의 친구들도 거의 독신이기는 한데……."

정말 그럴까? 계속 미혼 상태라면 결혼한 친구들과는 멀어지게 마련이다. 특히 아이가 태어나기라도 하면 바빠져 연락이 끊기기 쉽다. 지카코에게도 그런 기억이 있다. 육아에 집안일에 회사까지 다니느라 바쁜 나날 속에 나를 위한 시간은 없었다. 주말에 독신인 친구가 만나자고 해도 "미안하지만 바빠서"라고 거절하기 일쑤였다. 학창 시절 친구들과 다시 만나게 된 것은 육아가 어느 정도 마무리된 40대 중반부터였다. 그마저도 만나는 친구들은 자녀가 있는 친구가 대부분이다.

"괜찮겠지, 뭐. 어떻게든 될 거야. 이렇게 생각해야 마음이라도 편하지."

모리코의 말에 불안이 조금 누그러지는 듯하다. 무엇보다 독신자가 더는 소수가 아닌 시대라는 사실에 마음이 놓인다.

"모리코, 손자가 생기면 그렇게 예뻐?"

모리코에게는 리나 아래로 29세가 된 남동생 요헤이가 있다. 도쿄대학교를 나와 도쿄도 내 시청에서 근무하는 요헤이는 시원시원한 스포츠맨 스타일이다. 잘하면 사위가 될 수도 있겠다고 생각했는데 대학교를 졸업하자마자 동아리 친구와 결혼해 벌써 한 아이의 아빠가 됐다.

"그럼, 손자가 예쁘긴 하더라. 리나도 '리나 고모라고 불러' 하면서 귀여워하고. 근데 리나가 이러는 거 있지. '엄마, 손자도 봤으니까 나까지 결혼 안 해도 되겠지.'"

"리나는 결혼 안 해도 먹고살기 충분하잖아. 증권 애널리스트라 연봉도 높고."

"돈 때문에 곤란할 일은 없겠지만, 그래도 살다 보면 언제 무슨 일이 생길지 모르잖아. 평생 건강하게 일할 수 있는 것도 아니고. 그래도 도모미는 괜찮지 뭐. 이러니저러니 해도 아직 20대잖아. 요즘은 그 정도면 초조할 것도 없어."

이야기를 나누다 보니 어느새 서로 위로를 주고받고 있었다.

그때 왜 서로를 위로했을까? 어떻게든 되겠지 하면서도 둘 다 불안감을 떨치지 못했기 때문이 아닐까?

리나가 결혼합니다.

지카코는 질리지도 않는지 연하장의 작은 글자를 바라봤다. 모리코와 그런 이야기를 나눈 지 반년밖에 안 됐는데…… 평소 같으면 곧바로 전화를 걸어 축하해주었을 것이다. 예를 들면 이렇게. '리나 결혼한다면서? 정말 축하해. 잘됐다. 사위 될 사람은 어떤 사람이야?' 아니면 눈치 보지 않고 솔직하게 기분을 털어놔도 좋으리라. 물론 농담을 섞어서. '나랑 딸 걱정한 게 엊그제인데 결혼이라니 어떻게 된 거야? 혼자만 쏙 빠져나가고 너무했다. 그래도 일단 축하한다고 해야겠지. 그런데 두 사람은 어떻게 알게 됐대?'

마음속으로 몇 번이나 할 말을 찾아봤지만, 도무지 전화를 걸 마음이 들지 않았다. 메일을 쓰고 지우기를 반복하다 역시 솔직하지 못하다 싶어 보내지 않았다. 배신감을 떨칠 수 없었다. 전화로 말해줄 수도 있지 않나. 연하장에 깨알 같은 문장 한 줄로 적어 알린 건 아무래도 심했다. 미안해서 연락을 못했으려니 생각하기로 했다.

그런데 그 말은 곧 부모는 자녀가 결혼해야 비로소 육아에 성공한 것이라고 모리코 스스로 생각하고 있다는 증거가 아닌가. 리나의 남동생 요헤이는 진작 결혼해 아이가 있다. 이번에는 장녀인 리나도 결혼을 한다. 모리코가 부모 노릇을 다했다고 말할 만도 하다.

기다리는 사람은 올 줄 모르고.

제비뽑기 따위 하지 말걸. 새해 첫날 산책할 겸 지카코는 남편과 함께 동네 신사에 갔다. 평소 제비뽑기 같은 것은 쳐다보지도 않았다. 작은 종잇조각 하나에 200엔이나 받다니. 신사도 장사참 잘하네, 라고 주고받는 것이 우리 부부의 설날 연례 행사였다. 그랬는데 올해는 어쩌자고 마음이 흔들렸을까.

2

설 연휴가 끝나고 모처럼 출근한 날, 퇴근길에 카페에 들렀다. 일주일 만에 출근했더니 너무 피곤해서 집에 가는 길에 휴식이 필요하다 싶었다. 창가 자리에 앉아 뜨거운 코코아를 마시는데 어디선가 달그락거리는 그릇 부딪치는 소리가 들렸다. 무심코 눈을 돌리니 퇴근한 것처럼 보이는, 머리가 희끗한 50세 전후의 여자가 접시 위에 놓인 샌드위치를 일일이 분해하는 중이었다. 그 옆에 젊은 여자 점원이 서 있었다.

"오이는 빼라고 했지?"

여자는 샌드위치 속 재료를 검사 중이었다. 접시 위에는 마요네즈가 잔뜩 묻은 토마토와 양상추와 베이컨이 뒹굴고 있었다. 원래 모습은 온데간데없이 사라진 채 빵은 여자의 손바닥 위에 올려져 있었다.

"오이는 빠졌을 텐데요."

여자 점원은 웃음기 없이 대답했다. 잠시 후, 여자가 "됐어, 합격"이라고 말하자 "맛있게 드세요"라며 여자 점원은 가면을 쓴 듯 딱딱한 얼굴로 인사하고 자리를 떠났다. 질렸다는 표정이 드러날 뻔했는데 간신히 참았다는 얼굴이었다. 여자가 문득 눈을 들어 가게 안을 둘러보기 시작했다. 그 시선이 이쪽으로 향하기 직전에 지카코는 스마트폰으로 눈을 돌렸다.

저런 여자를 볼 때마다 무서워진다. 저 여자는 분명 회사에서도 괴짜 취급을 받고, 주변 사람들도 얽히고 싶지 않아 하며 늘 멀찍이 대할 것이다. 점심시간에 같이 점심 먹으러 가자는 사람이 한 명도 없을 게 분명하다. 카페 안을 둘러보는 척하며 다시 한 번 힐긋 여자를 봤다. 희끗희끗한 직모가 이리저리 뻗쳐 있고, 겨자색 스웨터는 목과 밑단이 해어졌다. 회사에서뿐만 아니라 일상생활에서도 고립되어 있는지도 모른다.

"어이, 미용실도 좀 다녀. 이상한 사람처럼 보인다고."

남편이 있다면 분명 그렇게 충고했을 것이다.

"엄마, 그 스웨터 좀 갈아입지? 그 옷 입고 내 친구들한테 인사하지 마."

딸이 있다면 그렇게 말하며 핀잔을 주었으리라.

"더 깔끔하게 하고 다니는 게 좋을 것 같아."

행여 독신이더라도, 친한 친구가 있다면 그렇게 주의를 주었을 것이 틀림없다.

"너 말이야. 일부러 점원을 불러 세워놓고 샌드위치 속 재료를 일일이 검사하는 그런 진상 같은 짓, 절대로 하지 마."

그렇게 말해주는 엄마도 형제자매도 저 여자에게는 없으리라.

지카코는 다 식은 코코아를 단숨에 들이켰다. 이런 상상을 말로 했다가는 다들 편견이라고 할 테니 입 밖에 낼 수는 없지만, 사실 꼭 편견이라고 생각하지는 않는다. 나이가 들면서부터 타인의 외모나 사소한 행동을 통해 그 사람의 평소 생활 태도와 상황을 꿰뚫어보게 됐다. 인생의 쓴맛과 단맛을 모두 맛본 중년 여자가 됐다고나 할까. 이대로 결혼하지 않고 외롭게 산다면 도모미도 저렇게 삐딱해질지 모른다……. 상상만 해도 눈물이 핑 돈다. 모리코는 그런 걱정에서 홀가분해졌다.

물론 혼자인 걸 좋아하는 사람도 있다. 지카코 자신이 그렇기 때문에 잘 안다. 결혼한 뒤에는 물론이고 결혼하기 전 연애할 때도 남편과 줄곧 같이 있다 보면 숨이 막히는 순간이 있었다. 아이가 태어난 뒤에도 혼자 있고 싶다는 생각을 수없이 했다. 하지만 1년 365일 내내 혼자 있어도 아무렇지 않으냐고 묻는다면 그렇지 않다. 외로워서 견딜 수 없을 때가 있다. 누구라도 그럴 것이다.

그러니…… 역시 도모미에게 가족을 만들어줘야겠다. 배우잣감으로는 형제자매가 있는 사람이 좋을 것이다. 친척이 많아야 무슨 일이 생겼을 때 마음이 놓인다. 이런저런 생각을 하다 보니

다시 조급함이 밀려왔다.

집에 돌아와 혼자 저녁 식사를 한 뒤에도 카페에서 본 여자 생각이 머릿속에서 떠나지 않았다. 물론 독신이라고 해도 다 같진 않다. 모두가 그렇게 되는 것은 아니다. 좋은 친구들과 함께 하루하루 충만하게 보내는 마유미 같은 사람도 많다. 생각에 잠겨 소파에 힘없이 앉아 있는데 뺨에 희미한 바람이 느껴졌다.

"나 왔어. 당신, 왜 그래? 넋 나간 사람처럼."

눈앞에 보일 때까지도 남편이 온 줄 까맣게 몰랐다.

"아, 미안. 지금 된장국 데울게."

소파에서 일어나 부엌으로 향했다.

"괜찮아, 그런 건 내가 알아서 할게. 당신 오늘 좀 피곤해 보여."

"저기, 후쿠네 회사에 도모미랑 어울릴 만한 남자 직원 없어?"

대체 몇 번째 묻는 건지. 남편 후쿠다 기요히코와는 대학교 동창이다. 결혼하면서 지카코도 후쿠다라는 성을 쓰게 됐지만, 대학교 시절에 그랬듯 여전히 남편을 후쿠라고 부른다.

"전에도 말했지만 없어. 묘령의 여직원이라면 많지만."

남편은 넥타이를 풀며 여느 때와 같이 대답했다. 남편은 50세가 되면서 중견 증권사에서 작은 통신판매회사로 직장을 옮겼다. 새로 옮긴 회사는 여자 직원 비율이 높다. 몇 안 되는 남자 직원은 인기가 좋아 꽤 일찍 결혼하는 모양이다.

"회사에 젊고 괜찮은 남자가 있어도 우리 딸하고 맞선 한번 보겠느냐고 했다가는 갑질이라는 소리를 들을 거야."

"그런가? 그런 말을 하면 좀 그런가? 하긴 뭔가 좀 까다로운 시대가 됐지."

"도모미는 아직 안 왔어?"

"응, 오늘도 야근인가 봐."

"흐음" 하며 남편은 벽시계를 올려다봤다. "도모미가 요새 어두워 보이던데."

"피곤해하는 것 같아."

도모미는 대학교를 졸업한 후 의류 관련 회사에 다니고 있다. 정직원이기는 하지만 고등학생 아르바이트와 함께 매장에서 일할 뿐, 본사에서 근무하는 것은 어려워 보인다. 입사한 이래 연봉도 거의 인상되지 않았고, 야근 수당도 절반밖에 나오지 않는다. 그런데도 연말과 연초에는 할인 판매 때문에 정신이 없었다.

토스터에 구운 돈가스를 먹는 남편 옆에서 지카코는 사과를 깎았다.

"어쩔 수 없지. 도모미는 야근이 많은 데다 매장도 여자들이 주로 다니는 쇼핑몰 안에 있어서 주변에 온통 여자들뿐이라 남자를 만날 기회가 없잖아."

"그런 건 인기 없는 사람이 하는 변명이야. 내 고등학교 동창 사카가미를 봐. 대학원 시절에도 그랬고 취직한 뒤에도 연구실에만 틀어박혀 있어서 주변에 여자가 한 명도 없었는데, 동기 중에서 제일 먼저 결혼했어."

"그러네. 심지어 바람피운 게 들켜서 이혼당했는데도 반년이 안 돼서 재혼했지. 그만한 외모를 갖춘 엘리트가 없으니 여자들이 가만두지 않겠지."

"그렇게까지 잘생기지 않아도 일찍 결혼한 녀석들 많아. 주변에 여자가 없건, 매일 야근을 하건 상관이 없다니까. 주변에 이성이 많고 매일 칼퇴근해도 안 생기는 녀석들은 안 생겨."

"그야 그렇지만, 도모미는 매일 피곤에 찌들어서 그럴 겨를이 없잖아."

"그게 아닐 수도 있지. 회사에 좋아하는 남자가 있으면 아무리 힘들어도 반짝반짝 빛나게 되어 있어."

"그런가……. 하긴."

지카코는 사과를 한입 베어 물었다. 새콤달콤했다. 도모미가 새콤달콤한 마음을 느껴보지도 못하고 나이를 먹는 건 아닐까.

3

지카코는 모니터 위로 고개가 올라가지 않도록 신경을 쓰며
맞은편 자리에서 남녀가 주고받는 대화에 귀를 기울였다.

"지지, 정말 이럴 거야? 내가 얼마 전에 찬찬히 설명해줬잖아."

후카자와 히사시의 화난 목소리가 들렸지만, 그 목소리에 달
콤함도 묻어 있는 것을 지카코는 놓치지 않았다. 참지 못하고 고
개의 각도는 그대로 둔 채 눈만 올려 후카자와를 힐긋 훔쳐봤다.
후카자와는 의도적으로 입술을 삐죽거리고는 있지만, 예상대로
눈은 화나 있지 않았다. 직원 중에서 월등히 우수할 뿐 아니라 행
동거지에서 가정교육을 잘 받고 자랐다는 게 느껴지는 괜찮은
청년이다. 미남은 아니지만 시원시원한 청량감이 있어 지카코는
전부터 호감을 느끼고 있었다. 후카자와 같은 남자가 도모미와

결혼하면 좋겠다고 했다.

후카자와 옆자리는 정직원인 지지다. 오늘은 포근해 보이는 분홍색 스웨터를 입었다. 지카코가 모니터로 눈길을 돌렸을 때, 지지의 새된 목소리가 들렸다.

"죄송해요. 깜빡했어요, 선배. 죄송합니다. 제가 덜렁대는 바람에⋯⋯."

덜렁대기만 해? 머리도 나쁘지. 지카코는 속으로 가혹한 말을 쏟아냈다. 이것도 갱년기 증상의 일종인가. 언제부턴가 남자에게 교태 부리는 여자의 코맹맹이 소리를 들으면 소름이 끼칠 정도로 불쾌해진다. 이마이 미치는 애니메이션에 나오는 검은 고양이 지지와 닮았다. 눈이 얼굴 면적을 대부분 차지하는 귀여운 고양이다. 지지라 불리는 것을 은근히 즐기는 모습을 보면 역시 화가 난다.

똑똑한 후카자와가 왜 지지처럼 바보 같은 여자의 본성을 꿰뚫어보지 못할까? 대놓고 말하기는 뭐하지만 남자들은 대개 예쁘고 애교 많은 여자를 좋아한다. 남자들에게는 그게 전부다. 일을 잘한다거나 배려심이 깊다거나 감성적이라거나 예술에 조예가 깊은 것은 대수롭지 않게 여긴다. 그저 예쁘장한 여자가 커다란 눈을 깜빡이며 자신을 바라봐주는 데서 지상 최대의 기쁨을 느끼는 동물인 것 같다. 이런 바보들이 있나.

지지, 넌 정말 운이 좋구나. 예쁜 얼굴로 낳아준 부모님께 감사하렴. 왜냐하면 그것 말고는 장점이 하나도 안 보이니까.

순간, 날카로운 시선을 느껴 눈을 돌리니 지지가 노려보듯 바라보고 있었다. '아줌마, 나한테 할 말 있어요? 남자들은 이놈이든 저놈이든 내가 쳐다만 봐도 그냥 알아서 넘어와요. 아줌마나 아줌마 딸이 이게 되려나.' 그런 말을 들은 것 같아 나도 모르게 되쏘아봤다. 개구리 왕눈이 지지. 아니다. 역시 피해망상이다. 지지는, 도모미는 고사하고 내 존재도 모를 것이다.

친정 엄마는 도모미를 보고 얼굴이 하얀 전통 미인상이라고 했지만, 내 눈에는 요즘 미인상과는 거리가 먼 평범한 얼굴이다. 남편을 닮아 눈썹만 뾰족하다. 게다가 바르게만 키웠더니 소심해져 남자를 제대로 사귀어본 적도 없는 것 같다. 남자에게 애교 부릴 줄도 모르고 사교적인 편도 아니니 어지간한 미인이 아니면 인연을 만날 기회에서 멀어질 수밖에.

"후쿠다 씨, 다음 일을 부탁드려도 될까요?"

정신을 차리니 관리직인 마쓰모토 사오리가 바로 옆에 서서 빤히 보고 있었다.

"아, 미안해요. 온 줄도 몰랐네."

"아니에요. 제가 죄송해요. 집중해서 일하시는데 불쑥 말을 걸어 죄송합니다."

지카코는 생각에 잠기면 딱딱한 표정으로 허공을 노려보는 버릇이 있다. 젊었을 때부터 표정이 너무 심각해서 말을 걸기 어렵다는 소리를 자주 들었다. 지금처럼 개구리 왕눈이 지지가 싫다는 생각에 잠겨 있어도 다들 프로그램 짜는 줄 알 테니 다행이긴

하다.

"후쿠다 씨는 일이 빠르고 정확해서 매번 엄청 도움이 돼요."

"고마워요"라고 넙죽 대답했다. 겉치레로 하는 말이 아닌 줄 뻔히 아는데 굳이 "도움은 무슨……"하며 겸손을 떠는 게 나이 들고 나니 귀찮아졌다.

내가 운 좋은 사람이라고 생각하게 된 것은 언제부터일까? 법학부를 나왔는데도 컴퓨터 프로그래머가 된 것은 달리 취업할 곳이 없었기 때문이었다. 그때까지만 해도 대학교를 나온 여자에게는 취업 문이 유난히 좁았다. 특히 집에서 출퇴근하지 않는 여자에게 기회를 주는 기업은 거의 없었다. 그 와중에 컴퓨터 관련 기업들은 달랐다. 당시는 집집마다 컴퓨터가 보급되지 않았을 때였다. 워드프로세서라는 기계가 있다는 말을 들어는 봤지만 본 적은 없던 시절이었다. 당연히 시스템 엔지니어나 프로그래머라 불리는 사람들이 어떤 일을 하는지 짐작조차 할 수 없었다. 그때 여대생들 사이에선 타자 치는 법을 배우러 다니는 게 유행이어서 지카코도 잠시 타자 학원에 다닌 적이 있었다. 덕분에 키보드를 보지 않고도 타자를 칠 수 있었다. 그것이 컴퓨터 관련 일자리를 구하는 데 도움이 됐다.

"다음 일은 배당 계산 프로그램이에요."

사오리는 작업 지시서가 담긴 파일 하나를 책상 위에 털썩 놓았다.

"어려워 보이네."

"맞아요. 복잡하고 난이도가 높아요. 그래서 꼭 후쿠다 씨가 맡아주셨으면 해요."

사오리는 35세 독신 여성이다. 미인은 아니지만 차분하고 착실하고 붙임성도 좋다. 나이 많은 여자들이 좋아하는 유형이다. 하지만 이런 여자는 예전부터 남자들에게 인기가 없는 편이다. 지지처럼 거슬리는 여자와는 극과 극이다.

"알겠어요. 납기까지 일정이 어떻게 돼요?"

환갑을 바라보는 나이에 나만큼 버는 여자는 많지 않을 것이라고 지카코는 생각했다. 파견직원이라고 하면 사람들은 으레 빈곤의 상징으로 생각하지만 프로그래머는 다르다. 다만 신분이 보장되지 않고 한 프로젝트가 끝날 때마다 파견 계약이 종료된다. 그때마다 다시 계약하자는 회사가 나타나지 않을까 봐 불안하기는 하지만, 실제로는 늘 곧바로 다음 프로젝트를 제의 받아 30년 가까이 일을 쉰 적이 없다. 아이 키우는 데 돈이 들지 않게 되면서부터는 프로젝트가 끝나면 2주 정도 휴가를 내고 여행을 다니며 충전하는 시간을 갖거나 집안일에 전념하며 일상을 보낸다. 그런 뒤 천천히 다음 일을 시작한다.

대학생 때 구직 활동을 하면서 존재 자체를 부정당하는 듯한 열등감과 무력감을 질릴 만큼 맛봤다. 하지만 57세가 된 지금은 동기들에게 부러움을 사고 있다. 동기들은 대부분 취직했다가 몇 년 지나지 않아 퇴사했다. 출산 후 직장에 복귀하려 했지만 쉽지 않았다. 하지만 프로그래머로 일했던 지카코는 파견 일을 계속

할 수 있었다. 이런 걸 보면 인생이 어떻게 흘러갈지 아무도 모른 다는 것을 절절히 실감하게 된다. 어떤 행복이 기다리고 있을까? 혹시 불행이 기다리고 있지는 않을까? 앞으로 세상이 어떻게 바뀔지 상상할 수 없는 만큼 도모미의 앞날을 생각하면 더욱 불안해진다.

도모미가 이대로 독신으로 산다면 재산을 조금이라도 더 물려주어야겠다고 생각한 때도 있었다. 하지만 한 사람이 죽을 때까지 편안하게 살 수 있을 만큼 돈을 물려준다는 것이 서민에게는 불가능하다는 사실을 깨닫기까지는 오래 걸리지 않았다. 도모미가 90~100세까지 산다고 쳤을 때, 본인이 모을 저축이나 연금 외에 대체 얼마나 더 남겨줘야 충분할까? 대단한 자산가가 아니면 불가능하다. 이를테면 도심 노른자위 땅에 임대용 아파트를 갖고 있어 따박따박 월세 수입이 들어온다든지.

역시 서민은 결혼해서 가족을 늘리는 게 상책이다. 자녀라고는 도모미 하나 겨우 낳아 기른 자신이 이런 생각을 하는 게 멋쩍기는 하지만, 지카코는 그래도 이왕이면 자녀가 많은 편이 좋을 것 같다고 생각했다.

점심시간이 되어 우체국에 갔다. 곧 친정 엄마 생신이라 선물을 보내기 위해서였다.

지카코가 결혼할 때까지만 해도 혼수라는 말이 희미하게나마 남아 있었다. 대표적인 것이 서양식 장롱, 일본식 장롱, 경대로 이루어진 혼례 3종 세트다. 일본식 장롱 안에는 친정 엄마가 맞춰주는 정식 기모노와 약식 기모노와 외출용 기모노, 거기에 맞는 허리띠와 허리띠 위에 두르는 끈, 심지어 무늬가 들어간 상복까지 넣었다. 하지만 좀처럼 입을 기회가 없어 시침실도 떼지 않은 채 장롱 안에 잠들어 있는 경우가 적지 않다.

그러고 보면 자신은 과도기를 살아왔다고 지카코는 생각했다. 1920~1930년대에 태어난 어머니 세대와 그 딸 세대는 생활 방식이 달라도 아주 다르다. 마찬가지로 평소에는 잘 느끼지 못하지만 자기 세대와 도모미 세대 역시 사고방식이 크게 다를 게 분명하다.

모처럼 마련한 기모노인데 입을 기회가 좀처럼 없어 친정 엄마에게 미안한 마음이 들 때도 있었지만, 생각해보면 기모노를 입는 것은 자신의 소망이 아니라 친정 엄마의 즐거움이었다. 그러니 딸인 자신이 애끓을 일은 아니라고 생각하기로 했다. 게다가 당시는 일본 전체에 거품 경기가 한창인 시절이었으니까.

지난주 오랜만에 재봉틀을 꺼내 친정 엄마에게 생신 선물로 드리기 위해 기모노 허리띠로 가방을 만들었다. 보물처럼 고이 모셔두고 썩히는 것보다는 이게 낫다.

"75번 고객님, 창구로 오세요."

번호가 불려 소포를 들고 창구로 가다가 지카코는 자신도 모르게 숨을 삼키며 걸음을 멈췄다. 창구의 여자 직원이 유난히 나이 들어 보였기 때문이다. 여자 직원은 "여기에 소포를 올리세요"라고 말하면서 멈춰 선 지카코를 의아한 듯 바라봤다.

문득 정신을 차리고 어색하게 미소를 지으며 "우체국 택배로 부탁합니다"라고 서둘러 말하며 작은 소포를 내밀었다.

"잠시만 기다리세요."

자로 능숙하게 상자 크기를 재는 여자의 옆얼굴을 지카코는 살며시 관찰했다. 이 여자는 이미 반환점을 돌았다. 잔인한 사실이지만 누구나 어느 날 갑자기 늙는다. 정확하게는 어느 날 갑자기 늙었다고 착각한다. 사람은 17~18세를 지나면서부터 서서히 늙기 시작한다. 젊었을 때는 외모가 뛰어나지 않아도 남녀 할 것 없이 나름대로 청량감이 있다. 설령 태도가 불량하더라도 귀여워 보이는 구석이 있다. 나이 든 사람이 젊은 사람들을 보며, 자신도 한때 경험한 치기 어린 젊음 때문일 것이라 멋대로 해석해서인지도 모르지만. 그런 눈부신 젊음이기에 어느 날 갑자기 사라져 버린 것처럼 느껴지는가 보다.

그래, 도모미도 그렇게 될 것이다. 그것도 머지않은 날에.

다시 아랫배에서 초조함이 뭉게뭉게 피어올랐다.

4

남편이 젓가락을 놓고 TV 리모컨을 가져와 볼륨을 높였다.

"이것 봐, 지카. 이거 재미있겠다."

TV에 푸른 하늘 아래에서 하얀 종이를 교환하는 중년 남녀 여러 명의 모습이 나왔다. 화면 하단에 자막이 보였다.

베이징 인민공원, 통칭 '맞선 광장'

해설자가 담담하게 말했다.

"요즘 중국에서는 부모 대리 맞선이 한창입니다. 결혼 적령기 자녀를 둔 부모가 자녀를 대신해서 결혼 상대를 찾는 겁니다. 이쪽을 보십시오. 붉은 벽돌 담장을 따라 조건을 적은 신상서가 빼곡히 붙어 있습니다. 적어도 수만 명분은 돼 보입니다."

"역시 중국이야. 규모가 달라." 남편은 감탄한 듯 말하며 볼이 미어지도록 콩나물을 입에 넣었다. "우리랑 같은 세대인가 봐."

담벼락에 몰려 있는 부모들은 60세 정도 됐을까. 열심히 메모 중이었다. 간절한 마음이 담긴 진지한 옆모습에 자신의 마음이 겹쳐졌다.

화면이 바뀌고 신상서 한 장이 클로즈업됐다. 사진 속 여자는 금실을 아낌없이 사용한 화려한 파티 드레스 차림에 머리에는 티아라까지 썼다. 어머니가 입은 수수한 옷과는 대조적이었다. 조금이라도 더 예뻐 보이려 고민한 흔적이 엿보였다.

"신상서에는 나이, 학력, 직업, 연봉이 적혀 있습니다. 부모들은 조금이나마 나은 조건을 갖춘 상대를 찾기 위해 필사적입니다. 여자가 남자에게 원하는 조건 중 양보할 수 없는 것은 연봉과 학력입니다. 그와 별도로 자가용과 베이징 시내에 아파트를 가지고 있으면 점수가 부쩍 높아진다고 합니다."

카메라가 스튜디오로 돌아왔다. 남자 사회자와 유명 대학교를 졸업한 개그우먼이 흰 원형 탁자를 사이에 두고 앉아 있었다.

"역시 중국에서도 여자는 나이가 어린 쪽이 인기가 많나요?"

남자에게 차인 뒤 정신 차려보니 40대가 되어 있더라는 자학 개그로 인기를 얻은 개그우먼이 몸을 앞으로 내밀며 말했다.

"그런가 봅니다. 중국에서는 스물일곱이 넘은 여성을 이렇게 부른다고 해요."

사회자가 '잉녀剰女'라고 쓰인 보드를 들어 보였다.

"그 한자 본 적 있어요. '잉여'할 때 '잉'자잖아요. 그런데 무슨 뜻이죠?"

"팔다 남은 것이라는 뜻입니다."

"그런 뜻인가요? 역시 나이 든 여성은 쉽지 않은 건가요, 이제."

개그우먼이 과장되게 울상을 짓자 유부남인 사회자가 태연하게 웃으며 말했다.

"20대 초반에는 상대방에게 원하는 조건이 구체적인 것 같아요. 하지만 나이가 들수록 조건이 점점 느슨해질 수밖에 없지요."

"그건 일본에서도 마찬가지예요. 정말 화나는 일이지요. 저는 나이가 들수록 출연료도 오르고 인간적으로도 성장하고 있다고 생각하는데, 왜 결혼 시장에서는 가치가 떨어지는 걸까요? 그런데 중국의 부모님들은 정말 필사적이네요. 저희 부모님 모습이 생각나 더 이상 못 보겠어요."

"중국은 일본처럼 사회복지가 잘 갖춰져 있지 않습니다. 그래서 독신으로 사는 게 아주 큰 리스크예요."

TV를 보던 남편이 젓가락을 탁 내려놓았다.

"대단하네. 학력과 연봉이라니. 조건만 보고 참 잘도 나섰다."

마치 남편의 말을 듣기라도 한 듯 사회자가 말을 이었다.

"중화전국부녀연합회가 실시한 조사에 따르면, 2007년에는 결혼 상대를 선택하는 조건 중 가장 중요한 것으로 인품과 성격을 꼽은 사람이 77퍼센트인 반면, 경제력이라고 응답한 사람은 단 3퍼센트에 불과했습니다. 그러나 2008년 세계 금융위기를 계기로 여론이 크게 달라졌습니다. 중국의 경제뿐 아니라 중국인의 결혼관에도 영향을 미쳐 응답자의 70퍼센트 가까이가 경제력이 가장 중요하다고 응답했습니다".

식사를 마친 남편이 차를 한 모금 마시더니 입을 열었다.

"왜 방송을 저렇게 만들지? 마치 중국인은 돈만 있으면 나머지는 상관없다는 인상을 주잖아. 중국인도 결혼 상대의 인품을 중시하는 건 예나 지금이나 마찬가지일 텐데."

"하지만 설문 조사 결과는 그렇지 않아. 차도 있고 집도 있는 사람이 좋다고 하잖아."

"조건만 맞으면 아무나 좋다는 게 아니라 그중에서 성격이 맞는 사람을 고르고 싶다는 말이겠지. 돈이 없는 사람보다 있는 사람이 좋은 건 당연한 거야. 사회복지가 잘되어 있지 않은 나라라면 사활이 걸린 문제일 테니까."

"그런가? 그렇다면 저 부모들의 심정도 이해가 가. 아무리 부자라 해도 성격이나 사고방식이 맞지 않으면 힘들 테니까. 물론 그전에 폭력을 쓰는 남자나 도박꾼, 알코올중독자는 어느 나라에서건 당연히 논외지. 하지만 부모가 아무리 좋아해도 소용없어. 실제로 만나서 사람됨을 판단하고 결정하는 건 결국 당사자지."

"맞아. 하지만 일본도 사회복지가 잘되어 있다고 단언하기는 어려워. 평생 혼자 살더라도 즐겁게 사는 사람이 이기는 거야."

"응. 격차는 점점 벌어질 테고."

"그런데 도모미는 어때? 진짜로 남자친구가 없는 거야? 숨기는 거 아냐?"

남편의 이 질문도 몇 번째인지 모르겠다.

"내가 보기에는 지금까지 남자와 제대로 사귀어본 적도 없는 것 같아. 도모미도 이제 나이를 먹을 만큼 먹은 어른이니까 부모가 간섭할 일은 아니지. 결혼이 하고 싶으면 단체 미팅에 나가거나 결혼 활동 사이트에 등록하겠지. 요즘에는 그런 것도 많잖아."

"우리가 젊었을 때는 보통 결혼 상대를 스스로 찾았는데······. 사촌 중에 야쨩이라고 있잖아. 사실은 중매결혼했는데 막상 결혼식 날에는 사회자가 서로 테니스 교실에서 알게 됐다고 말하더라고."

남편은 귤을 먹으며 스마트폰으로 무언가를 검색하기 시작했다.

"엇, 일본에도 있네. 부모 대리 맞선이라는 거."

"그래?"

그때 현관문 열리는 소리가 났다.

"다녀왔습니다. 뭐 먹을 것 좀 있어?"

도모미는 취직하고 5년 동안 기숙사에서 살았다. 6년째부터는 기숙사에 살 수 없다는 사내 규정 때문에 아파트를 구했지만, 높은 집세와 낮은 급여를 저울질한 끝에 결국 집에서 출퇴근하기로 결정했다. 회사가 집에서 가까워 애초에 기숙사 생활을 할 필요가 없었지만, 지카코가 부모로부터 독립하는 데 도움이 될 거라고 권유했다. 그렇게 하는 편이 결혼에도 도움이 될 거라고 생각했기 때문이다.

자신들이 그랬다. 지카코는 히로시마, 남편은 야마가타 출신이다. 둘 다 고향에서 고등학교를 졸업한 뒤 대학에 진학하기 위해 상경하면서 혼자 살기 시작했다. 사람은 누구나 부모 슬하를 떠나면 가정의 고마움을 알게 된다. 그러면서 외로움을 메우기 위해 동반자를 찾으려 한다. 도모미도 그렇게 되기를 기대했건만 5년 동안 남자를 진지하게 사귄 경험은 없는 것 같다. 계획이 빗나간 채 부모 곁으로 돌아와버린 것이다.

"도모미, 너 결혼은 안 할 거냐?"

남편은 왜 이렇게 직설적으로 말하는 걸까? 섬세함이 없어도 너무 없다. 아니나 다를까, 도모미는 싫어하는 얼굴이다. 남편을 힐긋 볼 뿐 대답도 안 한다.

"지금 TV로 중국 부모들이 자녀 대신 맞선에 나가는 거 보고 있던 참이야."

"응."

도모미는 관심 없다는 듯 대충 대답하며 부엌으로 갔다. 냉장고를 여는 뒷모습이 보인다.

"엄마, 냄비에 남아 있는 가자미조림 먹어도 돼?"

"먹어. 남긴 거니까."

사실은 도모미 몫을 생각해서 많이 만들었다. 28세나 돼서 엄마에게 살림을 맡기는 건 본인에게 결코 도움이 되지 않겠다 싶어 도모미의 식사는 준비하지 않기로 했지만, 매일 피곤한 얼굴로 밤늦게 들어오는 모습이 안타까워 그만 3인분을 만들고 만다. 식탁에 수저를 놓아주거나 된장국을 데워주지 않을 뿐, 냉장고와 냄비 안에는 늘 도모미 몫으로 남겨둔 음식들이 있다.

"괜찮으면 지퍼락 안에 있는 콩나물 무침도 좀 먹어줘."

"응, 잘 먹을게. 고마워."

"도모미, 너 결혼하고 싶지 않니?"

"하기 싫은 건 아니야. 언젠가는 할 거야."

"……그렇구나."

대화는 거기서 끝났다. 늘 있는 일이다.

도모미는 평일에는 일에 쫓기기 때문에 휴일에는 거의 잠만 잔다. 28세면 50대인 지카코가 보기에는 젊어 보여도 체력 면에서는 이미 한창때가 아니다.

'나도 이제 한창때가 지났구나.'

잊히지 않는다. 지카코가 그 사실을 절절하게 느낀 것은 27세 때였다. 그전에는 아무리 피곤해도 하룻밤만 푹 자고 나면 원래 컨디션이 회복됐는데, 며칠이 지나도 피로가 풀리지 않았다. 물론 체력은 사람마다 다르니 그 시기를 단정적으로 말할 수는 없다. 도모미는 약골까지는 아니어도 튼튼한 편도 아니다. 내 딸이니 나와 비슷하지 않을까.

도모미가 식사를 마치고 난 뒤 수저 정도는 치워주고 싶은 마음에 테이블을 짚고 일어나는데, 남편이 자신을 가만히 보고 있는 게 느껴졌다. 남편은 희미하게, 하지만 분명히 고개를 끄덕였다. 남편의 그런 표정을 본 것은 오랜만이다. 뭔가를 결심했을 때 보이는 얼굴이다.

5

　남편과 도모미는 오늘도 퇴근이 늦다. 남편은 전시회를 준비하느라 공휴일에도 출근했다. TV 뉴스에 나오는 성인식 풍경을 보며 저녁을 만들었다. 형형색색 화려한 기모노를 입은 여자들이 보였다. 꽃이 핀 듯 화사한 여자들 가운데 20세답지 않게 나이 들어 보이는 여자도 더러 있다. 피부는 팽팽하지만 약간 뚱뚱해서 그런지 아줌마처럼 보인다. 그걸 보고 조금 안도했다. 젊다고 다 매력적인 것은 아니다. 후후. 자신도 모르게 쓴웃음이 배어 나왔다.

　당연하다. 자신이 대학생일 때도 젊다는 이유만으로 친구들이 모두 매력적으로 보이는 건 아니었다. 인기 많은 친구는 역시 얼굴이 예쁘거나 옷을 잘 입는 쪽이었다. 젊음에 후한 점수를 주는 사람은 중장년층뿐이다. 그러니까 결혼 시장에 나온 젊은 남자들에게는 젊다는 사실만으로 점수를 딸 수 없다는 말이다. 남자든 여자든 중요한 건 외모가 아니라고, 알맹이고 성격이고 성실함이라고 당당하게 말하는 사람이 요즘은 많지 않다. 요즘은 초등학생 여자아이들 가운데도 용돈의 대부분을 옷이나 액세서리나 화장품을 사는데 쓰는 아이가 있다고 한다. 이런저런 생각을 하면서 저녁 준비를 마친 뒤 서늘한 베란다로 나가 전날 밤 널었던 빨래를 걷고 방금 세탁한 시트를 널었다. 군청색 밤하늘을 올려다보니 별이 몇 개 반짝였다.

"다녀왔어."

바로 뒤에서 목소리가 들려와 돌아보니 남편이 베란다를 향해 얼굴을 내밀고 있었다.

"어머나, 왔어?"

"서두르는 게 좋을걸."

남편이 다짜고짜 말했다.

"무슨 일 있어?"

베란다에서 나와 방을 가로지르고 거실을 지나쳐 부엌으로 돌아온 지카코는 호박 포타주가 담긴 냄비를 불에 올렸다. 남편이 부엌으로 따라 들어왔다.

"도모미 결혼 말이야. 일하면서 인터넷으로 틈틈이 요새 결혼 풍조가 어떤지 좀 찾아봤어."

통신판매회사로 직장을 옮기면서 창문을 등진 부장 자리에 앉게 된 남편은 이따금 쉬는 시간에 인터넷 서핑을 해도 들키지 않는다고 했다. 여태껏 증권회사에서 주식과 돈만 다루다 난데없이 낯선 영업 부문에 배치된 뒤, 처음에는 "난 그동안 뭐 때문에 직장 생활을 그렇게 열심히 했을까" 하며 슬럼프에 빠지기도 하고 "노이로제에 걸릴 것 같아"라며 힘들어하더니 지금은 "세상에서 가상 어렵고 보람 있는 일이 영업이야"라고 단언한다. 본인은 "내가 원래 태세 전환이 잘 되는 사람이라 그래"라며 자랑하듯 말했지만, 사실은 정년이 얼마 남지 않았기 때문에 상황을 유연하게 받아들이게 된 것임을 지카코는 알고 있다. 앞으로 몇 년만 참자고 마음 먹으면서 분야는 달라졌지만 어쨌든 부장을 달았고 그에 걸맞은 월급을 받는 것에 감사하게 된 것이 아닐까? 어찌 됐든 회사를 옮긴 후로 영업을 나간 부하 직원들이 회사로 복귀할 때까지 기다리느라 거의 매일 퇴근이 늦었다.

"오늘은 일찍 왔네. 나도 아직 저녁 안 먹었어."

"앞으로는 생각을 좀 바꿔야겠어."

"뭘?"

"내 일만 마치면 퇴근할까 해."

생각해보면 당연한 일을 남편은 새삼 소리 내 말하고는 개수대에서 손을 씻었다. 그러곤 찬장에서 수프 그릇과 두 사람 몫의 수저를 꺼내 쟁반 위에 올리고는 도마에 프랑스 빵을 놓고 자르기 시작했다.

"지카는 빵 몇 장 먹을래?"

"글쎄, 두 장?"

"치즈 얹어서?"

"물론."

지카코가 저렴한 호주산 쇠고기 안심 스테이크를 굽는 동안 남편은 옆에서 솜씨 좋게 저녁 준비를 했다. 남편은 생선구이에 찜을 곁들인 일식보다는 카페의 점심 메뉴 같은 식사를 좋아했다. 그래서인지 옆모습이 들떠 보였다.

도모미가 어렸을 때는 맞벌이를 하는데도 남편이 집안일이나 육아를 전혀 도와주지 않아 몸도 마음도 피폐하고 지칠 때가 있었다. 가사와 육아는 아내 몫이라고 제멋대로 결정해버린 남편에게 살의에 가까운 분노를 느낀 게 한두 번이 아니다. 그 불공평함과 굴욕을 견디지 못해 쌓이고 쌓였던 분노가 어느 날 폭발하고 말았다.

"당신이 이렇게 배려 없는 남자인 줄 몰랐어. 나한테 얼마나 더 일을 시켜야 직성이 풀리겠어? 당신도 1년 365일 식단 생각하고 저녁 만들어봐. 새벽같이 일어나서 도모미를 챙겨줘. 도모미가 밤에 깨서 울 때마다 들쳐 안고 온 집 안을 서성거려봐. 잠이 부족해서 다리가 후들거려도 9시에는 죽었다 깨어나도 출근해야 해. 아주 중노동이야. 죽을 것 같다고!"

그때 남편은 놀라서 멍한 얼굴을 했다. 밖에서 안 좋은 일이 있었나? 기분이 언짢은가? 하고 착각하는 듯했다. 그래서 말했다.

"당신이 바뀌지 않으면 나는 친정으로 돌아갈 거야."

그렇게 소리치면서 증오와 슬픔으로 가득 찬 지카코의 눈빛을 보고 충격을 받았다고 남편이 말한 것은 그로부터 10년이 더 지난 뒤였다.

그 후 남편은 눈에 띄게 달라졌다. 집에 오면 곧바로 집안일을 했다. 지카코가 일일이 말하지 않아도 알아서 할 일을 찾아 스스로 처리하기까지는 그로부터 10년이 걸렸다. 얼마나 긴 여정이었던가. 언젠가 친구들에게 이런 이야기를 한 적 있다. 친구들도 지카코와 비슷한 일을 겪었다고 입을 모았다. 그러나 놀랍게도 결과는 전혀 달랐다. 친구들의 남편은 적반하장으로 화를 내거나 며칠씩 말을 하지 않았던 모양이다. 불편한 상태가 오래가면서 집안 분위기는 가라앉았고, 아이들은 아빠에게 다가가지 않게 됐다. 교육상 좋지 않겠다고 생각한 친구들은 사태를 원만하게 수습하기 위해 남편에게 먼저 손을 내밀 수밖에 없었다. 이혼하지 않았으니 겉으로는 잘 지내는 것처럼 보이지만, 속에는 원망이 한가득 쌓여 있다고 했다.

그런 말을 들을 때마다 지카코는 속으로 정말 운이 좋았구나 생각했다. 남편은 연봉이 높거나 눈에 띄는 미남은 아니지만, 사람이 지녀야 할 최소한의 배려를 아는 사람이다. 둔한 구석이 있어서 일일이 짚어주지 않으면 깨닫지 못하지만 심성은 착하다. 결혼은 이런 남자와 하는 게 맞는다고, 나이가 들수록 절절히 생각하게 된다.

"이렇게 일찍 퇴근하면 주위 사람들이 뭐라고 하지 않아?"

"어차피 몇 년 있으면 정년퇴직할 사람을 일부러 자르겠어? 그리고 오늘 할 일은 아침 일찍부터 집중해서 다 해놨어. 그것보다는 정년퇴직 후에 어떻게 살지 지금부터 생각해두는 게 좋을 것 같아. 자격증을 따야 한다면 지금부터 일찍 퇴근해서 공부해두는 게 낫겠지."

"그것도 그러네. 참, 와인 사 왔는데 마실래? 750엔짜리인데 꽤 괜찮은가 봐."

"아니, 오늘은 카페 분위기가 좋을 것 같은데."

"그럼 나도 그렇게 할래."

지카코가 그렇게 말하자 남편은 곧바로 선반에서 인스턴트커피 병을 꺼냈다.

"그런데 도모미의 결혼 말이야. 서른이 넘으면 결혼하기 힘든 건 요즘도 마찬가지인 것 같아."

"아니야. 서른에 독신인 사람도 많잖아."

"나도 그런 줄 알았는데 인터넷에서 보니까 요즘 만혼화니 어쩌니 해도 젊은 사람들 중 절반은 20대에 결혼한다던데."

"그래?"

문득 이미 결혼한 조카들의 얼굴이 떠올랐다. 그 아이들은 모두 20대에 결혼했다. 요즘 젊은 사람들이라고 모두 서른 넘어서 결혼하는 것은 아니다. 듣고 보니 당연한 말이다. 나는 혹시 딸에게 불리한 정보에는 눈을 감게 된 걸까.

'서른 넘어 혼자 사는 것도 이제는 흔한 일이야.'

'이혼율도 높은데 억지로 서둘러 결혼시키는 게 오히려 안 좋지 않을까.'

그렇게 말하며 자신을 납득시키려 했던 것을 부정할 수 없다. 도시에 사는 사람에게만 해당하는 사례라는 걸 알면서도.

고향에 사는 언니 세키코는 자기 딸을 두고 이렇게 한탄하지 않던가.

"아키의 동창들은 늦어도 20대 중반에는 결혼했어. 지금은 다들 애가 둘씩 있다고. 셋 있는 사람도 있고. 시골에서 우리 아키처럼 서른이 넘도록 결혼 안 한 여자는 극소수야. 불안하지만 어떻게든 되겠지. 애당초 부모가 간섭할 수 있는 문제도 아니고."

그렇게 딱 잘라 말할 수 있었던 것은 아키가 대기업 식품 제조 회사 기획팀에서 근무하는 데다 언니 자신도 30대에 이혼했기 때문일 것이다.

오븐 토스터에서 띵 하는 소리가 울리자 남편이 "앗, 뜨거워" 하며 빵을 꺼냈다. 구운 치즈의 고소한 향이 부엌을 가득 채웠다.

"고기 다 구워졌겠다."

통후추를 이래도 될까 싶을 만큼 잔뜩 뿌리면 값이 저렴한 고기라도 뜨거울 때 꽤 괜찮게 먹을 수 있다. 식탁으로 자리를 옮겨 마주 앉았다.

"잘 먹겠습니다."

"잘 먹겠습니다. 그래서 지카는 어떻게 생각해? 이대로 둬도 도모미가 결혼할 수 있을까?"

"이대로는 어려울지도 몰라."

곧 좋은 사람이 생기겠지 하며 느긋하게 생각하던 때도 있었다. 하지만 이제는 여자로서 가장 빛나는 시기를 그냥 흘려보내고 있다는 사실을 인정하지 않을 수 없다. 적령기라든지 제철이라는 말을 입 밖에 내면 차별이니 성희롱이니 하며 규탄받는 세상이다. 그러나 엄연한 현실을 부정할 순 없다. 고등학생이나 대학생 때 도모미는 이목구비는 평범해도 피부가 빛나고 생기 넘쳤다. 그때만 해도 거실이나 복도에서 스칠 때마다 나도 모르게 그 생기 넘치는 빰을 만지고 싶었다. 물복숭아처럼 싱싱했다. 하지만, 지금은 이미…… 그렇지 않다.

딸 가진 부모로서 정신을 똑바로 차려야 한다. 세간의 분위기에 휩쓸릴 때가 아니다. 나는 50년이나 살았다. 도모미보다 세상을 잘 안다. 후회막급이라는 말처럼 무서운 건 없다. 내 일이라면 괜찮다. 하지만 그게 딸의 일이라면 죽기 직전까지 후회하며 괴로워할 것이다.

"도모미는 쉬는 날에 뭐해?"

"자는 시간이 제일 많고, DVD를 보거나 음악을 듣거나 가끔은 학창 시절 친구랑 만나 밥 먹는 것 같아."

"친구라면 여자 친구?"

"응, 아마 그럴 거야."

"지금은 재미있게 지내는지 모르지만, 나이가 들면 어떻게 될지."

"글쎄, 승무원인 마유미도 독신인데 걔는……."

"그렇게 잘나가는 여자랑 도모미를 비교하면 어떻게 해?"

"응, 그것도 그러네. 하는 일만 다른 게 아니라 성격도 전혀 다르니."

화사한 외모하며 57세에도 빨간 꽃무늬가 커다랗게 프린트된 스카프를 척척 소화해내는 마유미…….

"당신은 친한 친구가 300만 엔만 빌려달라고 하면 어떻게 할 거야?"

"응? 갑자기 무슨 소리야?"

"그냥 대답해봐. 300만 엔, 빌려줄 거야?"

"안 빌려주지. 그러다 우정에 금 가. 돈이라는 건 아무리 급해도 가족하고만 주고받는 거야. 힘든 상황에 처한 친구에게 내가 해줄 수 있는 건 이야기를 듣고 위로해주는 것 정도지."

"그렇지? 300만 엔이나 빌려주는 건 가족뿐이야. 친구는 빌려주지 않지."

"후쿠, 대체 무슨 이야기를 하는 거야?"

"도모미는 외동이잖아. 우리가 죽은 후에 그 녀석 혼자 괜찮을까? 우리 형이나 처형도 영원히 살 리 없고, 그렇다고 다짱이나 마리짱 같은 사촌 동생에게 의지할 수도 없잖아."

"그건 그래. 도모미가 나이가 들어서 다짱에게 의지할 수도 없고, 그렇다고 다짱의 아이들에게 의지할 수도 없고. 아직 두 살밖에 안 된 데다 앞으로도 만날 기회가 많지 않을 테니까."

"40~50대까지는 괜찮아. 지금 회사를 정년까지 다닌다면 60대도 그럭저럭 보낼 수 있을 거야. 그 후에는 어쩌지? 도모미는 사교적인 성격도 아니고, 저금해놓은 돈도 별로 없어. 이 아파트에 계속 산다 해도 낡은 건물이라 보수 비용이 계속 들어갈 테고, 리모델링이라도 하게 되면 비용이 상당할 텐데."

"생각할수록 걱정이네."

식사를 마친 뒤 남편은 설거지를 했다. 지카코는 그 옆에 서서 그릇을 하나하나 마른행주로 닦았다. 잠시 후, 부부는 3인용 소파 양 끝에 앉았다. 지카코는 잘 마른 빨래를 소파 가운데 수북이 쌓아놓고 TV를 보면서 갰다. 다 갠 빨래가 유리 탁자 위에 쌓여갔다. 이 일련의 작업은 몇 년 전부터 부부의 습관이 됐다.

"살다 보면 여러 가지 일이 생길 거야."

"그렇지? 아프거나 다칠 수도 있고, 천재지변이 일어날 수도 있어."

역시 혼자 사는 건 걱정스럽다.

6

저녁 식사 후 남편과 TV를 보는데 딸각하고 현관문 열리는 소리가 났다.

"다녀왔습니다."

오늘도 목소리에 피곤함이 묻어 있다.

"엄마, 나 오늘 학교에서 있잖아. 엄마, 내 말 듣고 있어?"

고등학교 시절 도모미는 지카코가 회사에서 돌아오자마자 한껏 들뜬 목소리로 이것저것 이야기했다. 그런 소리를 듣지 못한 지도 오래됐다.

"도모미, 네 결혼 말이야."

남편이 기다렸다는 듯 말을 걸었다.

"또 그 얘기야?"

도모미는 얼굴을 찡그린 채 소파 앞을 지나 부엌으로 들어갔다. 냄비를 열어보고 가스불을 켜는 모습이 아일랜드 식탁 너머로 보였다.

"언젠가 한다고 했잖아."

"그러기는 했는데 그 언젠가가 대체 언젠데?"

"그걸 내가 어떻게 알아? 좋은 사람이 생기면 하겠지."

도모미가 아일랜드 식탁 너머로 흘끗 남편을 봤다.

"그래서, 조만간 좋은 사람이 생길 것 같아?"

"그거야 하느님만 아시겠지."

도모미는 남의 일처럼 중얼거렸다.

"믿을 만한 구석이 있는 것도 아니잖아. 이러다 아주 못 만나는 건 아니고?"

남편은 전에 없이 집요했다. 도모미는 질린다는 표정을 감추지 않았다. 사는 게 빠듯해서 정신적으로 여유가 없는 모양이다. 게다가 아빠에게 가장 듣기 싫은 말을 요즘 연일 듣고 있다. 스트레스가 쌓여 금방이라도 폭발할 것 같은 얼굴이다.

"요즘 미팅 같은 건 나가니?"

"전혀 안 해. 뭐 잘못됐어?"

전자레인지가 소리를 내며 돌아가기 시작하자 남편의 목소리가 커졌다.

"결혼 정보 사이트에 등록은 했어?"

"안 했어. 뭐 잘못됐어? 엄마, 호주산이라고 적혀 있는 고기 먹어도 돼?"

"응, 후추를 듬뿍 뿌려서 구워야 맛있어."

남편은 꿋꿋이 할 말을 이어갔다.

"그러니까 너 지금 아무 노력도 안 하고 있다는 거야?"

"노력? 결혼이 노력한다고 되는 거야?"

지글지글 고기 굽는 소리가 났다.

"부모 대리 맞선이라는 게 있대."

"아빠가 지난번에 말했잖아. 베이징공원에서 부모 대리 맞선 하는 걸 다큐멘터리로 방영하더라고."

"그런 게 일본에서도 유행이야. 부모 대리 맞선이라고 부르는 모양인데 거기에 한번 가볼까 해."

"누가?"

도모미는 드디어 고개를 돌려 남편을 바라봤다.

"누구긴 누구야 엄마지. 네 신상서 들고 가보려고."

"장난이지? 가지 마."

"왜?"

"모양 빠지잖아. 나는 이 나이가 되도록 제 짝도 스스로 못 찾아서 부모가 대신 나서주는 못난 인간이라고 세상에 폭로하는 꼴이잖아. 그리고 그런 데 나오는 남자들도 그래. 부모는 얼마나 자기 아들을 싸고돌고, 아들은 얼마나 마마보이겠어? 어차피 별 볼 일 없는 남자밖에 없을 거야."

"그럼 좀 물어보자. 너는……."

남편이 하려다 삼킨 말이 무엇인지 듣지 않아도 알 수 있었다. '그럼 좀 물어보자. 너는 남자에게 인기가 있니? 남은 그렇게 엄격하게 평가하면서…….' 틀림없이 도모미도 눈치챘을 것이다.

도모미는 입을 꾹 다물고 미간을 찌푸린 채 저녁 식사가 담긴 쟁반을 들고 말없이 부엌에서 나왔다. 식탁에 쟁반을 올려놓고는 등을 보이고 앉아 묵묵히 먹기 시작했다.

"엄마 아빠는 내가 부끄럽지?"

등을 돌린 채 도모미가 물었다.

쟤가 무슨 소리를 하나 싶어 부부는 서로의 얼굴을 마주 보았다.

"친척 중에 결혼 안 한 사람은 나뿐이잖아. 다짱과 마리도 이미 결혼했고. 아키코는 독신이지만 미인인 데다 유명 식품회사 기획팀에서 일하고."

"무슨 소리야? 엄마 아빠는 네가 창피하다고 생각한 적 없어."

지카코는 자신도 모르게 큰 소리로 말했다.

"체면 때문에 결혼하라고 하는 거 아니야?"

"설마 그럴 리가. 네 노후가 걱정돼서 그러지."

"노후? 엄청 먼 미래까지 벌써 걱정해주네. 노후면 아직 멀었는데."

"너한테 가족을 만들어주고 싶어서 그래. 엄마 아빠가 영원히 사는 건 아니잖아. 친척 어른들까지 돌아가시면 의지할 사람도 없어질 테고. 지금은 젊고 건강해서 혼자 살 수 있다고 생각하겠지만, 긴 인생 살다 보면 무슨 일이 생길지 몰라. 엄마 아빠는 오래 살아봐서 가족의 좋은 점도 나쁜 점도 도모미보다는 많이 알잖아. 결혼해서 가정을 꾸리고, 아이를 낳고, 손자가 생기고 그러면서 가족이 느는 거야. 태곳적부터 인류는 그렇게 맥을 이어왔어. 다짱 결혼식 때 큰아버지가 갑자기 울었던 거 기억하지? 그때 큰아버지의 기분이 어땠을지 너도 알잖아."

"그때는 나도 좀 놀랐어. 그 고릴라 같은 큰아버지가 사람들 앞에서 목 놓아 울 줄이야."

"다짱이 태어나서부터 지금까지 있었던 일들이 떠올랐을 거야. 20여 년에 걸친 부자 관계가 머리를 스쳐 지나가면서 순간 감정이 북받쳤던 거지."

"그렇다고 그렇게까지 울다니……."

"겪어보지 않으면 모르는 게 많아."

"하지만 아이 키우기가 어디 쉬워? 돈도 엄청 들고 내 시간도 없어지고."

"내 아이를 위해서라면 아무리 힘들어도 시간과 돈을 쏟게 되어 있어. 그게 부모야. 그런데 너 평소에 남자를 만나기는 하니?"

"전혀 아닌데."

"아이를 갖고 싶다는 생각은 안 들어?"

"새끼 판다 샹샹(도쿄 우에노동물원에서 2017년 6월에 태어난 자이언트판다―옮긴이)은 너무 좋지만, 진짜 아기는 귀찮아."

"그래도 너랑 엄마는 같이 쇼핑도 자주 하고 요리도 하고 즐거웠잖아. 나중에 너에게도 그런 딸이 생기면 좋을 것 같지 않아?"

"태어나자마자 초등학교 5학년쯤 되면 즐거울 수도 있겠지. 여자들은 집에서 애 키우느라 힘들어 죽겠는데, 남편은 집안일이고 육아고 하나도 안 하면서 밖에서 바람이나 피우고 다니면 너무 비참하잖아."

그때 문득 강렬한 혐오감이 지카코의 목구멍까지 치밀어 올랐다. "너 바보야?" 무심결에 입 밖으로 내뱉었다. "정말 못 들어주겠네. 그렇게 주워들은 이야기만으로 판단할 문제가 아니야."

도모미가 눈을 동그랗게 뜨고 입을 반쯤 벌린 채 이쪽을 돌아봤다.

"결혼한 적도 없으면서 주워들은 말이나 상상에 기대 이래서 싫고 저래서 싫다고 단정하는 것 자체가 결혼한 여자가 보기에는 바보 같아."

언제부터일까. 도모미가 상처 받을까 봐 신중하게 말을 고르게 된 것은. 욱하는 기질이 있는 지카코는 한번 불이 붙으면 하고 싶은 말은 하고야 마는 성미라 인간관계가 삐걱거렸던 적이 여러 번 있었다. 그래서 모녀 사이에도 말이 엇나갈까 봐 자제하며 딸의 기분을 맞춰왔다. 하지만 최근 들어 그게 과연 잘한 일이었을까 하고 생각하게 됐다.

하고 싶은 말은 해도 되는 것 아닐까. 아이가 잠깐 상처받을 수도 있는 것 아닌가. 부모가 잔소리하는 이유는 자식에게 도움이 될 거라고 생각하기 때문이다. 그렇다고 상식에 어긋나는 불합리한 말을 하는 것도 아니다. 부모의 관점에서 진지하게 생각해보고 하는 말이다. 나쁜 사람이 될 걸 각오하고 도모미를 생각해서 하는 말이다.

"아이는 원래 그래. 키우기 힘들다는 둥 돈이 너무 많이 든다는 둥 그런 건 결혼 안 한 사람들이 듣고 싶은 정보만 듣는 거야. 그렇게 생각하지 않는 여자들이 더 많아."

"그건 엄마 말이 맞다. 결혼이나 육아가 힘들다는 건 결혼 못하고 인기 없는 사람들이나 하는 말이야. 다들 그렇게 자기 위로를 하는 거라고."

한층 가혹한 말에 깜짝 놀라 남편의 얼굴을 보니 눈빛이 진지하다. 도모미가 화를 낼 거라 생각했지만 다행히 그렇지 않았다. 생각에 잠긴 얼굴이다.

"가족 여행을 다녀왔는데 너무 즐거웠다든가, 아이가 어린이집에서 재미있게 노는 모습이 너무 귀여웠다든가 친구들에게 그런 이야기를 들어본 적 없어? 그래, 없구나. 결혼한 친구와는 연락이 뜸해져서겠지. 아니면 결혼한 친구들이 도모미를 배려해서 즐거운 이야기는 하지 않으려고 하는 건 아닐까? 아니야? 그럼 도모미는 어디서 그런 이야기를 들은 거야? 그저 언론에 떠도는 말뿐이잖아. 그렇게 결혼에 대한 안 좋은 이야기만 기억하는 건 네가 미혼이라는 사실에 부담을 느끼기 때문 아니야?"

말이 너무 심했나. 그렇게 생각하며 도모미의 눈치를 살며시 살피는데, 이번에도 역시 표정에서 분노가 느껴지지 않는다. 접시 한 귀퉁이를 바라볼 뿐, 아무 말도 없다. 깊이 상처받은 게 아닐까.

"우리도 이제 곧 환갑이야. 이제는 엄마 아빠가 세상에 없을 수도 있다는 걸 생각하면서 살아야 해."

"아빠는 왜 과장하고 그래?"

도모미의 목소리가 미세하게 떨렸다.

"과장이 아니야. 이제 엄마 아빠도 젊지 않아."

도모미가 차를 단숨에 들이켰다.

"도모미, 잘 들어. 이런 일상이 영원할 순 없어. 지금은 우리 셋이 모두 건강하고 각자 일을 해서 돈을 벌고 있지만, 아빠는 이제 곧 정년퇴직할 거고, 네 엄마도……. 그러고 보니 지카는 언제까지 일한다고 했지?"

"할 수 있는 한 계속 일할 생각이지만, 주변에 60세 넘어서까지 일하는 사람은 없어. 그러니 어떻게 될지는 모르지."

"그래? 뭐, 어느 쪽이든 세월이 흐르면서 가족의 형태도 점점 변하는 법이야. 네가 앞으로도 계속 독신이라면, 우리가 죽은 뒤에는 이 아파트에서 너 혼자 살게 될 거야. 겁주려는 게 아니야. 게다가 이 아파트도 노후화되고 있지. 분양 받았다고 해서 평생 살 수 있다는 보장은 없어."

"그래? 살 곳이 없어진다……. 그건 좀 무섭네."

도모미는 뜻밖에 솔직한 반응을 보였다. 아마 수십 년 뒤의 일까지 구체적으로 상상해본 적은 없을 것이다. 28세나 되었는데도 참 마음 편하게 산다고 지카코는 생각했다. 그러고 보면 지카코도 20대에 도모미를 낳은 뒤에야 아이의 성장과 함께 미래를 구체적으로 생각하기 시작했다. 앞으로 몇 년 뒤면 초등학교에 입학하고, 그다음은 중학교에 입학할 테고, 그때 우리 부부의 나이는 어떻고, 연봉은 어떻고, 저축은 어떻고…… 아이가 없으면 인생의 구체적인 마디가 없으므로 세세하게 생각하기 어려운 것인지도 모른다.

"그러니까 아빠 생각에는 결혼 활동을 적극적으로 해보면 어떨까 싶어."

"결혼 활동이라니 창피하게."

"뭐가 창피해? 남자를 만나고 싶어 하는 건 부끄러운 일이 아냐."

"결혼한 동창 중 결혼정보회사에 몇십만 엔이나 낸 사람은 없어. 다들 학교나 회사에서 만나 결혼했다고. 그런데 나만 왜 결혼 활동까지 해야 돼? 내키지도 않고 창피해."

"지금 그런 말이 나와? 20년 뒤 여기서 혼자 살 생각을 해봐."

"20년 뒤에는 엄마 아빠도 있을 거잖아."

"그럼 40년 뒤에는? 그때는 너도 68세야. 엄마 아빠는 당연히 세상에 없겠지. 이 아파트도 오래 돼서 헐릴 거고."

"그건…… 큰일이지."

"꼭 돈 문제만이 아냐. 외로움을 견딜 수 있겠어? 아프거나 무슨 일이 생기면 어떻게 할 거야?"

오늘은 남편이 꽤 괜찮아 보인다. 진지하게 설득하려고 노력하고 있다.

"미사키나 료코와 같이 살 수도 있지."

도모미는 대학교 시절 친구 이름을 댔다.

"그 친구들이 계속 독신일 거라는 보장은 없어."

남편이 이렇게 말하자 도모미의 안색이 싹 변했다.

"조만간 청첩장이 올지도 몰라. 아니면 내년에 '나 결혼했어'라고 쓴 연하장이 오거나."

지카코도 슬슬 도모미에게 겁을 주고 싶어졌다. 더는 느긋하게 있을 나이가 아니다.

"그건…… 그럴 수도 있겠지. 지금은 미사키도 료코도 다 남자친구가 없는 것 같지만."

"그러다 하나둘 결혼하면?"

남편이 이렇게 묻자 도모미는 갑자기 불안한 얼굴이 됐다.

"그러면 난 외톨이가 될지도 몰라. 원래 사교적인 편도 아니고."

"결혼해서 아이가 생기면 누구나 자기 가족이 1순위가 돼. 다른 데 쓸 돈이나 시간이 없어진다고. 도모미가 친구에게 의논하고 싶은 일이 생겨도 그 친구들이 들어주지 않을지도 몰라. 그걸 야박하다고 할 수는 없어."

"맞아. 엄마도 도모미가 어렸을 때 친구들과 멀어져서 같이 아무것도 할 수 없었어."

"네가 결혼을 절대 안 하고 싶다거나 일만 하면서 살고 싶다면 아빠는 억지로 결혼하라고 하지 않을 거야. 살고 싶은 대로 사는 게 제일 좋으니까. 하지만 언젠가 결혼할 생각이라면 지금 당장 서두르는 게 좋아. 안 그러면 천애고아가 될 확률이 하루하루 높아진다고."

"엄마는 다섯 남매였고, 네 아빠는 여덟 남매였어. 그러니까 우리에게는 사촌이 서른여덟 명 정도 있지. 손자들까지 세어본 적은 없지만 아마 합하면 수가 엄청날 거야. 우리 때는 결혼하면 대부분 아이를 둘이나 셋은 낳았으니까. 서로 실제적인 도움을 주고받지는 않지만 마음이 든든하다고나 할까."

도모미를 낳은 뒤 아이가 생기지 않았다. 외동으로 자라게 한 데 미안한 마음에 목소리가 작아졌다.

"아파트를 임대할 때나 입원할 때, 수술할 때도 보증인이 필요해. 독신자가 점점 늘고 있으니 머지않아 국가가 대신 보증을 서 주는 법이 생기면 좋겠지만."

남편은 그렇게 말하며 다 식어버린 커피를 마셨다.

"아빠는 너처럼 언젠가는 결혼하고 싶다고 태평하게 말하는 사람이 제일 걱정되더라. 아빠 회사에 40대 미혼 여자 직원이 몇 명 있는데, 평생 결혼 안 할 거라고 확실하게 마음 먹은 사람들은 미래 계획을 꼼꼼하게 세우거든. 들어보면 평수는 좀 작아도 역에서 가까운 아파트를 샀거나, 정년까지 대출 상환을 마치겠다는 계획을 세운 사람도 있지. 하지만 언젠가 멋진 사람이 나타나겠지 하고 막연하게 생각하는 사람들은 남자든 여자든 노후 계획이 없어. 해외여행이나 옷 사는 데 돈을 펑펑 쓰더라. 그러면서 아무 근거도 없이 어떻게든 될 거라고 생각하더라고. 평생 결혼하지 않고 혼자 살 거라면 마음을 단단히 먹고 인생 설계를 해야 할 거야."

"그런가……. 사는 게 생각보다 훨씬 어렵네."

도모미가 중얼거리듯 말했다.

"나는 말이지." 지카코가 끼어들었다. "네가 콤플렉스나 질투심을 갖고 사는 게 제일 싫어."

도모미의 자존심을 상하게 할지 모른다고 생각하면서도 속에 있는 말을 꺼냈다.

"도모미가 콤플렉스나 질투심을 갖고 있다니 무슨 말이야?"

"봤어. 친구가 보낸 연하장을 찢어버리는 거."

도모미의 행동은 지카코가 모리코의 연하장을 읽고 또 읽었던 것과는 대조적이었다. 행동은 정반대였지만 콤플렉스나 질투라는 점에서는 같았다.

"엄마야말로 오해하지 마. 그 연하장은 좀 심했다니까."

"뭐가? 피로연 사진이었지? 둘이 촛불 켤 때 찍은."

"걔는 옛날부터 뭐든 자기가 남보다 위라고 생각하고 과시하려고 했어. 자기는 이렇게 좋은 남자와 결혼했지만 너는 안 될 거라고 말하는 게 빤히 보이잖아."

"뭐?"

듣고 있던 두 사람은 어이없다는 듯 탄성을 내지르고 말았다.

"그런 걸 질투라고 부르는 거야."

"그게 아니라니까."

"그 애에게 싫은 점이 있어도, 네가 지금 결혼을 했다면 그 연하장을 본들 별 생각 없지 않았을까? 기껏해야 드레스가 어떤가, 내 드레스는 레이스가 이랬는데 저랬는데 하는 정도였겠지. 찢어버릴 생각까지는 안 했을 거야. 그러다가는 나중에 친구에게 아기가 생겼다거나 아이의 초등학교 입학식 사진이 실린 연하장을 받고도 찢어버릴지 몰라."

"어쩌면 죽을 때까지 그럴 수도 있어."

남편이 위협하듯 말했다.

도모미는 입을 다물었다. 표정에서 아무것도 읽을 수 없었다.

"도모미, 부모 대리 맞선 말인데 시험 삼아 엄마와 내가 한번 가보면 어떨까? 1회 참가비가 1만 5000엔이래. 따로 신청비나 성공 보수도 받지 않는다니까 결혼 활동 사이트에 등록하는 것보다 훨씬 저렴하잖아. 거기서 신상서를 교환해서 집에 가져온 뒤 네가 그걸 보고 싫으면 거절해도 돼. 그게 다야. 심각하게 생각할 것 없어. 마음 편하게 해보자. 마음 편하게."

남편은 도모미가 대답할 틈을 주지 않고 다그치듯 말을 이었다.

"내년 설에는 네 친구가 전부 결혼식 사진을 넣은 연하장을 보내올지도 몰라."

약 올리는 말까지 하다니 남편의 위기감도 상당한 모양이다. 인터넷으로 매일같이 최근의 결혼 상황을 조사하며 도모미의 남은 생이 어떻게 흘러갈지 생각하고 생각한 결과이리라. 그런 생각을 하면 지카코마저 불안해졌다.

"내가 갈게." 지카코가 단호하게 말했다. "도모미가 말려도 나는 갈 거야. 안 그러면 평생 후회할 것 같아."

"엄마가 왜 후회를 해? 후회해도 내가 하지."

"너도, 엄마 아빠도 분명 후회할 거야." 남편이 말했다. 그러더니 "야자와 에이키치가 생각나네"라며 갑자기 화제를 바꿨다.

"웬 야자와? 갑자기?"

도모미가 멍하니 남편을 바라보았다.

"야자와 다음은 크루아상 증후군이고, 그다음은 마케이누였지." 지카코가 계속 말을 이었다.

"그게 무슨 소리야?" 도모미가 물었다.

"아빠가 고등학생 때 야자와 에이키치(1970년대 일본에서 인기를 얻은 록 보컬리스트―옮긴이)의 자서전이 엄청난 베스트셀러였거든. 나는 읽지 않았지만 친구 중에 읽은 녀석이 꽤 있었어. 그 책에 남자라면 샐러리맨 같은 시시한 일을 하지 말고 꿈을 좇으라고 나오나 봐. 그 말을 곧이곧대로 듣고 취직도 안 하고 공부도 안 하면서 그저 꿈만 좇던 동창들은 지금까지 독신으로 가난하게 살고 있어. 그러니까 성공한 사람이 하는 말을 곧이곧대로 들으면 안 되는 거야."

"아빠 친구들은 꿈이 뭐였는데?"

"야자와 같은 뮤지션이 되는 거. 배우가 되겠다는 친구도 있었고."

"흐음, 무모하네."

도모미는 거품이 꺼진 뒤 경기 침체기에 자랐고, 취업 빙하기를 겪어냈다.

"그런데 엄마가 말한 크루아상 어쩌고 하는 건 뭐야?"

"크루아상 증후군이라는 건, 크루아상이라는 잡지가 싱글의 삶은 멋지다면서 여성들을 부추겼거든. 그래서 돈도 없고 유명하지도 않고 좋은 집안의 규수도 아니고 명문대 졸업자도 아니고 대기업에 다니는 것도 아닌, 그저 그런 서민 여자들이 그런 삶을 흉내 내다가 돌이킬 수 없게 된 걸 말해. 마케이누(싸움에 진 개라는 뜻의 일본어. 일본의 여성 작가 사카이 준코의 에세이 〈마케이누의 절규〉에 등장한 말로, 미혼 여성이 행복하다고 말하면 사람들의 반감을 살 수 있으므로 사람들과 잘 지내려면 아무리 예쁘고 일을 잘해도 30대 이상, 미혼, 자녀 없음이라는 세 가지 조건을 갖춘 여자는 싸움에 진 개라고 스스로 낙인찍는 게 편하다는 내용을 담고 있다. 일본에서 이 말이 유행하면서 나중에는 30대 이상 미혼 여성 전체를 지칭하게 됐다—옮긴이)라는 말도 성공한 독신들이 만든 거라니까."

"그런 건가."

도모미는 허공을 응시했다.

"성공한 사람은 주목받기 때문에 눈에 잘 띄는 것뿐이야. 그런 사람이 실제로는 극소수라는 걸 잊으면 안 돼. 현실은 생각보다 훨씬 냉혹해. 하지만 30대에는 그런 걸 알기 어렵지. 하지만 50대에 깨달으면 늦어. 시간은 지금도 흐르고 있어. 사람은 누구나 예외 없이 늙어. 도모미도 시간이 많지 않다고."

남편은 가방 안에서 아이패드를 꺼냈다.

"이 그래프를 봐라. 90세까지 네 경제 상황과 친척 관계를 대충 짐작할 수 있을 거야."

도모미는 포크를 내려놓고 거실로 왔다. 지카코와 도모미는 남편의 등 뒤에서 화면을 들여다봤다.

"여길 봐. 도모미가 50세 될 때쯤 우리 형, 그러니까 네 큰아버지가 돌아가실 거야."

사람의 죽음을 멋대로 단정 짓는 것이 이상해 지카코와 도모미는 자신들도 모르게 웃음을 터뜨렸다.

"그리고 도모미가 52세가 되면 내가 죽고, 56세 때는 네 이모가 세상을 떠날 거야."

"나는 언제 죽을 예정이야?" 지카코가 물었다.

"당신은 부모 세대 중에는 맨 마지막이야. 도모미가 59세일 때."

"평균수명을 생각하면 확실히 그 정도 되겠네. 그렇다면 도모미는 지금 내 나이에 천애고아가 되는 거네. 사촌 동생들은 자녀가 있어 좋겠다."

"외톨이는 싫은데." 도모미가 툭 던지듯 말했다. "그렇게 구체적으로 생각하니까 무섭잖아."

"그러다 정말 천애고아가 된다니까." 남편이 다시 채찍질했다. "역시 결혼해야겠지? 아빠가 부모 대리 맞선에 갔다 올게. 괜찮지?"

"하지만…… 난 거기서도 인기 없을걸."

"아니야. 네가 얼마나 예쁜데."

"부모 눈에야 자식은 다 예쁘지."

"그게 아니고. 분명히 널 예쁘다고 생각하는 남자가 있을 거야."

"너무 희망적인 생각이야. 맞선에서는 사진부터 주고받던데."

"이게 마지막 기회일지도 몰라. 엄마 아빠도 앞으로 나이가 더 들면 체력이 떨어지고 판단력도 흐려질 거야. 암이나 당뇨병이나 고혈압이 생기면 대리 맞선에 나가고 싶어도 못 가."

"마지막 기회는 무슨……."

"맞아. 마지막이야."

도모미는 입을 다문 채 식탁으로 돌아가 남은 차를 마셨다. 부부는 그 모습을 가만히 지켜봤다.

"그렇다면…… 음, 알았어. 잘 다녀와."

고개를 끄덕이는 도모미를 보며 지카코도 이끌린 듯 세차게 고개를 끄덕였다. 남편은 주먹을 불끈 쥐어 보였다. 갑자기 태도가 누그러진 것은, 자신의 미래를 현실적으로 상상해봤기 때문인지도 모른다. 아니면 겉으로는 언젠가 좋은 사람이 나타나겠지하면서도 속으로는 지금 같은 생활 패턴이라면 아무것도 바뀌지 않을 것이라는 위기감이 든 것인지도 모른다.

"그럼 결정됐네. 이제 홍차 좀 마시자."

지카코는 일어나 부엌으로 향했다.

"후쿠, 부모 대리 맞선에 같이 갈래?"

"둘이 함께 보고 고르는 게 마음이 놓이기는 하지만 참가비가 배가 될 텐데."

"배? 1만 5000엔이 3만 엔이 되는 거야? 참, 장사들 잘하네. 그럼 안 되겠네."

"차라리 그 돈으로 부모 대리 맞선을 여러 번 보는 게 낫지."

'속셈을 들켰다.'

남편도 자신과 같은 생각을 하는 모양이었다. 계속 참여해보자. 부모 맞선을 주선하는 회사는 많으니까.

"차 마셔" 하며 옆집 부인에게 선물 받은 대만산 말린 망고를 홍차에 곁들여 내놓았다. 유리 테이블 위에 잔을 놓자 도모미도 식탁 의자에서 일어나 건너편 소파로 왔다.

"사실은 말이야." 도모미가 망고를 세로로 찢으며 조용히 말했다. "마루미가 결혼하나 봐."

"어, 마루미? 정말?" 지카코가 놀라서 되물었다. "미안한 말이지만, 결혼하기 제일 어려울 줄 알았는데."

도모미의 학교 친구인 마루미는 얼굴이 둥글둥글해서 초등학교 때부터 그렇게 불렸다.(일본어로 둥글다는 뜻의 '마루이丸い'에

서 끝 글자만 바꿔 부른 것—옮긴이)

"얼마 전 커피숍에서 만나 소개받았는데, 깜짝 놀랐어. 남자가 너무 못생겨서."

"마루미는 초등학교 때부터 아이돌을 좋아하지 않았나? 그때부터 자기에겐 외모가 중요하다고 했던 것 같은데?"

"맞아. 그랬던 애가 그럴 줄 몰랐어. 그래도…… 부럽기는 하더라."

"부러워? 왜?"

"그 남자, 얼굴도 별로인 데다 키도 작고 뚱뚱했어. 딱 봐도 덕후 이미지고. 완전 헐렁한 청바지에 체크무늬 셔츠라니 대체 어느 시대 패션이냐고 묻고 싶을 정도로 못 봐주겠더라고."

그러니까 왜 부러운지 묻는 거야. 그렇게 물으려던 차에 남편이 먼저 물으며 대답을 재촉하듯 도모미를 가만히 보기에 지카코는 가만히 있었다.

"눈앞에 앉아 있는 나 같은 건 안중에도 없다는 듯이 둘이 취미 이야기만 계속하더라고. 둘만의 세계에 빠져 있었어. 마루미는 저 남자가 정말 운명으로 보일까 생각하니 너무 신기하더라고. 사랑이란 게 참 대단한 거구나 싶고. 저렇게 촌스러운 남자와 그저 그런 여자의 달달한 모습이라니. 웃기면서도 왠지 흐뭇했어. 이렇게 말하면 내가 마루미를 무시하는 것처럼 들릴까 봐 좀 그렇긴 하지만."

"좋아, 도모미." 남편이 힘차게 말했다. "네가 그런 생각을 하고 있다면 결혼은 간단해. 겉모습만 보고는 사람을 알 수 없다고 결혼 활동 지침서에도 적혀 있거든. 그러니까 너에게도 취미가 맞고 말이 통하는 상대가 분명히 나타날 거야."

남편은 얼굴 한가득 웃음을 띠고 있었다.

요즘 남편은 인터넷 서핑뿐 아니라 결혼 활동에 관한 책을 여러 권 사들여 열심히 읽고 있다. 며칠 전 탁자에 놓인 것을 대충 넘겨보니 곳곳에 밑줄이 쳐져 있고, 여기저기 메모지도 붙어 있었다. 남편은 지금도 의욕이 넘치는 표정이다. 헛다리만 짚지 않으면 좋겠는데.

7

 남편은 이미 부모 대리 맞선 사이트 여러 군데 중에서 한 곳을 골라놓은 터였다. '좋은 인연 이즈미회'라는 회사로, 모회사는 대형 종합 건설사다. 결혼 시즌에 집을 팔기 위해 마케팅 차원에서 이런 사업을 하는 건지, 아니면 결혼 활동 사업에 본격적으로 뛰어든 건지는 알 수 없었다. 남편은 홈페이지 이미지가 진지해서 마음에 들었다고 했다. 지카코가 보기에도 홈페이지의 느낌이 좋았다. 프로그래머의 눈으로 봤을 때 사용자 편의를 고려해 잘 설계된 홈페이지로, 디자인이 세련된 것을 보니 자금도 넉넉한 듯했다. 인터넷으로 신청하니 다음 날 팸플릿과 신상서 용지가 우편으로 배송됐다.

 그날 밤, 세 사람은 신상서 쓰는 법을 검토했다. 첫 줄은 부모의 이름과 주소를 적는 칸이었다. 고등학교 시절 서예부였던 도모미가 진중한 글씨체로 적어 나갔다. 두 번째 줄은 당사자에 관한 칸인데 주소는 시와 구까지만 적게 되어 있고, 동네 이름이나 번지는 쓰지 않아도 된다는 주의 사항이 있었다.

"스토커 방지 차원일 수도 있어." 남편이 말했다.

그 말을 들으니 왠지 겁이 났다. 오래된 뉴스지만 스토커 살인 사건을 처음 들었을 때의 충격이 아직도 잊히지 않는다. 그전까지는 연애에 위험이 따른다는 생각을 해본 적이 없었다. 쇼와(1926년부터 1989년까지 일본의 연호—옮긴이) 시대의 트로트나 가요에는 차인 남자는 술로 여자를 잊고, 차인 여자는 긴 머리를 자르며 심기일전한다는 가사가 있다. 이별이란 차인다는 고통을 통해 인간으로서 한층 성장하는 단계 아니던가. 이런 것도 이미 옛말일까?

"큰일이야. 요즘 남자들은 자존심이 없는 건지, 너무 강한 건지." 남편이 말했다.

지카코는 문득 생각나는 대로 말했다.

"옛날에는 아무리 끔찍한 남편이라도 꾹 참고 살아야 했잖아. 혹시 그게 여자는 결혼이 아니면 살길이 없어서 그랬던 거 아닐까?"

"그런가? 여자가 도망가지 않으니 남자도 쫓아다닐 필요가 없었던 건가?"

"맞아. 그래서 옛날에는 스토커가 적었나 봐. 그나저나 여기 참가하는 사람 중에도 스토커 짓을 할 만한 사람이 있을까?"

지카코는 질문이 아니라 혼잣말처럼 중얼거렸다.

"부모가 대리 맞선에 나올 정도니까 그 아들이 스토커일 확률은 거의 없어. 적어도 부모와 자녀 관계는 좋다는 거니까."

남편이 말했다.

"그러네. 부모와 자녀가 소통되는 집에서만 올 테니까. 그렇다면 안심인가?"

부모 대리 맞선 홈페이지에는 주최 측에 상관없이 모두 같은 주의 사항이 포함되어 있었다.

반드시 자녀의 동의를 얻은 뒤에 신청하세요. 자녀가 적극적이지 않다면 결혼 생활이 성공할 리 없고 상대방에게도 실례입니다.

"엄마, 의심하기 시작하면 아무도 못 만나. 다음 칸은 생년월일과 근무지와 최종 학력이네."

도모미는 별다른 망설임 없이 담담하게 펜을 움직였다. 다음 칸에서는 전근 다니는 남자와의 만남도 괜찮은지 물었다.

"전근은 없는 편이 나으려나?"라고 말하며 도모미가 펜을 든 손을 멈췄다.

"그건 그렇지."

부모와 멀리 떨어져 있으면 아이가 태어났을 때 힘든 점이 많다. 지카코도 도모미를 낳았을 때, 친정이 멀어서 누구의 도움도 받지 못해 어려움을 겪었다.

"남편이 전근 가면 내가 회사를 그만둬야 하잖아. 아니지. 요즘은 아내가 회사를 계속 다니기 위해 별거하는 부부도 많지."

"뭐?"

지카코는 깜짝 놀라 자신도 모르게 남편과 마주 보았다. 도모미는 매일 지친 얼굴로 귀가했다. 업무 내용은 아르바이트 여자 고등학생이 하는 것과 크게 다르지 않았다. 게다가 자신보다 아르바이트생들이 유행을 잘 알고 말솜씨가 좋아 매출이 높다고 탄식한 적도 있다. 그런 모습을 매일 봐왔던 터라 도모미가 하루빨리 회사를 그만두고 싶어 한다고 생각하고 있었다. 결혼 후 살림에 보태기 위해 하는 시간제 일자리 정도면 몰라도.

"우리 회사는 남편의 직장 근처 매장으로 옮겨줄 정도로 배려 깊지 않거든. 애초에 매장이 전국에 있지도 않고. 오사카나 후쿠오카에 지사가 있기는 하지만, 임원 외에는 다 현지 채용이야."

도모미가 걱정스러운 얼굴로 천장을 응시했다.

"의외네. 네가 지금 회사에서 계속 일하고 싶어 할 줄은 몰랐어. 일은 만족스러워?"

"설마. 실적 채우기는 힘들고 인간관계는 골치 아프지. 만족과는 거리가 멀어. 하지만 특별한 자격증이라도 있지 않는 한 괜찮은 이직 자리가 쉽게 찾아지지는 않을 거야. 거기다 지금 다니는 회사는 취업 빙하기에 내게 기회를 줬으니까 고마운 마음도 조금은 있고."

"하지만 결혼하면 시간제 일자리도 괜찮지 않아?"

지극히 바른말을 했다고 생각했는데 도모미는 어이없다는 얼굴로 바라봤다.

"엄마, 진심으로 하는 말이야? 요즘엔 여자도 벌이가 없으면 위험해. 내 친구 야마시타 미코 기억나?"

"야마시타, 기억하지. 반에서 제일 공부 잘했던 애잖아."

"그래, 그 야마시타 미코. 걔는 대형 은행에 다니는 남자랑 결혼했어."

"와, 대단하네."

"그런데 미코가 임신했을 때 입덧이 너무 심해서 전에 다니던 건설회사를 그만둘 수밖에 없었나 봐."

"어머, 안됐다. 출산휴가가 좀 더 길면 좋을 텐데."

많은 회사에 출산휴가와 육아휴가 제도가 보급되어 있지만, 휴가 기간은 아직도 놀랄 만큼 짧다. 부를 대로 부른 배를 안고 만원 지하철로 출퇴근하는 건 위험하기 짝이 없는 일이다. 지카코는 자기 때와 비교해 전혀 나아지지 않은 현실이 새삼스럽게 놀라웠다.

"문제는 남편이야. 일의 강도와 갑질을 못 견디고 어느 날 갑자기 회사에 안 나가기 시작했대. 그래서 미코가 얼마 전부터 다시 취업 준비를 시작하고 여기저기 면접을 보러 다니는 모양이야. 우울한 남편이 아이를 돌보는 게 불안해서 아이도 친정 엄마에게 맡겼다더라고."

"그거 큰일이네."

고상한 미소를 짓던 야마시타의 엄마가 떠올랐다. 학부모 모임에서 몇 번 만난 적 있었다.

"그러니까 결혼했다고 해서 완전히 마음을 놓을 수는 없어."

"물론 그런 사람도 있지만 누구나 다 그런 건 아니지……."

"엄마, 내 동창 중에는 이혼해서 아이를 혼자 키우는 친구가 두 명이나 있어. 근데 우리는 아직 20대거든. 내 나이를 봤을 때 이 숫자가 적은 것 같아? 배구부 주장이었던 미호는 약사니까 어떻게든 버틸 수 있을 테지만, 수예부였던 마미는 마음이 약한 데다 몸도 허약한데 시급 960엔 받으면서 온종일 서서 일한다니 내가 걱정이 안 되겠냐고."

결혼한다고 해서 평생 편안하게 살 거라고 장담할 수는 없다. 그런 것은 굳이 말해주지 않아도 알고 있다. 실제로 지카코의 친구 미즈나 언니 세키코처럼 가까운 사람 중에도 이혼한 사람이 있고, 불의의 사고와 병으로 남편이 일찍 세상을 떠난 경우도 있다. 하지만 확률로 보면 그런 건 여전히 드문 사례여서, 그런 일이 하필 내 딸에게 일어나지는 않을 거라고 지카코는 자신도 모르게 태평하게 생각하고 있었다. 게다가 지금은 그런 일이 드물지 않게 되었는데도.

지카코는 출산 후에도 아이를 키우며 일을 했다. 사치하지만 않으면 남편의 월급으로 충분히 살 수 있을 테지만, 일은 나를 위한 것이라고 생각해 그만두지 않았다. 돌아보면 정신적으로나 육체적으로나 한계를 넘어섰다는 느낌이 들어 힘들 때가 많았다. 하지만 체력과 지적 능력이 평균을 넘지 않는 자신도 그럭저럭 버텼으니 누구나 이 정도는 할 수 있다고 생각했는데 어쩌면 그런 생각이 잘못된 것인지도 모른다. 학창 시절 친구 중 지금까지 풀타임으로 일하는 사람은 손에 꼽을 만큼 적다는 것이 그 증거다. 그것도 대부분 보육교사나 간호사, 초중등교사 자격증을 갖춘 사람들뿐이다. 마유미를 제외하면 민간 기업에서 계속 일하고 있는 친구는 없다. 전업주부인 친구들이 평온하게 지금까지 살아올 수 있었던 것은 이혼을 거의 하지 않는 세대였기 때문은 아닐까. 언니와 미스즈가 이혼하기는 했지만, 그들에게는 친정이라는 돌아갈 곳이 있었다.

도모미는 전근을 수용할 수 있는지 여부를 묻는 말에는 '불가'에 동그라미를 쳤다.

"다음은 결혼 후 거주 형태."

그렇게 말하며 도모미는 펜을 바꿔 들었다. 자세히 보니 '부모와 함께 산다'와 '부모와 따로 산다', 그리고 '둘 다 상관없다' 중 하나를 고르게 되어 있었다.

"부모님과 같이 사는 건 생각만 해도 갑갑해. 아빠의 시골집만큼 넓으면 몰라도."

남편은 산골 마을 출신이라 시댁에는 안채 말고도 별채와 헛간이 있고, 주변에 채소밭과 풀밭도 있었다. 언젠가 가족 모두 시골에 내려갔을 때 아주버님 부부가 이웃집과의 경계를 명확히 알지 못한다는 사실에 놀란 적이 있다. 하지만 생각해보면 도시에서 정원을 가꾸는 것과는 차원이 다르다. 제초를 다 못할 정도로 땅이 넓은 데다 땅값도 말도 안 되게 싼 것을 생각하면 경계선을 의식하지 않고 살 법도 하다. 아주버님은 병원에서 엑스레이 기사로 일하고, 형님은 소아청소년과 병동에서 보육교사로 일하고 있다. 바쁜 일상을 보내는 가운데 식구들이 먹을 채소를 재배하기도 정신 없을 것이다.

"요즘은 우리 집 같은 시골에서도 부모와 함께 사는 사람이 거의 없어."

"동거는 불가에 표시하면 되겠지."

도모미가 펜을 움직이려는 것을 보고 "잠깐만"이라고 지카코가 말했다. "이 칸은 그냥 비워두는 게 좋지 않을까? 상대편 부모를 돌볼 마음이 없다는 인상을 줄지도 몰라. 일단 '어느 쪽이든 상관없다'에 동그라미를 쳐두는 게 어때?"

"나도 찬성. 신상서를 보고 제일 먼저 판단하는 건 부모들이니까."

"아무리 그래도 같이 사는 건 난 안 되는데." 도모미는 양보하지 않았다. "요즘은 자식과 함께 살겠다는 부모가 적기는 하지만."

도모미의 말대로 동거 불가에 표시해도 괜찮을지 모른다. 결혼하는 사람은 도모미지 내가 아니다. 인생 선배로서 조언하고 싶은 마음도 들었지만, 내 의견이 반드시 맞다는 자신감은 딱히 없었다. 원래는 며느리가 "부모님을 모시고 살아도 괜찮아요"라고 말하면 시어머니가 "마음만 감사히 받으마. 너희 둘이 자유롭게 살려무나" 하고 권하는 게 이상적이다. 그런데 이것도 시대에 뒤떨어지는 사고방식일까? 지카코의 기분에는 아랑곳하지 않고 도모미는 '부모와 따로 산다'에 커다랗게 동그라미를 쳤다.

"상대방에 대한 희망 칸에는 성격에 대해 쓰면 되려나? 아니면 연봉은 몇백만 엔 이상, 키는 몇 센티미터 이상 같은 걸 쓸까? 어떻게 생각해?"

도모미가 물었다.

"처음에는 분위기를 좀 봐야 하니까 무난한 내용으로 쓰는 편이 좋지 않겠어?"

남편이 말했다.

도모미는 "그렇겠지"라고 말한 뒤 '성실하고 너그러운 사람'이라고 썼다.

가장 마지막 단은 가족 구성란으로, 가족 관계와 나이, 직업과 최종 학력, 그리고 형제자매가 미혼인지 기혼인지 쓰게 되어 있었다.

"그러고 보니 도모미, 프로필 사진은 찍었어?"

"찍기야 찍었지."

도모미가 말끝을 흐렸다.

"왜? 마음에 안 들어? 2만 엔이나 들었잖아."

"뭐라고 해야 할지……. 내가 이렇게 못생겼나 싶어."

그렇게 말하며 도모미는 사진관에서 찍은 사진을 봉투에서 꺼냈다.

"어디 보자. 이건 좀 그렇다." 남편이 가차없이 말했다. "실물이 훨씬 나은데."

"그렇지? 맞지?" 하며 도모미가 안심한 표정을 지었다.

"전문가가 찍은 거 아니야? 나도 보여줘. 어머, 정말. 얼굴도 부어 보이고 왜 이렇게 허옇게 떴지? 머리 모양도 안 어울리는 것 같고."

"메이크업 아티스트 언니가 화장도 해주고 머리도 해준 건데."

"전문가가 뭐 이래?"라고 남편이 중얼거렸다. "사진사나 메이크업 아티스트는 자격증 같은 게 없나?"

"이 정도면 차라리 내가 찍어주는 게 낫겠어"라고 지카코가 말했다. "자세히 보면 초점도 흐려. 디지털카메라 시대에 초점 불량이 웬 말이야?"

"내가 이것보다는 예쁘잖아요, 라고 항의하려면 용기가 필요하잖아. 그러니까 다들 울며 겨자 먹기로 참는 거지. 그러다 보니 아무나 할 수 있는 장사가 되는 거야. 그러다 인터넷에서 시끄러워지면 망할 수도 있지만" 하고 남편이 말했다.

"요즘은 별 실력도 없는데 자기를 전문가라고 말하는 사람이 너무 많아. 요전에 수리 맡긴 재봉틀을 받았는데 하나도 안 고쳤더라고."

항의하러 갔더니 사과는커녕 창피한 줄도 모르고 이렇게 말했다. "그게 다 고친 거예요. 계속 안 되면 기계를 바꾸셔야 해요."

그 말을 듣고 어찌나 화가 났는지 아직도 가라앉지 않는다. 옛날 가난했던 시절에는 물건 하나하나를 소중하게 다뤘다. 그렇게 시늉만 하면서 대충 일하는 건 기업도 소비자도 용납하지 않았다. 그때는 재봉틀도 사진기도 다 사치품이었지만, 지금은 툭하면 바꾸고 툭하면 버리는 시대가 됐다. 그동안 크게 의식하지 않았지만, 삶이 풍족해지면서 생활 곳곳에서 그 폐해가 드러나는 것 같다. 노동과 인간의 가치가 가벼워진 것은 아닐까? 그것이 지금의 결혼 상황에도 영향을 미치고 있지 않을까? 결혼은 평생 한 번뿐이라는 진지함이나 굳은 각오가 점차 희미해지는 듯하다.

"셀카봉을 사볼까?"

도모미가 말했다.

"맞아, 사진관에 가는 것보다 쉽고 저렴할 거야."

그렇게 말하다가 결혼 활동 팸플릿 아래쪽에 당사자만 참석하는 파티 공지가 적혀 있는 것을 발견했다.

"도모미, 여기에 가보면 어때? 몇 명이나 오는지는 안 적혀 있지만."

"한번 가볼까? 시험 삼아서."

도모미는 입술을 다물고 진지한 얼굴을 했다. 수줍음이나 혐오감은 어느새 희미해진 모양이다. 오랜만에 세 식구가 뭉쳐 같은 목표를 향해 가고 있었다. 그렇게 생각하니 지카코는 마음이 따뜻해졌다. 이렇게 가족적인 분위기는 도모미가 대학시험을 치렀을 때 이후 처음이다.

"어떤 옷을 입고 가는 게 좋을까? 역시 분홍색?"

"청순해 보일 것 같아. 후쿠는 어떻게 생각해?"

"음, 너무 화려하지 않고 수수하지도 않은 무난한 옷이 낫지 않아? 정장이나 원피스 같은."

"여성성을 강렬하게 보여주는 복장이 좋다고 인터넷에 써 있네"라고 말하며 도모미가 스마트폰에서 얼굴을 들었다.

"좀 징그럽다."

"그런 뜻은 아닌 것 같아. 노출이 심한 옷은 안 좋다고 쓰여 있으니까. 남자들이 좋아하는 스타일이 좋대. 예를 들면 꽃무늬가 들어간 하늘하늘한 치마 같은 거."

"그러네. 요즘에는 남자들도 분홍색 옷을 많이 입더라. 그래, 그게 좋겠네. 소매가 시폰으로 된 블라우스나 우아한 플레어스커트. 좀 구식이기는 하지만."

"그런 옷은 없으니 새로 사야겠다"라고 도모미가 말했다. 귀찮아하는 줄 알았는데 뜻밖에 즐기는 표정이다.

도모미는 평소 검은 청바지에 검은 스웨터 차림으로 출근한다. 매장에서는 자사 제품을 입어야 하므로 출근한 뒤 갈아입는 모양이다. 직원 할인가로 몇 벌 사서 바꿔가며 입었다. 도모미는 원래 패션에 관심이 없는 편이다. 그런데도 의류 회사에 취직한 것은 도모미가 학교를 졸업할 무렵이 취직 빙하기여서 어느 기업에서고 신규 채용 인원이 적었기 때문이었다. 업종을 좁히지 않고 닥치는 대로 지원해서 겨우 입사한 것이 지금의 직장이다.

"엄마, 같이 쇼핑하러 가자."

같이 가자고 할 줄은 몰랐다. 초등학교 때는 도모미와 자주 쇼핑을 했다. 그때 기억을 떠올리니 어쩐지 즐거워졌다.

"도모미, 옷이고 구두고 다 엄마한테 사달라고 해."

"응? 후쿠, 돈은 내가 내는 거야?"

"그럼. 이것도 혼수야." 남편이 말했다.

그러고 보니…… 지카코가 결혼했던 때와 달리 기모노나 가구 같은 혼수품을 갖출 필요가 없는 시대가 됐다. 그렇다면.

"그래. 옷 정도는 부모가 사줘도 이상할 것 없지."

원피스를 열 벌 사준들 기모노 한 벌 값도 안 된다.

'딸 가진 부모는 안 되겠네. 돈만 나가고.' 결혼하기 전, 부모님을 놀리듯 이야기를 나누던 단란한 광경이 갑자기 뇌리에 떠올랐다. 딸은 어차피 다른 집에 시집보내니 돈만 들고 본전을 못 건진다는 뜻이었다. 지카코는 그런 시대에 자랐다. 하지만 요즘 젊은 여성은 다르다. 스스로 돈을 벌기 시작하면서 혼수가 필요 없어졌다. 특히 도시에 있는 아파트에 살면, 좋은 가구를 사줘도 둘 곳이 없다.

평소에도 입을 만한 원피스도 여러 벌 한꺼번에 사줘야지. 결혼하게 되면 근사한 그릇도 사주자. 요즘 들어 백화점에 가는 횟수가 눈에 띄게 줄었다. 오랜만에 쇼핑할 것을 생각하니 마음이 들뜨기 시작했다.

"도모미, 마음에 드는 게 있으면 비싸도 고민하지 말고 엄마한 테 사달라고 해."

"후쿠, 그렇게 비싼 옷을 살 필요는……."

"지카, 지금 돈을 안 쓰면 언제 쓰려고? 지금이다 싶을 때 안 쓰면 나중에 후회해. 도모미를 최대한 예뻐 보이게 해줄 옷을 골라야지."

"후쿠, 왠지 사람이 변한 것 같다."

그렇게 말하자 남편이 웃음을 터뜨렸다.

"내가 요즘 하는 말, 대부분 결혼 활동 지침서에 나오는 거야."

"뭐야. 그런 거였어?"

"책이 정말 도움이 되는구나." 도모미가 진지하게 말했다.

"그렇지?" 남편이 상냥한 눈으로 도모미를 바라봤다.

"아빠가 어릴 때부터 입버릇처럼 말했잖아. 뭔가 막혔을 때나 고민이 있을 때는 무조건 책을 읽으라고. 책 속에 답이 있다고."

"기억하네."

이럴 때면 남편은 무척 기쁜 표정을 짓는다. 한때 가정을 나 몰라라 했던 시기가 있었기 때문에 자신도 육아에 공헌했다는 생각을 하며 안심하는 걸까.

8

부모 대리 맞선에 나가기 일주일 전이다. 퇴근하고 돌아와 우편함을 들여다보니 기다리고 기다리던 '좋은 인연 이즈미회'에서 온 편지가 들어 있었다. 참가자에 대한 자료가 동봉되어 있을 것이다. 지카코는 현관문을 열기 바쁘게 구두를 아무렇게나 벗어던지고 종종걸음으로 거실로 가 곧바로 봉투를 열었다.

참가자의 인적 사항을 A3용지에 정리한 일람표가 들어 있었다. 남성은 43명, 여성은 45명이다. 이름은 적혀 있지 않고 접수번호 순으로 직업, 나이, 학력이 한 줄로 요약되어 있다. 학력도 전문대 졸인지 대졸인지 대학원 졸인지만 적혀 있고, 구체적인 학교명은 없다. 직업란도 회사원인지 자영업자인지만 구분되어 있을 뿐, 회사명이나 업종도 알 수 없다.

"뭐야, 이게 다야?" 지카코는 혼잣말을 했다.

얼핏 보니 남자는 50대가 두 명이고 40대가 열 명, 20대는 한 명뿐이다. 나머지는 30대였는데, 35세 이상이 많았다. 생각보다 연령대가 높아서 실망스러웠다. 갑자기 위 주변이 묵직해졌다.

"실망인데."

아무도 없는 방에서 지카코는 혼잣말을 했다. 소리 내서 말하면 기분이 조금은 가벼워질 줄 알았는데 그렇지도 않았다. 기대가 컸던 만큼 마음이 울적해져 멀뚱히 선 채 창밖에서 흔들리는 나무를 바라보았다. 문득 늘 하던 말이 떠올랐다.

'해야 할 일을 담담하게 해 나가자.'

50세가 넘으면서부터 이 말을 시시때때로 되뇌게 되었다. 마치 주문처럼. 나이가 드니 쉽게 피로해진다. 정신을 차리고 보면 멍하니 있는 때가 많다. 그렇게 있다 보면 집안일이 밀려 살림이 엉망이 되고 다음 날은 더 힘들어진다. 그래서 주문을 외우며 마음속 고민과 불안을 잠시 밀어내고 눈앞에 닥친 일들을 기계적으로 해 나갔다. 언제부터였을까. 저 주문은 지카코의 바쁜 일상 속에서 아주 중요한 말이 됐다.

"어디 한번 해볼까?"

냄비에 물을 붓고 불에 올렸다. 유부와 두부를 넣어 된장국을 끓인 뒤 시금치, 양파, 인삼을 썰었다. 오늘 아침 출근하기 전 냉동고에 있던 돼지고기를 술과 간장으로 밑간해 냉장고로 옮겨두었다. 이제 썰어놓은 채소와 함께 볶기만 하면 끝이다. 그리고 휴일에 만들어두었던 콩을 넣은 톳 조림과 연근을 식탁에 올리면 된다. 부엌에 선 채 저녁 식사를 마친 후 딸기로 디저트를 대신했다. 놀랄 만큼 크고 달았는데 가격이 뜻밖에 저렴했던 것을 생각하니 기분이 조금 나아졌다. 저녁 준비가 다 되자 식탁에 수저와 접시를 놓았다. 유리그릇에 담은 빨간 딸기가 화려함을 더했다. 딸기는 반찬이 아니니 착시 효과일 뿐이지만 어쨌든 분위기는 돋울 것이다. 그리고 남편과 도모미를 위해 '좋은 인연 이즈미 회'에서 온 자료를 프린터로 두 부 복사했다.

그날 밤, 세 식구는 거실에 모였다. 남편과 지카코는 소파에, 도모미는 식탁 의자에 앉아 각각 자료에 집중했다. 조용한 거실에 종이 넘기는 소리만 들렸다. 자료를 훑어본 남편이 고개를 들었다.

"도모미가 절대 양보할 수 없다고 했던 조건이 뭔지 다시 한 번 확인해볼까?"

남편은 유리 테이블에 노트북을 올려놓으며 마치 회의실에 앉아 있는 사람 같은 말투로 말했다.

노트북을 들여다보니 '결혼 활동의 경향과 대책'이라는 제목이 붙은 파일이 만들어져 있었다. 남편이 노력하는 것이 느껴져 마음이 든든했다. 딸의 일생을 좌우할 일이다. 증권사에 다닐 때처럼 바쁘다는 말만 던져놓고 도망쳤다면, 지카코는 혼자서 감당해야 할 책임감의 무게에 벌써 포기했을 것이다.

"또래면 좋을 텐데." 도모미는 아쉽다는 듯 말했다.

"여기 보니까 20대 남자는 한 명밖에 없어."

접수번호는 신청 순이고, 맨 마지막은 29세 남성이다. 직업란에 의사라고 적혀 있었다.

"의사라면 틀림없이 혼처가 많이 들어올 텐데 왜 참가했을까? 이유야 뭐든 간에 경제력으로 보나 지적인 능력으로 보나 나랑은 대화가 안 되겠지만."

일람표 덕분에 이야기가 구체화되기 시작해서인지 한 손에 볼펜을 쥔 도모미의 옆모습이 한층 진지해 보였다.

"20대 남자가 적은 건 당연한지도 몰라. 부모까지 나서서 참가할 정도면 자녀의 나이가 많을 확률이 높으니까."

"또래를 고를 상황이 아니야. 이참에 연령대를 넓혀볼까?"

"도모미, 서른다섯 이하로 기준을 정하면 어때?"

지카코가 권했다.

"음…… 알았어. 그럼 서른넷 이하까지는 볼게."

"응? 서른넷은 괜찮고 서른다섯은 안 돼?"

남편이 쓴웃음을 섞어 물었다. 도모미가 쓴웃음에 질색한다는 사실을 남편은 아직도 모르고 있다. 남편은 도모미를 여전히 어린아이로 본다. 딸바보의 마음은 알지만 팔불출 같다.

"서른넷도 나보다 여섯 살이나 위야. 서른다섯이면 일곱 살이나 차이가 난다고."

도모미가 발끈해서 말했다.

"여섯 살 차이면 도모미가 초등학교 1학년일 때 상대방은 이미 중1이었던 거네."

"어릴 때 유행했던 노래나 영화나 책 이야기는 하나도 못 할걸." 도모미가 말했다.

"하긴 그렇게 생각하면 꽤 차이가 나네." 남편은 간신히 쓴웃음을 삼켰다. "그럼 서른네 살 이하로 좁혀보자."

일일이 만나 대화해볼 수 있다면 연령대를 넓히는 것도 가능할 것이다. 아니, 오히려 나이는 상관없어질 수도 있다. 하지만 일람표에 적힌 항목만 보고 선택해야 한다면, 어떤 기준으로든 선을 그을 수밖에 없다.

"그럼 도모미, 다른 조건은?"

"너무 뚱뚱하지 않은 사람. 그리고 지난번에도 말했지만 전근 가능성이 있는 사람이나 시부모와 동거하기를 원하는 사람은 피하고 싶어."

"다른 여자들은 그런 걸 어떻게 생각하는지 모르겠네."

여성 참가자의 일람표를 살펴보니, 남성에게 바라는 조건 중 전근과 맞벌이에 대해서는 '어느 쪽이든 상관없다'에 표시한 여성이 대부분이었다. 진심인지는 알 수 없다. 도모미처럼 일단 허용 범위를 넓혀두는 게 상책이라고 판단한 걸까? 그러나 시부모와의 동거에 대해서만큼은 '부모와 따로 산다'에 표시한 여성이 대부분이었다. 누구도 이 조건만큼은 양보할 수 없는 모양이다.

"그럼 위에서부터 순서대로 점검해볼까. 우선 첫 번째는……."

남편은 의장이라도 된 듯 진행을 맡았다.

"이 사람은 나이 때문에 안 되겠어."

도모미의 말에 모두 엑스표를 쳤다.

"이 사람은 흡연자라 안 돼."

"이 사람은 전근이 마음에 걸려."

한 명 한 명 살펴보니 조건에 맞지 않는 남자가 대부분이었다. 애초에 30대 초반인 남자는 여덟 명뿐이고, 그중 조건에 맞는 사람은 고작 네 명이다.

"이 사람은 취미가 너무 많아." 도모미가 쓴웃음을 지었다. "이 사람 봐. 3쪽 위에서 두 번째 사람."

살펴보니 취미와 특기란에 여행, 노래방, 스키, 등산, 기상예보, 산책, 자전거, 풋살이라고 적혀 있었다.

"다음 녀석도 비슷하네"라며 남편이 소리 내어 읽었다. "인터넷 게임, 격투기, 맛집 탐방, 클라리넷, 독서, 카메라."

"취미를 많이 쓰는 게 유리한 건가?"

"같은 취미를 갖고 있으면 이야깃거리가 생기니까. 많이 적으면 적중할 확률이 높아지겠지. 인터넷 검색하는 거랑 똑같아."

"그 아래 48세 남자가 쓴 취미 좀 봐. 역시 세대 차이가 느껴지네."

도모미가 탄식하듯 말했다. 살펴보니 볼링, 가드닝, 동네 야구, 바둑이라고 적혀 있었다.

"남자뿐만 아니라 여자도 연령대가 높구나. 20대는 도모미를 포함해서 다섯 명밖에 없어. 나이만 놓고 보면 도모미가 유리할지도 모르겠는데."

남편의 말은 마치 경마 경기의 결과를 예상하는 것처럼 들렸다.

"회사에서 이런 말을 하면 성희롱으로 고소당하겠지?"

"다들 여자를 나이로 차별하는 걸 불쾌하게 느끼니까." 지카코가 말을 받았다. "하지만 맞선은 연애와 다르게 조건부터 보고 들어가니 어쩔 수 없지. 여자는 나이가 어릴수록 유리한 게 어제오늘 일도 아니고."

"엄마, 여자만 그런 건 아니야. 남자도 젊어야 유리해. 길에서 대학생 정도 되는 남자들을 보면 깔끔한 느낌이 장난 아니야. 피부가 너무 예뻐. 그럴 때마다 나도 더는 젊지 않구나, 한물갔구나 하는 생각이 들어. 그나저나 이번 참가자 중에서는 내가 젊은 쪽에 속한다니까 조금 안심이 되네."

도모미의 솔직한 마음을 알 수 있는 것만으로도 부모 대리 맞선을 하기로 결정하길 잘했다고 지카코는 생각했다. 아무리 자식이지만 취직한 뒤로 대화가 점점 뜸해지고 있었다. 20대 후반에 접어들면서부터는 이상하게 출가외인 같은 느낌이 들었다. 대화를 나눌 때도 귀여운 구석이 없어져 터놓고 이야기 나누기는커녕 말 붙이기조차 어려웠다. 지카코가 자기 일로 피곤한 날에는 더 그랬다.

"그럼 30대 회사원 네 명에게 신청하면 되겠네."

"잠깐만. 2쪽 첫 번째 줄에 있는 사람도 올려줘."

"응? 이 사람은 서른일곱이잖아. 아홉 살이나 연상인데?"

"직업란에 교사라고 되어 있어서."

들어보니 도모미는 교직에 몸담은 남자가 좋다고 했다. 지카코나 남편은 선생님에 대해 그다지 좋은 추억이 없지만, 도모미는 학창 시절에 존경했던 선생님이 몇 분 있었던 모양이다. 갑자기 찌릿하고 가슴이 저렸다. 만약 자신이 전업주부였다면 담임 선생님의 사소한 부분까지 알지 않았을까. 지카코는 너무 바빠서 늘 최소한의 필요에 대해서만 돌봐줄 수 있었다. 무엇보다 피곤함에 쫓겨 늘 신경이 곤두서 있었다.

"그런 멋진 선생님이 있었는지 몰랐네."

"도모미는 운이 좋았구나."

지카코는 남편과 마주 보았다. 부모로서 다행스러운 마음이 든다는 걸 굳이 말하지 않아도 서로 느끼고 있었다. 도모미에 대해 지금까지 몰랐던 것들을 알게 된 것도 기뻤다.

"그리고 스물아홉 살 의사 선생님도 올려줘. 시험 삼아 만나나보지 뭐."

"그래, 적극적으로 해보자. 여러 사람을 만나보는 건 좋은 인생 경험이 될 거야. 내가 부모 맞선 자리에서 잘할 수 있을지는 여전히 자신 없지만."

이렇게 말하며 지카코는 다시금 무거운 책임감을 느꼈다.

"괜찮아. 실패해도 돼. 한 번에 끝나는 건 아니니까. 다른 부모 대리 맞선에도 참가해서 경험을 쌓아가면 되지. 뭐하면 내가 갈 수도 있고."

"그래? 그러지 뭐."

"나도 당사자 맞선 파티에 나가서 열심히 해볼게."

도모미가 분발하다니, 한동안 보지 못했던 모습이었다.

"꼭 서바이벌 게임 같다."

남편이 또 우스갯소리를 했다.

9

부모 대리 맞선이 열리는 시티호텔은 고탄다역에서 버스로 5분 거리에 있었다. 지카코는 예정대로 혼자 참가했다. 부부가 모두 가려면 참가비를 두 배로 내야 하기 때문이다. 하지만 자녀가 세 명일 때는 세 명의 신상서를 지참해도 요금은 한 사람분만 내면 된다고 했다. 결혼하지 않은 자녀가 여러 명 있을수록 이득인 셈이다.

접수처에 이름을 대니 목에 두르라며 번호표를 건넸다. 딸을 둔 부모는 분홍색이고 아들을 둔 부모는 파란색이다. 넓은 실내에 긴 책상이 여러 줄 놓여 있었다. 지카코는 자신의 번호를 찾아 자리에 앉은 뒤 장내를 둘러봤다. 혼자 온 여자가 80퍼센트쯤 되어 보였고 부부가 함께 온 경우는 10퍼센트, 혼자 온 남자는 10

퍼센트도 안 되는 듯했다.

집으로 배송 온 일람표 덕분에 참가한 자녀들의 연령대가 높다는 것은 알고 있었다. 하지만 그만큼 부모의 연령대도 높을 거라는 당연한 사실은 생각 못했다. 주변을 보니 일흔 전후로 보이는 부모가 압도적으로 많았다. 지카코는 꽤 젊은 편에 속했다.

그것과는 별개로 지카코는 옛 호시절의 일본인을 보는 것 같다는 생각이 들었다. 시작하기까지 아직 30분이나 남았는데도 참가자들은 대부분 자리에 앉아 있었다. 친정 엄마도 그랬다. 엄마는 어디를 가든 무엇을 하든 며칠 전부터 만반의 준비를 하고 당일에는 일찍 집을 나섰다. 지각은 당치 않다고 생각하는 세대다. 또한 남에게 폐를 끼치지 않도록 항상 조심했다. 그런 생각을 하다가 갑자기 불안감에 휩싸였다. 만약 이 중 누군가의 아들과 결혼한다면, 도모미의 시부모는 우리 부부보다 나이가 훨씬 많을 것이다. 가족이나 결혼에 대한 생각 자체가 우리 세대와는 다르지 않을까?

지카코와 남편은 1950년대에 태어났다. 저 사람들은 우리 때보다 훨씬 가난했던 시절에 태어나 어린 시절을 보냈다. TV나 냉장고도 없었고, 장작불에 끓인 물로 목욕했다. 취학률만 해도 중학교 졸업자는 거의 모두 고등학교에 입학했던 지카코 세대와 비교하면 한참 낮다. 지카코가 사춘기 때는 '꽃의 중3 트리오'(1973년 일본 오디션 프로그램에 출연해 가수로 데뷔하며 인기를 끈 세 명의 여자 중학생을 이르던 별칭—옮긴이)를 비롯해 수많은 아이돌이 TV에 나와 활동했지만 저들 시대에는 후나키 가즈오(1960년대에 인기를 끈 일본의 청춘 가수—옮긴이)가 부른 '고등학교 3학년' 정도가 전부 아닌가. 무엇보다 사고방식이나 감성이 여전히 봉건적이라는 사실을 지카코는 젊은 시절 직장 생활을 하며 질릴 만큼 경험했다. 그 말은 곧 도모미가 시집가면 "요즘 며느리들은 못 써"라며 공격 받을 가능성이 크다는 말 아닌가.

"시작할 시간이 됐습니다."

마이크 소리에 정신을 차리니 정장 차림의 젊은 남자가 마이크를 쥔 채 앞에 나와 있었다.

"그럼 여러분, 지금부터 부모님 모임을 시작하겠습니다. 먼저 대표님의 인사가 있겠습니다."

60대 중반쯤 되어 보이는 아담하고 통통한 여성이 등장했다.

"에, 여러분, 안녕하세요오. 대표인 나카야마 미요코입니다아."

홈페이지에서 본 사진과는 달랐다. 더 품위 있는 여자일 줄 알았는데. 끝을 질질 끄는 말투에다 쇼와 시대의 산물처럼 보이는, 어깨 패드가 잔뜩 들어간 구깃구깃한 정장을 입고 있었다.

"에, 그러니까아, 자택으로 발송해드린 일람표 중에 변경 사항이 있습니다아. 남자 43번, 그러니까 맨 마지막 분이지요오. 그 부모님께서 사정상 함께 자리하지 못하셨습니다아."

맨 마지막이라면 유일한 20대 남자 아닌가. 서둘러 일람표를 넘겼다. 역시 맞았다. 설마 했는데…… 20대 의사는 역시 유인구(야구에서 투수가 타자의 헛스윙을 유발하기 위해 스트라이크존 가까이 던지는 볼―옮긴이)였나? 고개를 들어 대표라는 나카야마 미요코의 얼굴을 봤다. 야무진 구석 없이 물렁해 보이는 옆모습이 의혹을 점점 확신으로 바꿨다.

"그리고 말인데요오. 남성 한 명과 여성 두 명이 추가됐습니다아. 추가된 분들의 정보를 담은 일람표는 접수처에서 이미 배포해드렸지요오? 네, 그럼 본론으로 들어가서어, 아드님을 두신 부모님들은 신상서를 테이블에 올려놓으신 상태로 대기실로 이동하셔서 강연을 들어주시면 됩니다아. 그리고 따님을 둔 부모님들은 앉아 계신 자리에서 남자 측의 신상서를 보시면 됩니다아. 시간은 30분 드리겠습니다아."

아들을 둔 부모들이 긴 책상 위에 자녀의 신상서와 사진을 올려놓고 줄줄이 방을 나갔다. 그와 동시에 딸을 둔 부모들이 일제히 일어섰다. 일람표를 미리 보고 마음에 드는 참가자를 점찍어왔으리라. 다들 마음에 두었던 참가자의 번호 앞으로 재빨리 움직였다. 그러는 가운데 일단은 한 명 한 명 살펴보겠다는 느긋한 부모도 있었다.

지카코는 손에 든 일람표를 다시 훑어보았다. 남편과 도모미와 의논해서 조건에 맞는 남자의 번호에 동그라미 표시를 해왔다. 번호에 해당하는 사람들을 먼저 둘러보고, 시간이 남으면 다른 사람을 살펴보기로 했다. 신상서는 번호 순으로 나열되어 있어 알아보기 쉬웠다. 첫 번째는 33세 남성이다. 번호를 확인하고 신상서를 살펴봤다.

'뭐야? 이런 사람이었어?'

지카코는 사진을 보고 적잖이 충격을 받았다. 중년 아저씨 분위기를 풍기는 외모다. 게다가 연봉란이 빈칸인 것도 마음에 걸린다. 도모미를 자산가나 억대 연봉자와 결혼시키려는 건 아니지만, 집세가 비싼 도쿄에서 어느 정도 수준의 생활을 유지하려면 연봉이 최저 400만 엔 정도는 되어야 한다. 도모미는 결혼하고 나서도 일을 그만두지 않겠다고 했지만, 임신이나 출산 또는 어린이집 상황에 따라 일을 계속할 수 있을지 알 수 없다. 그러니 남자 혼자 버는 연봉이 400만 엔은 됐으면 했다. 파견직원이 많은 요즘 세상에 이런 희망은 사치일까?

사실 400만 엔도 넉넉한 건 아니다. 집세가 비싼 도쿄에서 네 식구가 빠듯하게 먹고살 수는 있겠지만 교육비를 충당할 만큼은 아니다. 300만 엔으로 낮춘다면 생활이 쉽지 않을 것이다. 오랫동안 살림을 도맡아왔기에 알 수 있는 사실이다. 미혼인 도모미가 이런 생활 감각을 갖추기란 쉽지 않다. 그런 면에서 인생 선배이기도 한 부모가 이런 자리에 나서는 건 의미가 있다. 부모가 대리 맞선에 나선다고 하면 과잉보호라며 비난하는 사람도 많을 것이다. 실제로 비난을 받은 건 아니지만, 지카코는 보이지 않는 비난이 마음 깊은 곳에서 떠도는 것을 느꼈다. 아마 그것은 내면의 목소리일 것이다.

'결혼 상대 정도는 스스로 찾아야 하는 것 아냐? 대체 언제까지 돌봐줘야 하는 거야? 나도 이제 자식에게서 벗어나 내 시간을 갖고 싶어'라고 도모미에게 쏟아내고 싶은 마음이 드는 것도 부정할 수 없다. 이런 답답한 마음을 연애 잘하는 자녀를 둔 부모는 결코 이해하지 못할 것이다. 만일 도모미가 이른바 '매력적인 여자'여서 남자친구를 바꿔가며 인생을 즐기는 아이였다면 자신도 분명 대리 맞선에 참가하는 부모들에게 과잉보호라며 따가운 눈길을 보냈을 것이다.

심호흡을 한 번 하고 마음을 가라앉힌 뒤, 남자의 신상서를 찬찬히 살펴봤다. 아무리 그래도 남자가 연봉을 안 쓰다니 기본이 안 되어 있잖아. 우리는 도모미의 적은 연봉도 솔직하게 썼는데. 혹시 우리가 작전을 잘못 짠 게 아닐까? 불리한 건 밝히지 않는 게 나으려나. 자신은 아직 경험이 부족하다는 생각이 들었다. 이런 게 부모 대리 맞선 초보가 흔히 하는 실수일 것이다. 앞으로는 전략을 연구해야겠다.

그러나 다음 순간, 그런 불만이 쏙 들어갔다. 학력과 근무처를 봤기 때문이다. 유명 국립대학교를 졸업한 뒤 과학 분야 공익재단법인에서 근무한다고 적혀 있었다.

흠, 엘리트였나? 속으로 중얼거렸다. 아버지는 대졸, 어머니는 전문대 졸, 기혼인 형의 직업란에는 연구자라고만 적혀 있다. 부족한 게 없네. 겨드랑이에 끼고 있던 일람표를 펼쳐 이미 쳐두었던 동그라미를 볼펜으로 크게 둘러 겹동그라미로 만든 뒤, 다음 번호 남자를 찾았다.

다음 남자는 37세 교사다. 일람표에는 교사라고만 적혀 있었는데, 신상서에는 조난대학교 부속고등학교 수학 교사라고 적혀 있었다. 본인도 조난대학교를 졸업했고, 연봉은 800만 엔이다. 유명 사립대학교 부속학교라면 에스컬레이터식(유치원이나 초등학교에 입학하면 대학을 포함해 같은 재단의 상급 학교에 별도의 시험 없이 진학 가능한 일본의 교육 제도로, 중고일관교라고도 한다─옮긴이)으로 진학하기 때문에 진로 지도가 그리 힘들지 않을 것이다. 그렇다면 시간적으로도 여유롭지 않을까? 증권회사에 다닐 때 남편은 계속 야근을 해야 해서 지카코는 마치 편부모 가정 같은 일상을 보내야 했다. 부모와 멀리 떨어져 혼자 아이를 키우느라 힘들었던 생각을 하니 도모미만큼은 그런 생활을 하지 않았으면 싶었다. 그런 면에서 보면 이 남자가 이상적인 신랑감 아닐까?

사진의 배경이 눈부신 해변이라 그런지 인상이 상쾌했다. 그런데 인물이 작게 나와서 얼굴이 잘 보이지 않았다. 눈을 크게 뜨고 보니 머리카락이 얇아지기 시작하는 단계인 듯했고, 약간 뚱뚱한 것 같았다. 신상서에는 키 168센티미터에 체중 65킬로그램이라고 적혀 있지만, 지카코는 남자의 몸무게를 잘 모른다. 남편은 물론이고 돌아가신 시아버지와 친정아버지도 별명이 멸치였을 정도로 호리호리한 체형에 키가 크고 깡마른 유형이라 더 그랬다.

부모에 관한 정보를 보니 둘 다 유명 국립대학교를 졸업했다. 어머니는 70대이니 당시에 드문 엘리트였을 것이다. 지카코는 자기 집과 비교하면 수준이 너무 높은가 싶었지만, 어쨌든 불만은 없었으므로 아까처럼 일람표에 겹동그라미를 친 뒤 다음 번호로 이동했다.

세 번째는 부동산 회사에 다니는 남자다. 유인구라고 의심한 29세 의사를 제외하면 참가자 중 최연소인 30세다. 잘생기지는 않았지만 스포츠맨 유형으로, 하얀 이를 드러내며 웃는 모습이 착해 보였다. 대학교도 중급은 되는 수준이라 도모미와 균형이 맞았다. 사실 일류 명문대를 졸업한 남자는 도모미와 너무 차이가 난다. 남편에게 무시당하는 삶은 고달프다. 형님이 그렇게 살아서 잘 안다.

어라? 가족란을 뚫어지게 쳐다봤다. 부모가 모두 의사라고 적혀 있다. 게다가 누나는 공인회계사, 동생은 의대에 재학 중이다. 이런 집은 어떨까? 부모와 남매가 넘치게 훌륭하다. 이런 집 아들은 포기하는 게 무난할까? 어느 모로 보나 서민인 도모미가 다른 세상에 사는 가족 안에 쉽게 녹아들 것 같지 않다. 일람표를 펴 엘리트 집안이라고 쓴 뒤 동그라미 위에 세모를 그렸다. 가장 젊은 남자인데 아쉽다.

네 번째 남자는 32세에 역시 엘리트였다. 유명 사립대학교를 나와 유명 철강회사에 근무 중이다. 가족란을 보니 아버지는 벌써 정년을 맞았을 나이지만 무직이라고 쓰지 않고 '전 요쓰비시 상사 근무'라고 적혀 있다. 어머니는 전문대를 졸업한 주부다. 이 남자도 바로 전 남자처럼 벌써 아저씨 같은 분위기를 풍겼지만,

별다른 문제는 없을 것 같아 겹동그라미를 치고 넘어갔다.

다섯 번째 남자는 34세로, 다른 사람들보다 훨씬 낮은 대학을 나왔다. 근무처는 현지에 있는 신용금고. 엘리트보다는 이런 남자가 도모미와 잘 맞지 않을까? 결혼해서 50년 넘게 같이 살 것을 생각하면 남편의 수준에 맞추기 위해 애써 까치발을 들지 않아도 될 테니 마음은 편할 것이다.

그러나…… 부모의 경력을 보고 손이 멈췄다. 아버지는 도쿄대학교를 졸업한 뒤 '전 아사히은행 뉴욕지점 근무'라고 적혀 있고, 어머니는 전직 승무원, 형도 도쿄대학교 졸업자로 현재 대형은행에 다닌다고 했다. 마음이 편할 거라 생각한 것은 실수였다. 한 가족 안에서도 꽤 차이가 있는 모양이다. 그래도 이 남자의 부모는 의사 집안만큼 문턱이 높지는 않다. 지카코가 보기에 아쉬운 점이 없으니 일단은 겹동그라미를 쳤다.

시간이 남아 처음부터 차례로 살펴보기로 했다. 나이나 경력보다 아무래도 사진에 먼저 눈이 갔다. 40대 혹은 30대 후반 남자 사진은 대부분 부실하게만 보였다.

'남자는 겉이 아니고 속을 봐야지.' 아직도 그렇게 생각하는 걸까? 흑백 증명사진이나 집안 행사 때 찍은 사진, 심지어 회식을 마치고 집에 가는 길에 찍은 모양인지 영락없이 취한 것처럼 보이는 사진도 있었다. 도모미는 셀카봉을 샀다. 미용실에 가고, 취향도 아닌 우아한 원피스를 사고, 마스카라도 볼륨을 살려주는 제품으로 바꿨다. 심지어 마음에 들 때까지 몇 번이나 사진을 다시 찍었다.

　세 번째로 본, 부동산회사에 근무하는 남자가 중년 살이 찌지 않았다는 이유 하나로 마치 아이돌처럼 근사하게 느껴졌다. 설마 여자를 한 번도 사귀어본 적 없는 남자들만 참가한 건가?

　지카코는 평소 남자의 외모는 보통 정도면 충분하다고 생각해 왔다. 도모미도 그렇게 말한 적이 있다. 지카코나 도모미가 생각하는 보통이나 평범함의 기준이 너무 높았던 것일까? 여기에 참가한 남자들은 외모가 근사한지 아닌지를 따지기 전에 깔끔한 느낌조차 없다. 30대가 이렇게 아저씨 같았나. 남편은 50대 후반이 된 지금도 마른 체구에 배가 나오지 않았고, 백발이 성성해도 머리숱이 많은 편이다. 그래서 내 기준이 높아진 걸까?

　자신이 20대에 결혼했기 때문인지 사진을 보고 있으려니 지카코는 옛 어르신들이 말하던, 소위 후처 모집인가 싶은 착각마저 들었다. 중년 살이 통통한 데도 취미란에 '디저트 먹으러 다니기'라든지 '맛집 탐방'이라고 적은 남자가 많은 것을 보면, 자신이 뚱뚱하다는 생각은커녕 살을 빼려는 노력조차 하지 않는 듯하다. 지금은 젊어서 괜찮을지 몰라도 조만간 대사증후군에 걸리지 않을까 걱정이다.

　도모미는 미인이 아니고 패션 감각도 뛰어나지는 않지만 보통 체형을 유지하고 있다. 눈부신 젊음까지는 아니지만 어딜 봐도 중년 아줌마 같은 느낌은 없다. 부모의 눈에만 그렇게 보이는지 몰라도 청바지와 티셔츠를 입고 나서면 실제 나이보다 어려 보이는 것도 같다.

도모미의 말대로 거리를 걷다 보면 근사하게 꾸민 남자들이 많다. 최근 이야기가 아니라 이미 몇십 년 전부터 계속되고 있는 추세다. 그런데 아직도 외모에 전혀 신경을 쓰지 않는 남자가 이렇게나 많다는 사실이 놀라웠다. 그것도 맞선 사진인데. 평소에는 어떻게 하고 다니든 이런 자리에서는 조금 신경을 써야 하는 것 아닐까. 요즘은 결혼을 늦게 하는 추세라 미남, 미인이어도 서른 넘어서까지 미혼인 사람이 적지 않다. 이런 추세 때문에 외모가 근사한 미혼이 더러 참가하지 않을까 기대했던 게 순진한 생각이었다.

그러나 한편으로 이 정도 엘리트들이 참석할 줄은 몰랐다. 집에서 동그라미를 쳐온 남성들은 대부분 생각 이상으로 학력과 직장 수준이 높았다. 심지어 부모 형제까지 명문 학교를 나왔다. 안정적인 직장이 있고, 자라온 가정환경도 좋다. 이런 게 훌륭한 조건이 아니면 뭐란 말인가.

지카코는 그렇게 생각하면서도 마음 가득 위화감을 느꼈다. 도모미가 이렇게 느끼한 아저씨 중 누군가와 결혼을 한다니······. 혹시 내가 비교적 이른 20대 중반에 결혼해서 내 딸이 30~40대 중후한 남자 어른과 결혼하는 걸 받아들이지 못하는 건 아닐까?

거의 모든 참가자의 신상서를 훑어봤을 때쯤 아들을 둔 부모들이 줄줄이 방 안으로 돌아왔다.

"30분이 지났습니다"라는 직원의 목소리가 들렸다. "이제 남녀를 바꾸겠습니다. 따님을 둔 부모님께서는 신상서를 책상 위에 올려놓고 대기실로 이동해 강연을 들으시면 됩니다."

지카코는 도모미의 신상서를 책상 위에 놓고 복도 맞은편 대기실로 향했다. 모두 자리에 앉았을 무렵, "수고하셨습니다아"라는 말과 함께 나카야마 미요코 대표가 들어왔다. 화이트보드를 등지고 선 채 미소를 짓고 있었다.

"남자 쪽 신상서를 보시고 어떠셨나요오? 멋진 사윗감을 발견하셨나요오? 나중에 서로 신상서를 교환하시게 될 텐데에, 희망이나 조건에 맞지 않는 분에게 제안을 받으시더라도오 되도록 거절하지 마시고 신상서를 교환해주세요오. 교환한 신상서는 일단 집에 가져가시기를 권합니다아. 만나볼지 말지는 따님에게 맡기는 편이 좋습니다아. 사진으로 봤을 때는 마음에 안 들었지만 직접 만나보니 실물이 훨씬 멋있었다는 분도 많이 계시거든요오."

칠칠치 못한 말투치고 내용은 괜찮다. 주변을 둘러보니 열심히 메모하는 이들도 몇몇 있다.

"그럼 나눠드린 자료의 3쪽을 봐주세요오. 그렇죠오. 거절 방법이라고 적혀 있는 페이지입니다아. 거기에 적혀 있듯이, 편지와 함께 신상서를 우편으로 반송해주시면 됩니다아. 아래 편지에 적을 문구의 예가 적혀 있지요오. 좀 읽어볼게요오. '신상서를 교환해주셔서 대단히 감사합니다. 유감스럽게도 이번에는 인연이 닿지 않아 신상서를 돌려드립니다. 자제분이 좋은 인연을 만나시기를 기원합니다.' 이런 식으로 적어주세요오. 거절하는 이유는 절대 말씀하시면 안 됩니다아. 어디가 어떻게 마음에 안 드는지 굳이 말씀하실 필요는 없으니까요오. 그런 말은 상대방에게 상처만 줄 뿐입니다아."

꼭 그렇다고 할 수는 없지 않은가. 내가 만약 아들을 둔 엄마라면 마음에 안 드는 점을 분명하게 지적해주기를 바랄 텐데. '사진이 잘 안 나왔어요. 옷이나 머리 모양만 바꿔도 인상이 훨씬 좋아질 것 같습니다.' 이런 조언을 들으면, 분명 솔직하게 받아들일 것이다. 그리고 아들에게 말해 바로 개선하도록 할 것이다. 그렇지 않으면 발전이 없지 않은가.

"그리고 곧바로 반송하지 마시고 최소 일주일 뒤에 보내세요오. 바로 반송되어 오면 어떤 생각이 들까요오? 우리 애가 고민도 안 하고 돌려보낼 만큼 형편없나, 라는 생각이 들어 기분이 안 좋겠지요오? 그러니까 상대방이 '충분히 검토한 결과구나'라고 생각하게끔, 일주일은 기다리셨다가 반송하세요오."

"그렇구나"라고 중얼거리는 목소리가 등 뒤에서 들려왔다.

아들을 둔 부모에게도 같은 이야기를 했을 테니 상대방에게 곧바로 반송 받을 일은 없을 거라는 뜻이다. 이것도 거짓말이라면 거짓말이지만, 얼굴도 모르는 남녀의 마음에 상처를 주지 않도록 배려하는 데는 찬성한다. 아무래도 연애에 익숙지 않은 사람들이니 유리 멘탈을 지닌 10대보다 마음이 약한 사람도 있을 수 있다.

"여러분, 반복해서 말씀드리지마안, 만나서 대화해봐야 아는 겁니다아. 서류상에 나와 있는 세부 조건을 확인하는 게 아니라 항상 열린 마음으로 만나는 게 중요해요오. 실제로 만날 때는 당사자만이 아니라 되도록 양쪽 부모님도 함께 만나시기를 권합니다아. 어디까지나 맞선이니까요오. 이건 과잉보호가 아닙니다아. 특히 따님을 두신 부모님께서는 이렇게 하시는 게 마음이 놓이실 겁니다아."

설명이 끝난 뒤 원래 있던 방으로 줄줄이 돌아왔다.

"그럼 지금부터 신상서를 교환하겠습니다"라고 젊은 남성 직원이 주최자와 달리 또박또박 말했다. "우선 따님을 둔 부모님께서 희망하시는 상대방에게 신상서를 교환해달라고 말씀하시면 됩니다. 30분 지나면 교대할 거예요. 그때는 아드님을 둔 부모님이 신청하시면 됩니다."

교환용 신상서는 미리 복사해서 3등분으로 조심스럽게 접어 노란 서류봉투에 한 장씩 넣어왔다. 사진 뒷면에는 이름을, 봉투 앞면에는 집 주소를 쓰고 우표를 붙였다. 이렇게 열 세트를 준비해왔다. 남편, 도모미와 함께 일람표에 동그라미를 친 숫자보다 많이 준비해온 이유는, 생각지 못한 멋진 남자가 신상서 교환을 신청할지도 모른다고 생각했기 때문이다. 한 사람당 한 줄로 요약된 일람표만으로는 정보가 너무 적었고, 도모미는 34세 이하로 기준을 잡았지만 혹시 35~36세 남자 중에도 괜찮은 사람이 있을지 모른다고 생각했기 때문이다. 주최측도 최소한 열 부는 준비하라고 했다.

"시간이 모자랄 수도 있지만, 마지막에 30분 정도 시간을 내서 남녀 구분 없이 자유롭게 신상서를 교환하는 시간이 있으니 걱정 안 하셔도 됩니다. 그럼 따님을 둔 부모님부터 시작하시지요."

딸을 둔 부모들이 일제히 일어섰다. 지카코는 번호 순서대로 신청하기 위해 걸어갔는데, 생각한 번호 앞에 이미 다섯 명의 엄마가 줄을 서 있었다. 기다리는 시간이 아까워 일단 뒤로 미루고 다음 번호로 향했다. 거기에도 먼저 온 엄마가 있었지만, 한 명뿐이라 줄 서서 기다리기로 했다.

지카코는 줄 서서 기다리는 것의 장점을 금세 발견했다. 약간 떨어진 위치에서 상대방 부모를 거리낌 없이 관찰할 수 있었다. 37세 조난대학교 부속고등학교 교사 아들을 둔 엄마는 볼륨을 한껏 살린 머리 모양에 차분해 보이는 금귀고리를 하고 고상한 색감의 꽃무늬 블라우스를 입고 있었다.

"우리 애한테 댁의 따님이…… 글쎄요. 어떨지 모르겠어요. 죄송합니다."

남자 엄마의 목소리가 들려왔다. 맞은편에 앉은 여자 엄마의 가녀린 등이 움츠러들었다.

"그런가요……. 유감이네요."

여자의 엄마가 중얼거리듯이 말하고는 고개를 숙인 채 일어섰다. 남의 일이지만 갑자기 마음이 쓰렸다.

"그럼 다음 분, 어서 오세요."

남자의 엄마가 지카코에게 눈을 돌렸다.

"아, 잘 부탁합니다."

지카코는 이렇게 말하며 맞은편 의자에 앉아 도모미의 신상서를 내밀었다. 남자의 엄마는 신상서를 손에 들고 안경을 내려쓰더니 마치 검사라도 하듯 예리한 눈빛으로 읽어 내려갔다.

"어머, 따님이 스물여덟이에요? 아직 급한 나이는 아니잖아요."

"아니에요, 스물여덟이니 금방 서른이죠."

"따님은 앞으로도 일을 계속할 생각이죠?"

"네, 지금으로서는 그렇습니다만, 그래도 나중에 아이가 생기면……."

"저희 집은 가마쿠라에 별장이 있어요."

난데없이 무슨 소리람. 자랑하는 건가. 댁과는 균형이 맞지 않다고 말하고 싶은 건가.

"정원이 넓거든요. 우리 애가 정원 일 하는 걸 좋아해서 휴일마다 가마쿠라에서 지내요."

"네에."

"댁에서 가마쿠라까지는 꽤 멀지요?"

"네, 뭐."

"따님이 계속 회사에 다니실 거라면 도심에 사는 남자를 권해드릴게요."

"네?"

"아직 20대잖아요. 괜찮아요."

그러니까 보기 좋게 거절당한 건가. 할 말을 잃었다. 대체 도모미의 어디가 마음에 안 든 거지? 도모미는 이번 참가자 중 몇 안 되는 20대다. 만나보고 마음이 안 들었다면 이해가 간다. 하지만 이 엄마는 신상서만으로 판단했다. 학력이나 직장이 문제일까? 아니면 나와 남편의 학력? 그것도 아니면 사진?

"그래요⋯⋯. 알겠습니다. 실례하겠습니다"라고 인사를 하고 자리를 떠났다. 생각보다 상처가 컸다. 의지와 상관없이 침울해졌다. 자신의 전부를 부정당한 기분이 들었다. 나를 거절했다면 또 모른다. 소중한 내 외동딸의 전부가 부정당한 것 같았다. 다음 자리를 향해 걸으며 생각했다. 저 여자는 70대이지만 국립대학교를 졸업했다. 머리가 좋고 부자라 그런지 당당했다. 어쩐지 견딜 수 없이 비참해졌다.

아니다. 다음 남자에게 가자. 다음 남자에게. 시간이 없다. 일일이 신경 쓸 때가 아니다. 아무런 성과 없이 돌아갈 수는 없다. 빈손으로 가면 도모미가 얼마나 상처를 받겠는가. 지카코, 힘내자. 속으로 그렇게 되뇌며 자신을 격려하지 않고는 고개를 들 수 없었다. 어찌 됐든 거절당하는 것은 분명 상처가 된다.

설마 첫 타자부터 거절당할 줄이야⋯⋯. 굴욕적이다. 구체적인 무언가를 말해주기 바랐다. '더 좋은 대학교를 나온 아가씨를 찾고 있어요'라든가 '우리 아들은 얼굴을 중요하게 보거든요'라든가. 실제로 그런 말을 들었다면 더 크게 상처 받았을지도 모르지만, 그래도 이유를 모르는 것보다는 낫겠다는 생각이 들었다.

아니, 잠깐만. 앞에 있던 엄마한테는 아주 쌀쌀맞았잖아. 그에 비하면 꽤 정중하게 대한 편이다. 뭐지? 이 더러운 기분은. 나보다 더 상처받은 사람이 있다는 사실에 안도하다니, 어떻게 된 거야? 오늘은 마음이 상당히 꼬일 수도 있겠다는 예감이 들었다. 지금보다 얼마나 더 비겁해지려고.

마음을 가다듬은 뒤 숨을 한껏 들이마시고 다음 번호로 향했다. 그곳에도 먼저 온 엄마가 한 명 있었다. 32세의 유명 철강회사에 다니는 남자 자리다. 뒤에 서서 차례를 기다리는 동안 무심코 행사장을 둘러보다가 흠칫 놀랐다. 신청자가 줄을 서서 기다리는 부모가 있는가 하면 아무도 신청하러 오지 않아 불안한 듯 두리번거리는 부모도 적지 않았다. 결혼하지 못한 아들, 딸의 부모가 모이는 이곳에서조차 격차는 확연했다.

지카코 앞에 서 있던 엄마가 신상서를 교환한 모양인지 웃는 얼굴로 "실례하겠습니다"라고 말하며 자리를 떠났다.

지카코는 "잘 부탁합니다"라고 말한 뒤 건너편에 앉아 신상서를 건넸다.

"어머, 아직 스물여덟이에요? 젊네요."

도모미의 신상서를 받은 엄마는 이렇게 말하면서도 미간에 주름을 잡았다.

"하시는 일은? 아, 의류 쪽이시군요. 바쁘지 않나요?"

"네? 네. 조금요."

"음, 글쎄요. 바쁜 여자는 어떨지 모르겠네요."

"우리 애는 결혼하면 가정을 잘 돌볼 거예요. 가정적인 아이거든요."

거짓말이 술술 나온다. 애초에 가정적이라는 게 무슨 말일까. 요리 잘하고, 청소 잘하고, 집 안은 늘 반짝반짝하고, 아이를 좋아하고, 남편의 건강을 챙기느라 자기 일은 두 번째 세 번째로 미루는……? 거기까지 생각하니 지카코는 진절머리가 났다.

"그런가요? 그렇게까지 말씀하시니 교환해도 괜찮을 것 같네요."

상대방이 마지못한 표정으로 신상서를 내밀었다. 이 거만함은 대체 어디서 비롯된 걸까? 도모미가 왜 이런 사람에게 업신여김 당해야 하는가? 댁의 아드님은 그렇게 훌륭한가요? 사진만 보면 여자들이 썩 좋아할 것 같지 않던데요. 차라리 내가 거절할까 하는 마음이 불쑥 치밀어 올랐다.

잠깐만. 나는 도모미의 대리인일 뿐이다. 내 호불호로 결정할 일이 아니다. 그것도 당사자가 아니라 그 엄마를 보고 판단하는 것은 경솔한 일이다. 신상서를 가져가지 않을 거라면 이 자리까지 온 이유가 없다. "고맙습니다"라고 애써 웃으며 신상서를 교환한 뒤 고개 숙여 공손히 인사하고 자리를 떠났다.

상처 받고 화가 났지만 다음 상대를 생각하니 기분이 한결 나아졌다. 3류 대학교를 졸업하고 신용금고에 다니는 34세 남자다. 겁먹지 않아도 되겠다. 하지만 아버지가 도쿄대학교 졸업자로 전

아사히은행 뉴욕지점에서 일했고, 어머니는 승무원 출신, 형도 도쿄대학교를 졸업하고 은행에 다닌다. 그래도 당사자인 아들이 졸업한 대학교는 도모미가 나온 학교보다 훨씬 아래다. 다닌다는 신용금고도 들어본 적 없는 곳이다.

번호를 찾아가니 그 자리에 나와 있는 사람은 남자의 아버지였다. 줄 선 사람이 없는 것으로 보아 인기가 없는 듯했다. "잘 부탁합니다"라고 말하며 맞은편에 앉았다. 희끗희끗한 머리에 중후함을 풍기는 남자의 아버지는 얼핏 보기에도 고급스러운 트위드 재킷을 입고 있었다.

"앉으십시오."

남자의 아버지가 점잖게 미소 지으며 말했지만, 지카코는 자신이 썩 환영받지 못하고 있다는 사실을 직감적으로 느꼈다. 아직 신상서도 보여주지 않았는데 이 태도는 뭐지? 나를 보면 신상서를 보지 않아도 집안 수준을 알 만하다는 건가. 분명 그럴 것이다. 그것 말고 다른 답은 생각할 수 없다.

"제 딸의 신상서예요."

종이를 건네니 남자의 아버지는 "어디 보자" 하더니, 마치 이쪽이 두 손으로 바쳐 올리기라도 한 듯한 태도로 신상서를 집어 들었다. 그걸 보고 은근히 무례하다는 말이 떠올랐다.

"음…… 그렇군요"라며 남자가 턱을 어루만졌다. "의류라면, 그러니까 평상복을 말하는 건가요?"

"네, 그렇습니다만."

"음, 글쎄, 어떨지……. 우리 아들한테는 좀 안 맞으려나?"

남자는 그렇게 말하고는 도모미의 신상서를 다시 건넸다.

"네? 아, 그런가요? 안 맞나요?"

"네, 안 맞네요."

남자가 이번에는 딱 잘라 말했다. 더 앉아 있을 명분이 없었다. 일어설 수밖에 없다.

"실례했습니다."

순식간에 기분이 침울해졌다. 왜 이런 일을 당해야 하는 거지? 자리로 돌아가는데 부글부글 분노가 끓어올랐다. 저기요, 댁의 아드님이 나온 대학은 자기 이름만 쓸 줄 알면 누구나 들어갈 수 있는 4류거든요. 벌써 몇 년 전부터 정원 미달인 학교 아닌가요? 돌아서서 그렇게 호통치고 싶었다.

무심코 손목시계를 봤다. 아, 우울해할 때가 아니다. 화를 가라 앉히기 위해 벌써 몇 번째 심호흡하며 아까 기다리지 않고 돌아 왔던 번호 쪽으로 눈을 돌렸다. 지금은 줄 선 사람이 없었다.

"앉아도 될까요?" 웃는 얼굴로 물었다. 조금 전의 분노가 드러 나지 않도록 조심하면서.

"앉으세요."

남자의 엄마가 맞은편 자리를 가리켰다.

이 여자의 아들은 33세에 유명 국립대학교를 졸업했고, 직장 은 과학 분야의 공익재단법인이다. 아버지는 대졸, 어머니는 전 문대 졸이라고만 되어 있고 학교 이름을 쓰지 않은 것을 보면 엘리트 집안이 아닐지도 모른다. 몇 장의 신상서를 훑어본 결과, 어느 정도 이름 있는 대학이나 직장은 반드시 이름이 명기되어 있었다. 정년퇴직한 지 몇 년 지나도 자랑할 만한 회사라면 '전 ○○ 근무'라고 썼다. 이 집안은 아들의 경력은 훌륭하지만 부모는 그렇지 않은 모양이다. 그렇게 생각하니 한결 마음이 편해졌다.

책상 너머의 여자가 도모미의 신상서를 손에 들고 읽는 사이 슬며시 살펴봤다. 지금까지 본 여자 중 가장 서민적이고 친근한 분위기다. 옷과 가방도 명품은 아닌 것 같고, 고급스럽거나 세련된 분위기도 풍기지 않았다.

"어떠신가요?"

"예쁜 아가씨네요."

"고맙습니다."

처음으로 칭찬을 받으니 기뻤다.

"그럼 일단 교환해드릴까요?"라며 여자가 아들의 신상서를 내밀었다. 지카코는 그 말투가 마음에 들지 않았다. "교환해드릴까요?"는 알겠는데 "일단"은 뭔가. 게다가 한숨을 섞어 말하는 것처럼 들렸다. 착각인가?

자리로 돌아오니 몹시도 목이 말랐다. 가져온 생수를 병째 단숨에 들이켰다. 조금 기분이 나아졌다. 혹시라도 잊을까 봐 교환한 신상서와 일람표를 대조한 뒤 볼펜을 들고 표시했다.

처음에는 여섯 명에게 교환을 신청할 생각이었다. 하지만 29세 의사가 결석하는 바람에 총 다섯 명이 됐다. 그중 네 명의 부모와 대화를 나눴지만, 교환해준 사람은 두 명뿐이다. 둘 다 시큰 둥한 게 분명했다. 그리고 아직 신청하지 않은 남자가 한 명 있 다. 30세에 중위권 대학교를 졸업하고 부동산회사에 다니는 남 자다. 유일하게 아저씨 티가 안 나고 소년다움이 남아 있는 남자 라 도모미 마음에 들지도 모른다. 하지만 지금까지의 경과를 생 각하면…… 신청할 용기가 나지 않는다. 부모가 모두 의사고 누 나는 공인회계사, 동생은 의대생이다. 도심 노른자 땅에 집을 갖 고 있을 법한 집안이다. 신상서를 들이밀어봤자 코웃음 칠 것 같 다. 남편이나 도모미도 겁먹은 자신을 분명 용서해줄 것이다. 애 초에 우리 집과 균형이 맞지 않는다.

후, 하고 크게 한숨이 새어 나왔다. 자신이 결혼할 때는 집안 사이의 균형 같은 건 생각하지 않았다. 그 무렵의 나는 서로 사랑 하는 마음만 있으면 상대방의 부모가 누구든 상관없다고 생각했 다. 신분 상승이라는 말도 속물적인 어른들의 이야기인 줄만 알 았다. 돌이켜보면 20대 중반이나 되어서도 세상 물정 모르는 중 학생이나 반항기 고등학생처럼 생각했던 것이다.

양가의 균형을 맞춘다는 게 시대착오적인 사고방식이 아니라 사실은 매우 중요한 것이구나 하고 생각을 고쳐먹게 된 것은 언 니가 이혼하고, 친한 친구인 미스즈까지 이혼해 독신이 된 뒤였 다. 언니는 재력가에게 시집을 간 반면, 미스즈는 정반대로 가난 한 집에서 자란 남자와 결혼했다. 둘 다 연애결혼이라 신혼 때는 사이가 무척 좋았지만 깨 볶는 냄새가 난 건 처음 몇 년이 전부고, 시간이 갈수록 서서히 웃음을 잃어갔다. 아이가 아직 어리다는 이유로 참고 살았지만, 결국 친척들까지 가세해 옥신각신 다툰 끝에 이혼했다. 양쪽 모두 성격 차라는 이유로. 하지만 사정을 자세히 들을수록 성장 과정과 가치관, 생활 수준의 차이가 큰 영향을 미쳤다는 걸 알 수 있었다.

그런 걸 생각하면, 이 남자에게까지 신청할 필요는 없지 않나 싶다. 하지만 도모미는 의사에게도 신청해달라고 했다. 뭐든 부딪쳐봐야 한다며 만남의 기회를 한 번이라도 늘리려 했다. 그렇다면 남은 한 사람이 엘리트 집안의 아들이라서 겁이 나 신청하지 못했다는 변명은 통하지 않을 것이다. 가키노쓰카이(임무를 반대로 수행해야 벌칙을 면하는 개그 프로그램—옮긴이)도 아니고.

아, 역시 남편과 같이 올 걸 그랬다. 그럼 남편의 의견을 들을 수 있었을 텐데. 아니, 듣지 않아도 남편이 뭐라고 할지 상상이 갔다. '그게 무슨 상관이야? 밑져야 본전인데 많이 신청하면 좋지.' 남편이라면 분명 그렇게 말했을 것이다. 그러면…… 잠시 뒤에 신청해볼까? 마지막에 남녀 구분 없이 신청할 수 있는 시간이 주어진다고 진행자가 말했으니까, 그때까지 용기를 내보기로 하자. 그래, 그렇게 하자.

하지만 그렇게 결정하자마자 우울해졌다. 더는 상처받기 싫다. 아니, 무슨 생각을 하는 거야? 그렇게 마음이 약해서 뭘 하려고. 자식의 행복을 위해서라면 부모는 부끄러움도 참아야 하는 법이다. 힘내자, 지카코. 기죽지 말자, 지카코.

여기 온 뒤로 몇 번째더라, 내가 나를 토닥인 게. 그때 문득 평소에 되뇌던 주문이 떠올랐다. '해야 할 일을 담담하게 해 나가자.' 그래, 깊이 생각하지 말자. 상대방이 어떻게 나올지 고민해 봤자 시간 낭비다. 그것은 상상일 뿐이다. 아무리 생각한들 진실은 부딪쳐보기 전에는 모른다. 담담하게 해 나가면 된다. 그뿐이다. 마음속으로 주문을 세 번 외우고 나니 조금씩 용기가 차오르는 것이 느껴졌다.

"네, 30분이 지났습니다." 직원의 목소리가 들렸다. "그러면 이제 따님을 두신 부모님께서는 자리에 앉아주시고, 아드님을 두신 부모님께서 신상서 교환을 신청하시면 됩니다."

주위를 둘러보다 옆자리 여자와 눈이 마주쳤다. 자못 밝은 미소로 인사를 건네왔다. 지카코도 웃는 얼굴을 인사하려 했지만, 어색해지고 말았다. 큰마음을 먹고 말을 걸었다.

"어떠셨어요? 교환 받으셨어요?"

"네, 딸이 부탁했던 네 명과는 모두 교환했어요."

"그렇군요……. 잘됐네요."

다시 마이크로 직원의 목소리가 울렸다.

"따님을 둔 부모님께서는 신상서와 사진을 책상에 올려놓고 신청을 기다리시면 됩니다."

사각사각 종이 스치는 소리가 일제히 울렸다. 도모미의 서류를 책상 위에 올려놓고 무심코 옆을 보는데, 사진이 눈에 들어왔다.

"따님이 굉장히 미인이시네요."

여배우의 프로필 사진인가 싶게 예뻐서 놀랐다.

"고맙습니다." 옆자리 여자는 겸손한 기색 없이 활짝 웃으며 말했다. "결혼사진을 전문으로 하는 곳에서 찍어서 잘 나온 거예요. 실물보다 몇 배는 잘 나왔어요." 여자는 장난스럽게 웃었다.

"그래요? 그렇다 해도 정말 예쁜 아가씨네요."

지카코는 다시 한 번 들여다봤다. 사진을 보는 척하며 신상서의 내용을 훑어봤다. 국립대학교를 나왔고, 33세에 직장은 유명 기업이다. 이렇게 조건 좋은 여자의 부모가 왜 여기에 왔을까? 설마…… 다른 여자들도 모두 훌륭한 경력을 갖춘 미인인가? 그렇다면 우리 도모미 따위가 눈에 들어올 리 없다.

불현듯 다른 여자들의 신상서를 보고 싶은 충동이 일었다. 지금 이 상태론 도모미의 위치가 어디쯤인지 알 수 없다. 모처럼 왔는데 적극적으로 정보를 수집해 내가 본 것을 남편과 도모미에게 되도록 많이 알려주고 싶다. 세 식구가 앞으로의 대책을 마련하고 지혜를 짜내기 위해서도 필요한 일이다. 부모 대리 맞선이 끝나기 전까지 틈을 봐서 다른 여자들의 신상서를 살펴봐야겠다. 그런데 어떻게? 그런 생각을 하며 초조해하고 있는데, 호리호리한 남자가 맞은편에 앉았다.

"12번 이토입니다. 우리 아들을 잘 부탁합니다."

그러면서 신상서를 내밀었다.

"네? 아, 신청인가요? 우리 애한테요? 진짜요? 고맙습니다."

견딜 수 없이 기뻤다. 조금 전까지 모든 부모에게 홀대를 당했는데, 이렇게 도모미를 좋게 봐주는 사람이 있다니. 큰소리로 자랑하고 싶었다. 자연스럽게 광대가 올라갔다. 애써 입꼬리를 내리지 않으면 히죽히죽 웃고 말 것 같았다.

신상서를 내민 남자는 목소리가 크고 표정이 밝았다. 비참했던 자신과 달리 이 자리를 즐기는 여유가 보였다.

"그러니까 12번 분이시군요."

지카코는 이렇게 말하며 일람표로 눈을 돌렸다. 그 번호에는 엑스표가 그어져 있었다. 동그라미를 치지 않은 이유가 되는 항목에 미리 파란색 마커로 표시해두었는데, 그것이 여러 군데였다. 일단은 나이다. 36세인데 그건 큰 문제가 아닐 것이다. 도모미의 희망은 34세 이하였지만, 그보다 조금 나이가 많아도 교환할 수 있다. 아이돌인 가자마 고스케도 한창 젊어 보이지만 실제 나이는 45세다. 아, 이 사람이었구나……. 남편과 도모미와 셋이서 이야기를 나누었을 때 화제가 됐던 사람이다. 일람표의 상대에게 바라는 조건란에 '편모 가정에서 자란 분 환영'이라고 적혀 있었기 때문이다.

"아마 엄마 혼자서 아들을 키운 집인가 봐. 같은 처지에서 자란 사람끼리 더 잘 알 수 있다는 거 아닐까? 우리 집은 부모가 다 있어서 안 되겠네."

남편은 그렇게 말했고, 지카코도 도모미도 그렇게 생각했다. 하지만 지금 눈앞에 있는 사람은 여자가 아니고 남자다. 어떻게 된 일이지?

"여쭤보고 싶은 게 있는데, 여기 편모 가정에서 자란 분 환영이라고 쓰셨어요. 이건 어떤 의미로 쓰신 걸까요?"

"아, 그거. 그런 여자가 우리 집과 어울릴 것 같아서."

남자가 갑자기 반말을 했다. 분명 지카코보다 나이가 많으니 반말을 할 수도 있지만, 사람을 깔보는 듯한 말투여서 불쾌했다.

"저희 집은 편모 가정도 아니고 남편도 건강한데요."

"그건 아까 신상서를 봐서 알고."

시간을 낭비하고 싶지 않아서 상대방의 신상서로 서둘러 눈을 돌렸다. 직업란에는 "단체 소속 직원"이라고 되어 있고, 사진을 보니 살은 좀 쪘지만 나이보다 젊어 보였다.

"어떤 생각에서 편모 가정에서 자란 여자가 좋다고 쓰셨을까요?"

"정확하게 말하기는 어려운데, 분위기랄까. 소극적인 여자가 취향인 거지."

그 취향이란 게 대체 누구의? 아들의 취향이 아니라, 당신의 취향이겠지. 도모미가 이 남자의 며느리가 될 생각을 하니 기분이 나빠졌다.

"죄송하지만, 저희 딸은 서른넷 이하의 남자를 찾고 있어요."

"응? 우리 아들은 서른여섯이에요. 그래도 뭐 두 살 차이에 연연할 필요는 없잖아."

"하지만 딸아이가 나이만큼은 고집을 부려서요."

그런 단순한 이유로 거절하는 편이 상대에게 상처를 주지 않는 길이라고, 지카코는 1초 사이에 재빠르게 생각했다. 겨우 두 살 차이에 집착하다니, 이런 어리석은 모녀가 있나 하고 어이없다는 듯 떠나면 그만이다.

남자는 "그러지 말고 받아"라며 억지로 신상서를 밀었다. "아까 주최자도 말했잖아. 일단은 가져가서 애한테 판단하라고 해."

"음, 그렇기는 한데요." 계속 이 남자만 상대하고 있으면 귀중한 시간이 날아간다. 그래서 결단을 내렸다. "알겠습니다. 교환해 드리겠습니다."

"그래야지."

남자는 기쁜 얼굴로 도모미의 신상서를 받아들고는 '자, 다음 번호' 하고 외치듯 기운차게 떠났다.

정말 비호감이다. 하지만 괜찮다. 일주일 뒤에 거절하면 되니까.

"저, 앉아도 되나요? 26번 야마자키라고 합니다."

"아, 죄송합니다."

생각에 잠겨 있는 동안 책상 위의 한 점을 노려보고 있었던 모양이다. 고개를 드니 눈앞에 거대한 뱃살이 두둑한 남녀가 나란히 앉아 있었다. 온화한 미소를 짓고 있었지만, 두 사람 모두 땀을 흘리며 손수건으로 연신 얼굴과 목 주위를 닦았다. 지카코는 서둘러 일람표를 훑어보았다. 역시 그 남자의 부모가 맞다. 남편과 도모미와 대화할 때, 이 남자의 체중이 110킬로그램이라는 게 화제가 됐었다.

"얼마 전에 2대가 같이 살려고 집을 지었어요."

남자가 자랑스럽게 말했다. 그 옆에서 남편만큼이나 얼굴이 동그란 아내가 환하게 미소를 지어 보였다. 어떻게 해서든 거절해야 한다. 더는 쓸데없는 교환을 하지 않았으면. 도모미의 신상서를 열 통이나 준비해오기는 했지만, 이후 괜찮은 상대방에게 속속 신청이 들어와 모자르게 될지도 모른다.

"죄송합니다, 제 딸은 시부모님과 따로 살고 싶어 해서요."

"왜요? 집을 준비하지 않아도 되고, 우리가 손자를 봐줄 수도 있는데요."

아내가 말하자 남편이 곧바로 말을 이었다.

"그럼요. 3대가 같이 살면 분명 즐거울 거예요."

진심으로 하는 말이에요? 전쟁 나기 전 이야기 아닌가요? 당신들이야 즐겁겠죠. 젊은 부부가 함께 살아주면 늙어가는 처지에 얼마나 든든하겠어요. 아드님도 부모라는 배경이 있으니 제멋대로 아무 말이나 해도 되고요. 하지만 며느리 입장인 도모미는 어떻게 되는 건가요? 고생만 하지 않겠어요?

"한번 살펴보겠습니다."

그렇게 말하고는 마지못해 신상서를 집어들었다. '상대에게 바라는 조건'란에 운전면허라고 적힌 것도 다른 신상서에서는 보지 못했던 것이다.

"집이 커요. 마당도 넓고 텃밭도 잘되어 있고 개도 키울 수 있어요."

여자가 웃었다.

"그래요? 부럽네요" 하고 대답하며 주소를 보니 오메시(도쿄도 북서부에 있는 도시로, 도쿄 도심에서 차로 약 1시간 30분 거리다―옮긴이)였다. 당연히 넓겠지. 운전면허도 있어야 할 테고.

"아드님은 무슨 일을 하시나요? 컴퓨터 관련 일이라고 적혀 있는데요."

"집에서 이런저런 일을 해요."

"이런저런 일이라면? 회사에 나가지 않고요?"

"네, 출퇴근하지는 않습니다. 저희는 나이가 들어서 컴퓨터에 대해 잘 모르지만, 월급은 그럭저럭 받는 것 같아요."

"죄송합니다만, 그럭저럭이라는 게 대략 어느 정도인가요?"

"집에 매월 8만 엔씩 주고 있어요. 채소는 밭에서 키우고, 달걀은 이웃에서 얻어오기 때문에 식비는 많이 들지 않아요. 넉넉하게 생활할 수 있을 거예요."

"……그렇군요."

문득 부럽다는 생각이 들었다. '종종거리는 네 삶을 좀 돌아보면 어때? 넌 늘 돈만 생각하잖아.' 하느님이 이렇게 말하는 것 같았다.

가족란으로 눈을 돌렸다. 응? 아버지가 57세, 어머니는 56세? 보기보다 훨씬 젊다. 아마 농사짓느라 그을린 피부를 관리하지 않았을 것이다. 기미와 주름이 가득한 손도 그렇고, 무엇보다 비만 체형이라 실제보다 훨씬 나이 들어 보인다. 외모는 둘째 치고 우리 부부와 같은 또래인데 왜 이렇게 생각이 낡았을까? 도쿄도에서 3대가 동거하는 경우는 상당히 드물다. 눈앞에 있는 거대한 바위 같은 부부 사이로 호리호리한 부부가 차례를 기다리고 있는 것이 보였다. 시간이 한정되어 있다. 이러고 있을 때가 아니다. 어서 거절해야겠다.

"아까도 말씀드린 것처럼 저희 딸은 시부모와 같이 살 엄두가 안 난다고 했어요."

"하지만 저희 집을 한번 보면 마음이 바뀔지도 몰라요. 오메시는 자연에 둘러싸인 좋은 곳이거든요. 게다가 우리 아들은 말도 얼마나 잘 듣는데요."

초등학생도 아닌데 자기 아들이 말을 잘 듣는다고 자랑하다니 자녀를 객관적으로 보지 못하는 것 아닌가. 어른이 되면 여러 얼굴을 갖게 되는 법. 어쨌든 도모미는 시부모와의 동거도, 너무 뚱뚱한 사람도 싫다고 했다. 도모미의 희망을 무시할 수는 없다.

"정말 죄송합니다."

깊이 고개 숙여 인사한 뒤, 몸을 내밀어 줄을 서 있는 마른 체형의 부부에게 웃으며 인사를 건넸다. 그제야 기다리는 사람이 있다는 것을 안 듯, 뚱뚱한 부부는 마지못해 겨우 일어나 자리를 떠났다.

"실례하겠습니다."

맞은편에 조금 전 부부와는 확연히 다른 깡마른 부부가 앉왔다.

"이게 우리 아들의 신상명세서입니다."

멀리서 찍은 사진이지만 성냥개비처럼 말랐다. 중위권 대학을 나와 구청에 다니는 남자다. 손에 든 일람표를 보니 엑스표가 있기는 했지만, 36세라는 나이 항목에 파란색 마커가 칠해져 있다.

"사실……." 여자가 단념한 듯한 얼굴로 지카코를 봤다. "우리 애가 음식을 심하게 가리는 편이에요."

"네? 아, 그게……."

"죄송합니다. 이 사람이 응석받이로 키워서"라고 남자가 옆에 있는 아내를 턱으로 가리키며 말했다.

"어른이 되면 가리지 않고 잘 먹을 줄 알았는데 잘 안 고쳐지네요."

여자가 힘없이 말을 이었다.

"그럴 수도 있지요. 누구나 좋고 싫은 게 있으니까요."

지카코는 자신도 모르게 위로하는 투로 말했다. 양육의 책임을 전부 아내에게 떠넘기는 남편에게 반감이 들었기 때문이다.

"좋고 싫은 정도가 아니에요. 채소는 거의 안 먹고 우유도 안 마셔요. 삶은 달걀도 반숙 부분이 있으면 입도 안 대요."

남자는 그렇게 말하며 어이없다는 듯 천장을 바라보았다.

"알레르기 같은 게 있나요?"

"아니요, 그냥 제멋대로인 거죠. 당신이 자꾸 싸고돌아서 그래." 남자의 말이 더 격해졌다.

"그래서 며느리 될 사람도 힘들 거예요." 여자가 미안한 듯 말했다.

"아침 식사나 저녁 식사만이 아니에요. 도시락 쌀 때도 신경을 써야 하거든요." 다시 남자가 덧붙였다. "지금은 아내가 하고 있습니다만, 나이가 들면서 이 사람도 지쳐가는 것 같아서요." 그러면서 다시 여자를 턱으로 가리켰다. "빨리 며느리에게 배턴 터치를 하고 싶다고 늘 말하거든요."

"저런……. 어머님이 고생이 많으시네요." 아무리 노력해도 얼굴이 굳어져 어색한 미소를 짓고 있다는 것을 거울을 보지 않고도 알 수 있었다. "저, 그 말씀은 맞벌이가 아니라 전업주부가 될 며느릿감을 원한다는 말씀인가요? 만약 그렇다면 저희 딸은 앞으로도 계속 일하고 싶다고 해서요……."

"아니요, 요즘에는 맞벌이가 흔하잖아요. 따님은 앞으로 일을 계속하셔도 돼요. 그래도 상관없습니다."

그러면서 여자가 무언가 베푼다는 듯한 얼굴로 다정한 미소를 보냈다.

"우리 아들은 공무원이라 월급이 그렇게 많지 않거든요. 그래서 맞벌이가 좋을 거라고 저희도 생각해요"라고 남편이 덧붙였다.

신상서로 눈을 돌리니, 연봉 420만 엔이라고 적혀 있었다.

"아드님은 야근이 많나요?" 지카코가 물었다.

"지금 있는 부서는 야근이 거의 없어서 5시에는 퇴근해요"라며 여자가 활짝 웃었다.

대체 이 사람들은 무슨 말을 하는 걸까? 맞벌이인데 집안일을 다 아내에게 시킬 셈인가? 그리고 매일 도시락까지 싸라고? 야근이 없으면 스스로 만들면 되잖아. 서둘러 신상서를 훑어보았다. 아버지가 71세이고 어머니는 65세다.

"어머님은 지금도 일하고 계신가요?"

지카코는 만약에 대비해 물었다.

"네? 저요? 아니요. 결혼 후 계속 가정주부였는데요."

여자는 신기하다는 듯 지카코를 봤다. 갑자기 절망감이 엄습했다. 과거에 몇 번이고 맛본 적이 있는 기시감과 함께.

세대가 다르다. 서로를 이해할 수 없는 벽이 있다. 도모미가 태어나기 전까지 지카코는 정직원으로 회사에 다니고 있었다. 출산 후 잠깐 쉬기는 했지만, 어린이집에 빈자리가 생겨 도모미를 맡길 수 있게 되면서 파견사원으로 직장에 복귀했다. 정직원과 똑같이 일했지만, 친척을 비롯해 친구나 주변 사람 중에도 여자가 일하는 것을 가볍게 생각하는 이들이 많았다. 그래서 집안일도 육아도 여자가 하는 게 당연하다고 여겼다. 그런 생각이 뼛속까지 스며든 탓인지 일이 얼마나 어려운지에 대해, 그리고 매일 체력의 한계를 느낀다는 사실에 대해 지카코가 구구절절하게 설명해도 그들은 알아듣지 못했다. 왜였을까. 경험이 없어서 이해하지 못한다는 사실을 알게 된 것은, 시간이 꽤 흐른 뒤였다.

그런 와중에 시어머니는 지카코를 이해해주고 편이 되어주었다. 시어머니는 이른 아침부터 저녁까지 온종일 농사일로 하루를 보내면서도 아이를 키우고 집안일을 하고 시부모를 모시며 살았다. 그래서 지카코가 몸이 부서져라 일하고 있다는 사실을 이해해주었다. 어디 그뿐인가.

"나보다 회사 다니는 지카코가 몇 배는 더 힘들지. 나야 세탁기 돌려놓고 무도 삶고 토란도 삶고 애들 숙제하는 것도 봐가면서 출하할 채소 상자를 채우고 하지만, 너는 출근하고 나면 집안일을 못 하니까 퇴근하고 와서 그 짧은 시간에 집안일을 다 하려면 얼마나 힘들겠니?"

시어머니는 명절 때마다 남편에게 집안일과 육아를 함께하라고 무심하게 말하고는 했다. 시어머니는 오랫동안 중노동에 시달린 탓인지 일흔이 되기 전에 돌아가셨다. 그게 못내 가슴 아프다.

"어떠실까요? 교환을 부탁드리고 싶습니다만……."

부부가 함께 간청하는 눈으로 바라봤다.

"그게, 그러니까, 왜냐하면……."

꿈도 꾸지 마세요. 우리 도모미를 뭐로 보고. 우리 애는 무료 봉사 도우미가 아니에요.

물론 그들도 사랑하는 자식을 위해 최선을 다하는 중이리라. 하지만 이 필사적인 분위기를 봤을 때 문제가 편식만은 아닐 거라는 생각이 들었다. 아들이 엄마에게 명령조로 집안일을 시킨다든지, 싫어하는 음식이 식탁에 올라오면 엄마를 다그친다든지……. 상상일 뿐이지만, 지카코는 평소 자신의 직감이 꽤 잘 맞는 것을 생각하니 문득 불쾌해졌다. 자식 뒷바라지를 하루라도 빨리 며느리에게 넘기고 싶어 한다. 그래야 어깨에 진 짐을 내려놓을 수 있을 테니. 의도가 나쁜 게 아니라, 그런 생각이 당연한 분위기 속에서 자란 세대인 것이다.

'이대로라면 아드님은 누구와도 결혼하지 못할 것 같아요. 자기가 먹을 음식은 직접 만들도록 하면 어떨까요? 그렇게 하면 안정적인 공무원이니 분명 좋은 사람과 결혼할 수 있을 거예요.' 정말로 친절한 사람이라면 그렇게 말하며 충고해주지 않을까.

"죄송합니다. 우리 딸하고는 아무래도 어려울 것 같아요. 맞벌이하면서 편식하는 아드님의 식사를 차린다는 게."

"금방 익숙해질 거예요."

여자가 태연하게 말했다. 아들의 장래를 걱정해서라기보다는 분명 자신을 위한 것이리라. 어쨌든 이들 부부는 편식 문제를 솔직하게 이야기했다. 말하지 않고 숨길 수도 있었다고 생각하면 신뢰할 만하다고 말할 수도 있다. 거절하고 싶은 마음이 굴뚝같지만, 대체 어떻게 거절하면 좋을지 생각나지 않았다. 아, 역시 남편과 함께 왔어야 했다. 남편이라면 어떻게 거절했을까? 아무리 생각해도 모르겠다. 하지만, 남편이라면 분명히 잘 거절했을 것이다. 지카코는 평소 말이 많은 편이 아니다. 친구와 만나도 80퍼센트는 친구가 이야기하고 자신은 늘 듣는 쪽이다.

어떻게든 이 자리에서 거절해야 한다. 도모미를 이런 남자와 결혼시킬 수는 없다. 아까 편모 가정을 좋아하는 남자에게는, 젊은 남자를 찾는다고 말하며 거절하려다가 코웃음을 샀다. 그렇다면 다른 이유를 대는 게 좋겠지.

"말씀드리기가 좀 그렇지만 우⋯⋯우리 딸은요, 연봉이 더 많은 남자를 원해요."

"아, 그런가요?"

"네, 최소 800만 엔은 받아야 한다고."

돈에 환장했다고 생각해도 좋다. 어쨌든 거절해야 한다.

"음, 그래요? 알겠습니다. 어이, 가지."

남자는 경멸하는 눈으로 지카코를 힐긋 보고는 일어섰다. 여자가 발끈하는 표정으로 '끙' 하며 일어났다. 멍하니 그들의 뒷모습을 바라보고 있는데, 감색 정장이 잘 어울리는 살갗이 흰 여자가 맞은편에 앉았다.

"실례합니다. 앉아도 될까요?"

이 행사장에선 드물게 주부나 엄마 분위기를 풍기지 않는 여자다. 여성스러운 말투가 무척 우아하고, 살림하는 사람 티가 전혀 나지 않는다. 여학생이 그대로 어른이 된 것 같은 사람이다.

"저희 아들인데 어떠신가요?"

여자가 신상서를 내밀었다.

이 사진은 본 기억이 있었다. 이 상쾌한 미소. 유일하게 아저씨 같지 않던 그 소중한 남자 아닌가. 그렇다는 건⋯⋯. 부모 형제 칸으로 재빨리 눈을 돌리니 부부 모두 의사라고 적혀 있었다. 역시 그 엘리트 집안이다.

"아…… 저, 저야말로 잘 부탁합니다."

지카코가 신상서를 내밀자 여자는 읽어보지도 않고 얼른 손에 들고 자리에서 일어섰다.

"시간이 다 된 것 같아서요."

눈이 마주치자 빙그레 웃었다. 의사라는 선입견이 있어서인지 근사해 보였다. 나이 육십이면 이 중에서는 젊은 편이다. 단숨에 기분이 좋아졌다. 우쭐하는 심정이 됐다고 해도 과언이 아니다. 균형이 맞지 않는 집안의 아들과는 결혼하지 않는 편이 좋다. 조금 전까지 그런 생각을 하지 않았던가. 친정 언니가 고생하는 모습을 봤기 때문이다. 하지만 이런 의사 집안과 인연을 맺을 수 있다면……. 상상만으로도 온몸에 안도감이 퍼졌다. 당사자인 아들은 부동산회사에 다닌다고 하니 엄청난 호강이야 못 하겠지만, 여차하면 반송하면 된다. 이것으로 멋진 선물을 확보했다. 그런 기쁨에 젖어들었다.

"시간이 다 됐습니다. 그럼 5분 정도 쉬는 시간을 갖고, 나머지 30분은 남녀 구분 없이 신청하도록 하겠습니다."

지카코는 벌떡 일어나 의자에 걸어놓은 재킷을 들고 방을 나와 서둘러 화장실로 갔다. 거울 앞에 서자마자 재킷을 입고 어깨 밑으로 조금 내려오는 머리카락을 고무줄로 묶어 올렸다. 립스틱을 고쳐 바르고 눈썹도 다시 그렸다. 이것으로 다른 사람이 되었다고는 할 수 없지만, 참가 인원이 적지 않았던 만큼 자신을 기억하는 사람은 적을 것이다. 오늘 내가 신청하거나 내게 신청한 사람을 찾아보라고 하면 지카코도 못 찾을 것 같았다. 정확히 알아볼 만한 사람은 뚱뚱한 부부뿐이다.

방으로 돌아와 목에 걸고 있던 번호표를 옆구리에 끼우듯 숨겼다. 딸을 둔 부모의 번호표는 분홍색이고 아들을 둔 부모의 번호표는 파란색으로 구분되어 있으니 감출 필요가 있었다. 그러나 번호표를 아예 떼버리면 직원들이 외부인으로 오해할 수도 있다. 지카코는 아들을 둔 엄마로 위장할 계획이었다.

원하는 며느릿감을 찾는 척하며 여자 쪽 신상서를 돌아보았다. 도중에 몇 번 주위를 둘러보며 이상한 듯 바라보는 사람이 있는지 확인했지만, 모두 자기 일에 집중할 뿐 주위를 둘러볼 여유는 없는 것 같았다. 애초에 딸과 아들을 모두 두어서 양쪽 다 찾으러 온 부모도 여럿 있었다.

방 안을 걸으며 긴 책상에 놓여 있는 여자의 신상서를 차례차례 훑어봤다. 과연…… 한숨이 새어 나왔다. 도모미의 신상서를 받지 않으려는 부모가 있을 수밖에 없었다. 예상보다 미인이 많았다. 대학도 상위권이고 직장도 유명했다. 부모 칸을 보니 아버지가 변호사나 의사라고 적혀 있는 것이 적지 않았다. 당사자인 여자 중에 의사가 두 명, 약사가 여섯 명인 것은 일람표를 보고 이미 알고 있었지만, 부모까지 훌륭할 줄은 몰랐다. 이렇게 조건이 좋은 여자들이 왜 신랑감을 찾지 못한 걸까? 남자들과 달리 사진도 전문가에게 의뢰한 것이 많아 보였다. 40세 전후여도 아줌마처럼 보이는 여자는 한 명도 없었다. 군이 부모가 나서지 않아도 주변에 남자들이 많지 않을까? 아니면…… '여기는 당신과 당신 딸이 올 자리가 아니거든요' 혹시 그렇게 말하고 있는 건 아닐까.

다음 순간, 지카코는 자신에게 스포트라이트가 비친 듯한 착각에 빠졌다. '당신 혼자만 섞이지 못하고 있어요' '이제 나가 주실래요?'라는 경고의 스포트라이트다. 상류층 사이에 나 혼자 서민으로 오도카니 서 있었다. '촌뜨기에 제 분수도 모르는 당신…… 정장이고 가방이고 구두고 죄다 촌스러워 보이는데, 싸구려죠?' 주변 사람들이 모두 마음속으로 비웃고 있는 것만 같았다.

기시감이 들었다. 언제, 어디서였더라……. 아, 맞다. 학부모 모임에서였다. 도모미를 중고일관교인 유아이여자학원에 진학시켰다. 그때 느꼈던 비참한 기분이 되살아나면서 오한이 들어 한동안 움직일 수 없었다. 문득 고등학교 동창인 미스즈가 떠올랐다.

미스즈, 너는 계속 시골에서만 살아서 모르겠지만 도시에는 엄연히 격차라는 게 있더라. 그 학교에는 엄마도 유아이여자학교를 졸업한 애들이 많아. 한눈에 봐도 세련된 도쿄 아가씨로 자란 것 같은 사람들뿐이라고. 지금 생각하면 그때 지카코는 우스울 정도로 벌벌 떨고 있었다.

"그럼, 이제 행사를 마치겠습니다."

지카코는 느릿느릿 자리로 돌아와 책상 위를 치웠다. 호텔에서 나와 바로 앞에 있는 버스정류장에 줄을 섰다. 부모 대리 맞선에 참가했던 사람들이 호텔 현관을 우르르 빠져나왔다.

"버스비가 얼마였더라?" 그중 한 여자가 물었다.

"분명 210엔일 거예요"라고 한 사람이 대답하자, 여자들이 일제히 가방에서 지갑을 꺼냈다. 동전 부딪치는 소리가 울렸다. 지카코는 기막힌 얼굴로 그 모습을 바라보았다. 지카코가 아는 사람 중에는 버스나 전철을 탈 때 현금을 내는 사람이 없다. 카드를 갖고 다니며 어디서나 전자화폐로 낸다. 이런 세대의 사람들이 도모미의 시어머니가 될지도 모른다고 생각하니 다시금 불안감이 엄습해왔다.

10

집에 바로 갈 엄두가 나지 않았다. 혼자만의 시간을 보내며 평소의 나를 되찾고 싶었다. 버스에서 내리면 보이는 역 앞 카페 안을 들여다봤다.

"매장이 붐비니 먼저 자리를 잡으세요."

손님이 많았지만 그중 아는 사람은 없었다. 혼자가 될 수 있었다. 이래서 도시가 좋다.

거리와 면한 바에 자리를 잡고 앉아 뜨거운 커피를 마시며 지나가는 사람들을 바라보았다. 나는 나고 타인은 타인이다. 나는 나답게 살자……. 평소였다면 당연했을 말이 오늘은 말도 안 되는 소리처럼 느껴지는 것을 어쩔 수 없었다. 부모 대리 맞선은 그야말로 비교와 평가의 장이었다. 외모, 연봉, 학교, 직장, 부모형제의 학력, 사는 곳의 집값, 키, 체중⋯⋯. 이 모든 것을 종합해 순위가 정해졌다. 그런 곳에 뛰어들었으니 원래의 내 모습을 잃어버리는 게 당연하다고 스스로를 위로했다. 분명 한심한 얼굴을 하고 있었을 것이다. 그곳에서 어색하게 미소를 지은 채 엘리트 아들을 둔 엄마에게 아양을 떨며 자신을 철저히 비하하고 있었다는 사실을 뜨거운 커피가 깨우쳐주었다.

내일 아침에는 분명 구내염이 생길 것이다. 심할 때는 잇몸까지 욱신욱신 쑤신다. 직장인이 되고부터였나. 스트레스를 받으면 으레 그렇게 됐다.

왜 그래? 지카코. 기운 내. 아양 떠는 게 뭐가 나빠? 한심하다는 표정을 드러내서 뭘 어쩌겠다고. 자녀를 위해서라면 어떤 부모든 자존심 따위는 버리는 법이야. 그래, 도모미를 위해서라면 그게 무엇이든 몇 번이든 버릴 수 있어.

대체 나는 누구에게 화가 난 걸까? 알 수 없는 분노와 굴욕감이 마음속에 가득했다. 전철을 탄 뒤에도 숨 막히는 기분이 가시지 않았다. 집 근처 역에 내려 그대로 비실비실 오락실로 들어갔다. 지금까지 겪어보지 못한 종류의 스트레스가 잔뜩 쌓였다. 굳이 말하자면 대학을 졸업할 무렵 취업 활동을 하던 때와 비슷했다. 나라는 존재 자체가 부정당한 기분이다. 그것도 나라면 모를까, 그 대상이 내 아이와 가정이 되니 몇 배나 더 괴로웠다.

다행히 '태고의 달인'(모니터에 표시되는 악보대로 북을 쳐 점수를 얻는 게임―옮긴이) 앞에 아무도 없었다. 지갑에서 100엔짜리 동전을 꺼내 배경 음악으로 비제의 〈카르멘〉을 선택한 뒤 힘껏 북을 쳤다. 중학교 때 합주부에서 퍼커션을 담당해서 타악기는 좀 친다. 그때는 내가 운동부에 들어왔나 싶을 정도로 연습하는 게 힘들어서 동아리 활동이 싫어질 때도 종종 있었다. 이 나이에 그때의 경험이 스트레스를 해소하는 데 도움이 될 줄은 당시에는 미처 몰랐다.

한 번만 할 생각이었는데 고득점을 낸 바람에 한 곡 더 할 수 있게 됐다. 다음 곡으로 〈아를의 여인〉을 선택하고 옆에 사람이 있든 말든 있는 힘껏 북채를 내리쳤다. 노래가 끝나고 북채를 제자리에 되돌려놓는데, 등 뒤에서 이상한 낌새가 느껴졌다. 돌아보니 교복을 입은 남자 고등학생들이 일렬로 서서 바라보고 있었다.

'저 아줌마, 장난 아냐.' 아이들의 목소리가 들리는 듯했다. 존경스럽다는 눈빛으로 바라보는 아이들 옆을 새침한 얼굴로 지나쳐 집으로 향했다. 아파트 너머 하늘에 저녁노을이 드리워지고 있었다. 봄은 이름뿐이어서 아직 추웠지만 그래도 조금씩 해가 길어지고 있었다. 현관에 들어서자 양파를 볶는 모양인지 좋은 냄새가 났다. 남편이 저녁밥을 차리는 모양이다.

"나 왔어" 하며 부엌을 들여다보았다.

"어서 와. 고생했어."

인사를 하면서도 남편의 시선은 프라이팬에 가 있었다.

"오믈렛 만들어?"

"응, 재료를 듬뿍 넣었어."

남편은 프라이팬에서 시선을 떼지 않은 채 대답했다.

"고마워."

남편의 레퍼토리는 많지 않다. 오믈렛과 볶음우동이 전부다. 아이 키우느라 바빴던 때는 두 가지 음식밖에 만들지 못하는 남편을 원망한 적도 있었다. 도모미가 요리를 잘하는 남자와 결혼했으면 좋겠다고도 생각했다. 하지만 지금은 요리를 잘하지 못하더라도 노력하는 남자가 좋다.

"어땠어? 부모 대리 맞선."

"행사장이 말도 안 되게 좁아서 숨이 막힐 것 같았어."

"너무했네. 1만 5000엔 아니었나? 모두 몇 명이나 왔는데?"

"90명쯤 됐나?"

"그러면, 전부……." 남편이 천장을 올려다보았다. "135만 엔인가. 겨우 몇 시간에 그만큼씩 벌면서 장사 참 쉽게 하네. 밑천도 별로 안 들 텐데. 그래도 호텔이니까 커피나 케이크 뷔페 정도는 있었지?"

"물밖에 안 주더라고."

"진짜? 웨이터가 다니면서 물만 따라줬어?"

"웨이터는 무슨. 뒤쪽에 페트병이랑 종이컵을 덜렁 갖다 놓고는 자유롭게 마시라던데."

"이야, 보통이 아니네. 철저한데."

"이게 감탄할 일이야?"

그때 현관문이 쾅 닫히는 소리가 났다.

"다녀왔습니다."

도모미는 지카코가 참석한 '좋은 인연 이즈미회'가 주최하는 당사자 파티에 다녀온 참이다. 거실로 들어온 도모미는 여느 때와 달리 풀 메이크업을 하고 시폰 소재의 크림색 원피스를 입고 있었다.

"배고파."

도모미는 금방이라도 굶어 죽을 것처럼 투덜거렸지만, 장난기 가득한 옆얼굴에선 그늘이 보였다. 아이도 상처를 입고 돌아왔다……. 지카코는 도모미의 어색한 미소를 보자마자 알아차렸다.

"그렇게 배고파? 파티라더니 거기서도 물밖에 안 주던?"

남편이 부엌 카운터에서 얼굴을 내밀고 쓴웃음을 지으며 물었다.

"커피와 홍차를 주더라고. 셀프서비스였고."

"거기 돈 많이 벌었겠네."

남편이 프라이팬을 뒤집어 커다란 오믈렛을 큰 접시에 올려놓으며 빈정거렸다.

"다 됐다. 같이 먹자."

"우와, 맛있겠다. 아빠가 만든 오믈렛 너무 좋아."

부리나케 손을 씻은 도모미는 초등학생처럼 호들갑스럽게 말했다. 평소와 다른 그 부자연스러움에 마음이 아팠다. 하지만 남편은 딸에게 요리 솜씨를 칭찬받은 것이 기쁜지 얼굴 가득 미소를 지었다.

"잘 먹겠습니다."

"도모미, 어땠어? 괜찮은 남자 좀 있었니?"

"격침당했습니다."

그러더니 큰 접시에 담긴 오믈렛을 자기 접시에 덜어 며칠은 굶은 사람처럼 엄청난 속도로 먹기 시작했다. 스트레스가 상당한 것 같았다.

"커플이 못 된 거야?"

"커플은 한 쌍도 안 나왔어."

"그럼 격침이고 말고 할 것도 없는 것 아냐? 모두가 그렇다면."

"10 대 10이었는데, 여자 중에 대단한 미인이 한 명 있었거든. 남자들이 다 그 여자한테 홀딱 빠져버렸어. 그런 사람은 정말 민폐라니까. 그만큼 예쁘면 인기도 많을 텐데, 왜 이런 파티에 나와서는. 설마 자기가 인기 많다는 걸 실감하고 싶어서 나왔나? 정말 그렇다면 할 일 없는 백수인 데다 멍청하기까지 한 거지. 돈도 아깝고. 아니면 나처럼 못생긴 여자를 괴롭히려고 나온 건가?"

지카코는 그런 파티에 가볼 기회가 없는 세대이지만, 파티장의 분위기가 어땠을지 쉽게 상상할 수 있었다. 월등한 미인이 한 명 있으면 파티는 그 여자의 독무대가 된다.

"그래도 그렇지 남자라는 동물은 너무 잔인해. 어찌나 노골적이던지. 못생겼어도 관심 좀 가져줘야 하는 거 아냐? 나도 돈 내고 참가한 건데."

도모미는 단순한 아이다. 실망이 분노로 변하는 모습을 보며 지카코는 휴 하고 가슴을 쓸어내렸다. 도모미가 의기소침해 있다면 걱정되겠지만, 분노는 에너지로 바뀔 수 있다.

"말을 걸면 친절하게 받아주기는 하는데, 말하다 보면 어느새 그 예쁜 여자를 눈으로 좇고 있더라고. 그러니까 여자는 어차피 얼굴이라는 거잖아. 정말 말도 안 돼."

강한 척하지만, 다친 마음이 아직 완전히 치유되지 않은 것을 느낄 수 있었다.

"학교 다닐 때는 공부를 열심히 했고 탁구부와 서예부 활동도 성실하게 했고, 지금은 미래를 위해서 열심히 살고 있는데 그런 게 다 무슨 소용이야. 얼굴만 예쁘면 되는걸. 아, 그래서 그런 거구나. 요즘 초등학생들이 화장품하고 옷 사는데 용돈을 쓰면서 여성스러워지려고 한다는 말을 엄마한테 들었을 때, 세상 참 이상하게 돌아가는구나 했는데 걔네들이 정답이었어. 요즘 애들이 똑똑한 거야."

"처음 만날 때는 어쩔 수 없지. 도모미도 남자를 외모로 판단했잖아."

"그랬지. 나도 남 말 할 거 없네."

"그렇다면 미팅이란 건 의미가 없었네. 그럼 당신은 어땠어?"

남편이 물었다.

맞은편에 앉은 도모미가 순가락을 든 손을 멈추고 가만히 자신을 보는 모습이 눈에 들어왔다.

"나는 네 명이랑 신상서를 교환해서 가지고 왔어."

도모미의 어깨가 스윽 내려가더니 숟가락을 든 굳은 손이 갑자기 느슨해졌다. 교환한 상대가 누구든 간에 여러 명 있다. 일단 다행이다. 한 장도 없었다면 분위기가 얼마나 어두웠을까.

"식사 마치고 가져온 신상시 같이 보자."

"응, 그러자."

식사를 마치자 도모미가 설거지를 하고 그 옆에서 남편이 커피를 준비했다. 지카코는 침실로 들어가 트레이닝복으로 갈아입은 뒤 세면대에서 화장을 지웠다. 세수하고 나니 개운해져서 조금은 피로가 풀린 듯했다. 부모 대리 맞선에서 천국과 지옥을 수없이 오간 탓인지 불과 세 시간이었다고는 생각되지 않을 만큼 지쳐버렸다.

세 사람 모두 소파로 온 뒤 지카코가 네 장의 신상서를 유리 테이블 위에 늘어놓았다. 남편과 도모미는 한 장씩 손에 들고 열심히 읽기 시작했다.

"유감스럽게도 29세 의사는 결석했어."

지카코가 보고했다.

"뭐야? 그거. 수상한데."

"후쿠도 역시 그렇게 생각해?"

"그거 낚시야. 결혼 정보 사이트에서도 자주 있는 일이라고 하던데."

도모미가 말했다.

"그리고 37세 고등학교 교사에게는 거절당했어."

"그래? 이유가 뭐래?"

남편이 물었다.

"이유를 말하진 않았어. 댁의 따님의 이런 점이 마음에 안 든다고 입 밖에 내는 건 엄격하게 금지되어 있어."

"그러면 거절당한 이유를 상상할 수밖에 없으니 오히려 정신 건강에 안 좋을 것 같은데."

"그럴 수도 있지. 하지만 거절 이유를 말하는 것에도 장단점이 있으니까."

지카코는 말끝을 흐렸다. 만약 "우리 아들은 얼굴을 중요하게 본다"고 대놓고 말하는 사람이 있었다면 "댁의 아드님은 거울을 보시나요?"라고 대꾸했을지도 모른다.

"헉, 33세가 이렇다고?"

도모미는 실망한 표정을 감추지 못했다.

"아저씨일 줄은 생각도 못 했어. 우리 회사 영업부에 나이가 비슷한 남자가 있는데, 그 사람은 훨씬 젊어 보이거든. 아이가 둘이나 있는데도."

"어디 봐. 정말이네. 느끼한 중년 아저씨 같은 느낌인데."

남편도 동조했다.

"이 사람도 그래. 서른두 살이고 철강회사에 다닌다는데. 와,

연봉이 높구나. 그래도……."

"주최자 말로는 만나봐야 안대. 사진보다 실물이 훨씬 나은 사람도 있는 모양이야."

"그래? 진짜로? 그 반대일 수도 있지 않을까?"

"실제로 만나보지 않으면 인품도 알 수 없지."

"어? 지카, 이건 뭐야?"

남편이 신상서 한 장을 가리켰다.

"우리 집은 편모 가정이 아닌데 어떻게 교환했어?"

"어찌나 끈질기던지, 시간이 아까워서 교환해줬어."

"하지만 편모 가정끼리 잘 통할 거라는 기대로 교환한 거라면 우리와는 맞지 않잖아."

"그게 아냐. 맞선에 나온 사람이 아버지더라고."

"이상하네."

도모미도 고개를 갸우뚱했다.

"어? 여기 보니까 '상대에게 바라는 것'란에 적은 건 더 이상해."

남편이 얼굴을 찌푸렸다.

자택으로 발송되어온 일람표에는 한 사람당 한 줄의 설명이 전부였고, 그마저 발췌된 문장이었다. 신상서에는 더 자세한 정보가 실려 있었지만, 지카코는 아직 구석구석 훑어보지 못했다.

"내가 읽어줄게. 편모 가정에서 자란 분 환영. 가능하다면 낯을 가릴 만큼 얌전하고 소극적인 여자를 희망합니다."

"뭐야? 징그러워."

도모미가 미간을 찌푸렸다.

"이게 무슨 말이지?"

"그러니까 그런 사람은 불행하고 불쌍하다고 제멋대로 단정하면서 그런 사람을 사랑해준다는 사실에 만족하고 싶은 거 아니겠어?"

남편의 해석에 지카코는 할 말을 잃었다.

"세상에⋯⋯."

아들 당사자의 희망이 아니라 대리 맞선에 나온 아버지의 취향임이 틀림없다. 그리고 그 아버지는 자신의 심층에 깔려 있는 심리가 얼마나 불쾌한 것인지 깨닫지 못하고 있다.

"그러니까 남자들 앞에서 자기주장을 하지 않는 순종적인 며느리를 원한다는 거지. 진짜 구식이네. 남자인 나도 닭살 돋는다."

어렵사리 며느리를 들였는데 말대꾸하거나 고분고분 말을 듣지 않는다면 시아버지는 "내가 사람을 잘못 봤다"며 곧 며느리를 괴롭힐 것이다. 그런 미래를 쉽게 상상할 수 있다. 시어머니가 아닌 시아버지의 괴롭힘은 퍽 골치 아프다.

"소름 끼쳐." 지카코가 중얼거렸다. "애초에 편모 가정은 가난하고 불쌍할 거라고 단정하는 것부터가 낡았어. 혼자이지만 전문직이라 연봉도 많이 받고 아이도 위축되지 않게 잘 키우는 여자도 많다고."

"이런 사람은 정말 싫어. 엄마, 거절해."

"응, 그래야지."

이런 아버지가 있는 한 이 아들이 결혼하기는 어렵지 않을까. 아니면 아들도 아버지와 마찬가지로 비뚤어졌을까.

"오, 이 사람, 느낌 있어."

도모미가 눈여겨본 것은 의사 집안 아들이었다. 잘생기지는 않았지만 30세로 최연소고, 네 명 중 유일하게 풋풋함이 남아 있는 남자다.

"응? 이 사람 가문, 대단한 것 같은데!"

도모미가 가족이라고 하지 않고 굳이 가문이라고 하는 게 귀에 거슬렸다.

"이런 사람과 결혼하는 걸 꽃가마 탄다고 하는 건가?"

"그건 아니지. 부모형제가 어떻든 본인은 부동산회사에 다니니까."

"그런가. 이런 건 꽃가마 탄다고 안 하는구나."

그러는 동안에도 도모미는 사진에서 눈을 떼지 않았다.

"너 지금 반한 거 아니지?"

"어?"

도모미는 입을 반쯤 벌리고 놀란 얼굴로 아버지를 바라봤다. '아빠, 내 마음을 어떻게 알았어?' 그렇게 말하는 것이나 다름없었다. 초등학생 때부터 이런 점은 변함없다.

"너 지금 이 사람이 운명의 남자일지도 모른다고 생각했지?"

"헛…… 어떻게 알았어?"

"얼굴에 쓰여 있어. 근데 운명도 뭐도 아니야. 너는 단지 이 남자의 외모가 마음에 드는 것뿐이야. 만난 적도 없고 성격도 모르면서."

"와, 엄청난데. 후쿠, 다시 봤어. 사람의 심리를 꿰뚫고 있네."

그러자 남편은 쓴웃음을 지었다.

"이것도 결혼 활동 지침서에 쓰여 있었어."

"뭐야, 그런 거였어? 하지만 맞는 말이기는 해."

"듣고 보니 그러네. 성격도 사고방식도 전혀 모르는데 반한다는 게 이상하지."

도모미도 순순히 인정했다.

"그래서 이제 어떻게 할 거야? 이 사람들이 너한테 신청한 거잖아."

"만나볼 생각이야."

도모미가 곧바로 대답했다.

"알겠어. 후쿠는 어떻게 생각해?"

"도모미가 좋다면 좋은 거 아닌가?"

남편도 시원시원하게 말했다.

"일람표에 있던 110킬로그램 남자 기억나? 그 부모도 신청했어. 2대가 살 집을 지었다고 한 부부가 그 사람들이야."

모임이 끝나기 직전, 주최자가 마이크를 통해 던진 질문을 지카코는 기억하고 있었다.

"이 중에서 신상서를 한 통도 못 받은 분이 계신가요?"

그때 모두 이 부부를 떠올리는 것 같았다. 자신들의 이야기임을 깨닫고 두 사람은 순간적으로 고개를 숙였다. 주최자가 장내를 둘러보며 다시 물었지만, 두 사람은 끝내 손을 들지 않았다.

신상서를 한 통도 교환하지 못한 부모에게는 한 번 더 기회를 준다고 들었다. 사회자가 모든 사람 앞에서 자녀의 경력을 설명해주거나, 부모가 마이크를 잡고 아이의 장점과 성격을 이야기해서 신상서 교환을 부추기는 것이다. 그런데도 그들이 손을 들지 않은 이유는 이미 견딜 수 없는 심정이 되었기 때문이리라. 지카코도 비슷한 기분을 느꼈으므로 자신이 아팠던 만큼 그 부모의 마음을 알 것 같았다.

"엄마, 이 2대 주택에 사는 사람은 거절했지?"

"응, 거절했어. 미안하기는 하지만 어쩔 수 없지."

거절당하는 일만큼이나 거절하는 일도 마음에 상처가 된다. 양쪽 다 누군가의 부모다. 자식이 몇 살이든 자식을 생각하는 부모의 마음은 같다.

"34세 남자에게도 거절당했어. 신용금고에서 근무하는 사람이야. 대학 수준도 하위권이라 마음 편하게 신청했는데 말이야."

"뭐라고 하면서 거절했는데?"

"우리 애랑 안 맞는다나 뭐라나. 이 집은 아버지와 형이 다 도쿄대학교를 나왔고 엄마는 전직 승무원이었어."

"그럴 수도 있겠네." 남편은 혼자 이해 간다는 듯 끄덕였다.

"그거네. 잘나가는 가족들 사이에서 유일하게 낙오자가 된 거. 그래서 결혼으로 한 방에 역전해보려는 거야."

"그런 것도 있어? 나는 처음 들어봐. 결혼을 통해 잘나가는 부모형제와 비슷한 수준으로 올라가보자는 거야? 세상에 별 희한한 생각을 하는 사람들도 많네. 그런 것도 결혼 활동 책에 나와?"

"아니, 예전 회사에 그런 녀석이 있었어."

그게 사실이라면 당사자인 아들도 힘들지 않을까? 좀 더 마음 편하게 사는 게 낫지 않을까? 이렇게 생각하는 것은 내가 서민이기 때문일까? 사회적 지위가 높은 집에서는 집안 전체의 수준을 유지하기 위해 흔히 그렇게 하는지도 모른다.

"우연인지 몰라도 이번에 나온 사람 중에 시청 공무원이 아주 많았어."

"공무원이라. 안정적이고 좋지."

도모미가 말했다.

"꼭 그렇다고 할 수도 없어. 저출산으로 인구가 점점 줄고 있고, 마이 넘버(주민등록번호를 암호화한 개인식별번호로, 일본 정부가 각종 행정 절차를 간소화하기 위해 만들어 2016년부터 시행하고 있다―옮긴이)가 도입되면서 관공서 업무가 간소화되고 있잖아. 게다가 유바리시(홋카이도에 있는 도시. 1960년대까지도 석탄 산업의 호황으로 인구가 12만 명에 이르렀으나, 일본의 에너지 정책이 석유 중심으로 바뀌면서 급격히 쇠락해 2006년에 시 재정의 8배인 350억 엔 적자를 기록한 채 파산을 선언했다―옮긴이)처럼 파산하면 월급이 깎여서 먹고살 수 없게 돼 그만둘 수밖에 없어. 그러니까 공무원이라고 해도 무조건 좋아할 수 없는 시대가 온 거야."

"그렇구나. 점점 앞날을 내다볼 수 없는 세상이 되어가고 있구나."

도모미가 말했다.

"취직으로 평생이 보장됐던 시대는 긴 역사 중 한순간이었을 뿐이야."

남편이 나지막이 말했다.

"결혼 활동이 이렇게 인생 공부가 될 줄은 몰랐어."

지카코는 그렇게 말하며 미지근해진 커피를 마셨다. 전에 없이 씁쓸했다.

11

회사 점심시간, 지카코는 책상 위에 빵과 우유를 꺼내놓았다. 역 앞 빵집에서 사온 것으로, 무화과와 호두가 들어간 프랑스 빵이었다. 한입 크기로 뜯어 입에 넣으며 스마트폰을 보는데, 마유미에게 메일이 와 있었다.

지카와 모리코에게

잘 지내? 올해는 두 사람에게 연락이 없어서 내가 메일을 보내.

일 년에 한 번씩 하던 프티 동창회 말인데, 올해는 어떻게 할까? 나는 다음 달 첫째 주라면 아무 때나 OK인데, 두 사람은 어때? 오모테산도에 근사한 레스토랑을 봐뒀어. 점심시간에 만나면 저렴한 비용으로 여유롭게 시간을 보낼 수 있을 것 같아. 답장 기다릴게.

바로 아래 레스토랑 URL이 적혀 있어 눌러보니 프랑스나 이탈리아 시골에서 볼 법한 장엄한 석조 외관이 나타났다. 직업의 특성상 취향이 까다로운 마유미가 소개해준 집은 늘 만족스러웠다. 점심 메뉴 항목을 누르니 살코기 큐브 스테이크, 혀 가자미 뫼니에르, 시금치 베이컨 키쉬 중 하나를 선택하게 되어 있었다. 모두 맛있어 보였다. 애피타이저로는 보기에도 예쁜 채소 샐러드가 곁들여져 있고, 파르메산 치즈가 이렇게 많아도 되나 싶을 정도로 뿌려져 있다. 여기에 음료와 디저트까지 나오는데도 가격이 적당하니 100점 만점이다. 마유미는 여유 있는 편이어서 더 비싼 식당도 괜찮을 텐데 친구들 사정을 고려해주는 마음 씀씀이가 고마웠다.

셋이서 일 년에 한 번 만나는 것이 연례 행사가 된 것은 10여 년 전부터로, 마침 육아가 일단락된 시기였다. 마유미는 자주 외국에 나가고 취미가 다양해서 바쁠 때가 많다. 그래서 마유미를 빼고 모리코와 둘이서 만나는 일이 가끔 있었다. 그런데 리나의 결혼 소식을 알리는 연하장을 받은 후, 모리코에게 한 번도 연락하지 않았다. 시간이 지날수록 서먹해지리라는 사실은 알고 있지만.

"할 만해요?"

어디선가 마쓰모토 사오리의 목소리가 들려왔다.

고개를 드니 사오리가 환하게 웃는 얼굴로 후카자와 히사시에게 말을 거는 것이 보였다. 노파심이지만, 이왕이면 그런 사무적인 말투가 아니라 개구리 왕눈이 지지처럼 응석 부리는 말투로 말하는 편이 남자의 마음을 간질이지 않을까 하는 생각이 들었다. 사오리가 후카자와에게 마음이 있다는 것을 아는 사람은 나뿐인가. 그런데 사오리도 제법이다. 볼 일도 없으면서 우연히 들른 척하다니……. 분명 화장을 고친 지 얼마 안 됐을 것이다. 얼굴이 보송보송하고 입술은 분홍빛으로 반짝거린다.

"음, 괜찮습니다. 어떻게든 납기는 맞추겠습니다."

편의점 도시락을 먹넌 후카자와는 고개를 들더니 미소조차 짓지 않고 고지식한 존댓말로 대답했다. 제가 나이가 어리니 예의를 갖추는 겁니다, 라고 말하려는 것처럼. 처음에 "음" 하고 말을 시작한 걸 보면, 관리직인 사오리가 일정이 늦어지는 건 아닌지 확인하러 온 줄 알았나 보다. '나는 밤을 새워가며 열심히 일하고 있어. 일정 회의가 방금 끝난 거 알면서 왜 또 묻는 거야?' 그렇게 말하고 싶은 것처럼 보였다. 사오리의 상처 입은 옆모습이 도모미와 겹쳐졌다. 보고 있는 지카코마저 괴로워졌다. '후카자와, 너 좀 심하지 않니? 지지를 대하는 태도와 180도 다르잖아. 여자 보는 눈이 너무 없네. 안목 좀 길러.' 그렇게 말하고 싶은 충동을 느꼈다.

지지는 오늘 휴가다. "몸이 안 좋아서"라고 전화가 온 모양이다. 두 달 전에도 그렇게 말하면서 쉬지 않았나? 납기가 임박해 일정이 빡빡해질 때마다 지지의 몸 상태는 어김없이 나빠졌다. 아무도 그것을 깨닫지 못하는 것은 왜일까? 파견직원인 나도 눈치쳤는데. 누군가에게 지지의 뒷이야기를 하고 싶어 입이 근질근질했다. 하지만 파견직원 주제에 정직원을 욕할 수는 없다. 아니, 그전에 부담 없이 이야기할 수 있는 상대가 이 회사에는 없다.

지카코는 일정을 당겨가며 자신에게 할당된 프로그램을 착착 만들고 있었다. 하지만 오전에 열린 일정 회의에서는 "어떻게든 일정을 맞추겠습니다"라고, 마치 빠듯한 일정이지만 겨우겨우 맞출 수 있을 것 같다는 듯한 말투로 보고했다. 여유가 있다는 걸 알렸다가는 지지가 만든 엉터리 프로그램의 뒤치다꺼리를 하게 될 수도 있다. 아예 새로 만드는 것보다 몇 배나 힘들 테고 당연히 밤샘 근무도 해야 할 것이다. 그것만은 어떻게든 피하고 싶다.

지지 같은 교활한 여자가 아니라 성실한 성격에 아이가 있는 여자 직원이라면 얼마든지 대신해줄 수 있다. 실제로 갑자기 아이가 열이 났다는 어린이집의 연락을 받고 초조해하던 여자 직원의 프로그램을 몇 번인가 대신 처리해준 적이 있다. 젊었을 때 자신도 그런 식으로 주변의 배려심 있는 사람에게 도움을 받아 여기까지 올 수 있었으므로 보답하고 싶은 마음도 있다. 하지만 빈둥거리는 지지를 도와줄 마음은 눈곱만큼도 없다. 지지에게 마음 있는 남자들이 나서겠지. 그러면 평소 사모하던 지지에게 감사 인사를 받을 특권이 주어질 테니까. 물론 지지가 말하는 "고맙습니다"는 어디까지나 말뿐이겠지만. 지지에게 그런 말을 듣는 것만으로도 뛰어오를 듯 기뻐할 남자는 언뜻 봐도 후카자와를 포함해 세 명은 있다.

지카코는 빵을 다 먹은 뒤 다시 한 번 스마트폰으로 메일을 읽었다. 아, 그래도 모리코를 만나는 것은 부담스럽다. 리나는 결혼하는데 도모미의 결혼 활동은 지지부진하다.

부모 대리 맞선에 다녀온 지 2주가 지났다. 우리 쪽에서 거절한 사람은 편모 가정의 딸을 원한 남자뿐이었다. 다른 남자에게는 우리 쪽에서 맞선 신청 전화를 걸었지만, 인연이 없는 것 같다며 속속 거절당하고 있다. 그리고 며칠 뒤 우편으로 신상서가 반송돼왔다. 의사 집안에서도 마찬가지였다.

신상서를 교환해주셔서 감사합니다. 유감스럽지만 이번에는 인연이 없는 것 같습니다. 따님이 좋은 인연을 만나기를 기원합니다.

모두 부모 대리 맞선 주최자가 지도한 것과 토씨 하나 다르지 않은 문구들이었다. 구체적인 거절 이유는 알 길이 없다. 도모미의 신상서를 본 남자들은 어떤 반응을 보였을까? 도모미는 참가자 중에서 나이로는 꽤 유리했을 것이다. 그러나 서른이 조금 넘은 나이에 재력과 미모를 겸비한 여자가 적지 않았다. 양갓집 규수 분위기를 풍기는 여자들도 많았다. 그런 참가자들과 견줘본 뒤에도 도모미를 선택하지는 않을 것이다. 남자들은 부모가 가져온 몇 사람의 신상서를 비교해보고 망설임 없이 미인을 선택했을 것이다. 그저 그뿐이다.

'저기요, 거울로 자기 얼굴이나 좀 보세요. 그렇게 눈만 높으니 눈 깜짝할 사이에 서른이 넘은 거예요. 어딜 봐도 중년 아저씨로밖에 안 보이거든요.' 그렇게 말해주고 싶어서 입이 근질거린다. 심술보가 자꾸 삐져나오는 것을 막을 수 없다. 내 자식이 예쁘다고 남을 욕하다니. 나도 모르는 사이에 그런 어리석은 엄마가 되어버린 걸까.

퇴근길 전철 안에서 지카코는 무의식중에 맞은편에 앉은 사람들을 끝에서부터 차례로 살펴봤다. '말씀 좀 여쭙겠는데요, 혹시 미혼이세요? 그럼 우리 딸이랑 결혼하실래요?' 그렇게 닥치는 대로 말을 걸고 싶은 충동을 느꼈다. 문득 정신을 차리고 보니 눈을 가늘게 뜨고 전철 안의 젊은 남자들을 뚫어져라 바라보고 있었다. 아저씨 같지 않고 뚱뚱하지 않은 젊은 남자는 어디 있지? 조금 촌스럽고 못생겨도 좋으니 진솔하고 똑똑한 남자가 좋다. 세상에 남자가 이렇게 많은데 어째서 도모미는 단 한 명의 남자도 찾지 못하고, 도모미에게 반한 남자도 없는 걸까? 역시 개구리 왕눈이 지지 같은 여자여야 하는 걸까? 전철 안의 남자들이 모두 냉정하게 느껴져 지카코의 마음은 점점 사나워졌다.

그 주 일요일, 오모테산도에 있는 레스토랑으로 향했다. 바람은 아직 차지만 어느새 두꺼운 외투가 화려한 거리와 어울리지 않는 계절이 됐다. 부티크의 진열장은 봄 일색이다. 초여름을 겨냥한 상품을 진열한 발 빠른 가게도 있었다. 슬슬 계절이 바뀌는 속도가 무서워진다. 내가 나이 드는 게 싫어서가 아니다. 이대로라면 도모미는 서른이 될 테고, 금세 서른다섯이 될 테고, 점점 인연을 찾기 어려워질 것이다.

오늘은 억지로라도 밝게 보여야겠다고 마음먹었다. 마유미와 만나는 건 일 년에 한 번뿐인데 어둡게 가라앉은 모습을 보이면 나에 대해 그런 인상을 받은 채 일 년을 보낼 것이다. 아니, 그보다 중요한 일이 있다. 모리코에게 "리나의 결혼을 축하해"라고, 한껏 밝은 말투로 말하며 웃어줄 것이다. 그 장면을 상상하니 갑자기 우울해졌다. 평소 같으면 즐겁고 기대되는 모임일 텐데.

가게에 들어서자 "여기, 여기" 하며 마유미가 테라스석에서 손을 흔드는 것이 보였다. 모리코는 아직 도착하지 않은 모양인지 마유미 혼자 원형 테이블에 덩그러니 앉아 있었다.

"오랜만이다. 지카는 여전하네." 마유미가 활짝 웃는 얼굴로 맞아주었다. "지카, 테라스석이라 추우려나? 파티오 히터가 있어서 괜찮지 않을까 했는데."

"괜찮아. 밖이 더 상쾌해"라고 대답하며 마유미 맞은편에 앉아 비치된 담요를 무릎에 얹었다.

"그러고 보니 리나가 결혼한다면서?"

"그런 것 같아."

"연하장을 보고 바로 축하 선물을 보내려고 했는데 요새 너무 바빠서……."

마유미는 그렇게 말하며 종이봉투를 뒤적거렸다.

그때 이쪽을 향해 곧장 걸어오는 사람이 보였다. 모리코였다.

"오랜만이야"라고 말하며 자리에 앉았다.

"모리코는 여전히 날씬하네."

마유미의 칭찬에 지카코도 모리코의 몸매로 눈을 돌렸다. 원래 마른 체형인데 어깨살이 더 빠졌고 볼은 야위었다. 지카코는 두 사람 몰래 심호흡했다. 그러고는 입꼬리를 있는 힘껏 올려 미소를 지으며 말했다.

"리나 결혼한다면서? 축하해."

좋았어. 해냈다. 이것으로 오늘 미션은 종료다. 그렇게 생각하며 겨우 어깨에서 힘을 빼는데, 정작 모리코는 "응?……고마워"라며 어쩐지 대답이 시원찮았다.

그때 여자 점원이 물을 가져왔다.

"메인 메뉴는 세 가지 중에서 고르는 것 같은데, 뭐로 할까?"라고 물으며 마유미가 메뉴를 펼쳤다.

각자 주문을 마치자 마유미가 종이봉투 안에서 작은 꾸러미를 꺼냈다.

"잊기 전에 줘야지. 이거 리나 결혼 축하 선물이야."

"정말? 어떻게 하지? 난 아무것도 안 가져왔는데."

지카코는 자기도 모르게 큰 소리로 말했다. 고개를 숙이고 있던 점원이 깜짝 놀라 고개를 들고 지카코를 바라보았을 정도다.

"뭘 그렇게 놀라? 난 지카랑 다르게 다음에 언제 만날 수 있을지 몰라서 오늘 가져온 것뿐이야."

"아, 그렇구나. 그래도……."

결혼 축하 선물은 생각지도 못했다. 지카코 스스로도 어이없을 정도였다. 리나의 결혼을 순수하게 축하만 해줄 수 없는 마음을 모리코한테 들키지 말아야 한다는 생각이 들었다.

"마유미, 내가 괜히 신경을 쓰게 만들었네."

"비행 일정으로 이탈리아에 갔을 때 산 액세서리야. 요즘 젊은 사람들에게는 신혼 선물로 뭘 해야 할지 도통 모르겠더라고. 그래서 펜던트를 골랐어. 리나를 만난 적 없어서 마음에 들어 할지는 모르겠지만."

"고마워. 리나도 분명히 기뻐할 거야."

그렇게 말하며 모리코는 선물을 소중히 가방에 넣었다.

샐러드가 나왔다. 색색깔 채소가 담겨 있었다.

"잘 먹겠습니다"라며 마유미가 씩씩한 목소리를 냈다.

"예쁘다. 사진 찍어둘까 봐"라며 모리코가 스마트폰을 꺼냈다.

"마유미는 늘 멋진 가게를 소개해주네."

지카코가 빨간 토마토를 먹으며 말했다.

얼마 지나지 않아 주요리가 나왔다. 모두 맛있어 보였고, 그릇도 외국산 고급 제품이었다. 지카코가 치즈가 듬뿍 들어간 뜨거운 키쉬를 자르고 있을 때였다.

"모리코, 무슨 일 있어?"

마유미가 갑자기 물었다.

"응? 왜?"

모리코가 접시에서 얼굴을 들고, 마유미를 바라봤다.

"오늘 엄청 어두워 보여서. 그렇게 보이지 않아?"

마유미가 지카코에게 물었다.

"나는…… 전혀 눈치채지 못했는데."

지카코가 솔직하게 대답했다.

"어, 정말?"

마유미가 눈을 동그랗게 뜨며 "나만 그렇게 생각했나"라고 중얼거렸지만 이해할 수 없다는 표정이었다. 오늘 자신이 둔한 게 분명하다. 아침부터 리나의 결혼에 대해 "축하해"라고 웃는 얼굴로 말해야 한다는 생각뿐이었다. 그리고 할 일을 다 했다는 듯, 지금은 눈앞의 요리에 집중하고 있다. 스스로 생각해도 참 단순하다.

"마유미는 참 예리해." 모리코는 한숨을 쉬며 그렇게 말하고는 포크를 내려놓고 물을 한 모금 마셨다. "사실은, 남편이 리나의 결혼을 엄청 반대해."

"왜?" 마유미가 물었다.

"그게 뭐랄까, 뭐 여러 가지로." 모리코가 말끝을 흐렸다.

"리나는 증권 애널리스트지? 연봉도 꽤 높고. 혹시 남자 쪽에 문제가 있는 거야?" 마유미가 물었다.

"문제라면 문제인데……."

"남편 기준에 안 맞아? 아니면 그냥 시집보내고 싶지 않은 거야?" 마유미는 눈치 보지 않고 질문을 이어갔다.

"설마. 리나도 이제 나이가 찼으니 빨리 시집보내야 한다고 남편도 전부터 말했어."

"그럼 왜? 그렇게 말도 안 되는 남자는 아닐 거 아냐? 리나는 머리도 좋고 야무지니까 나름대로 좋은 남자를 골랐을 텐데. 아, 혹시 남자가 재혼이거나 아이가 있어?"

마유미가 거침없이 질문한 덕분에 지카코는 잠자코 듣고만 있을 수 있었다. 일 년 중 절반 이상을 해외에서 보내는 탓인지 마유미는 자유로운 편이라 사고방식이 지카코를 비롯한 다른 친구들과 달랐다. 마유미로선 상대 남성의 혼인 이력이나 자녀 유무에 구애받을 필요가 없으니 저렇게 거리낌 없이 물을 수 있으리라. 게다가 마유미는 독신이고 아이가 없다. 내 자식과 비교하며 우월감이나 열등감 같은 불필요한 감정을 느낄 필요가 없는 만큼 말투가 담백했다.

"음, 그러니까, 뭐라고 말해야 하나……." 모리코는 잔을 만지작거렸다. "배우 지망생이라 수입이…… 아르바이트 정도야."

지카코는 깜짝 놀라 모리코를 바라보았다.

"어디서 만났는데? 술집 같은 데서 헌팅 당한 거야?"

마유미는 딱히 놀라는 기색도 없이 툭 던지듯 계속 질문했다.

"요즘 유행하는 데라콘."

"데라콘?"

지카코와 마유미가 동시에 물었다.

"절에서 젊은 주지들이 주최하는 결혼 활동 말이야. 절 본당에 남녀가 모여서 함께 색색의 끈을 만들거나 참선을 하면서 서로 친분을 쌓는 거야. 참가비가 싸고 성혼율이 높다고 소문이 나서 요즘 인기 있거든."

"그건 그렇고, 리나는 왜 하필 그런 남자를 골랐어?"

아무리 마유미라도 질문이 좀 그렇다. 하필이라니. 아니나 다를까, 모리코는 나락으로 떨어진 듯한 얼굴이 됐다. 가시방석인 모양이다.

"배우 지망생이면 엄청 잘생겼을 거 아냐?"

지카코가 큰마음 먹고 끼어들었다.

모리코는 후, 하고 숨을 내쉰 뒤 "맞아"라고 대답하고는 작게 자른 키쉬를 조용히 입으로 가져갔다.

"어쩔 수 없지. 학창 시절에 같은 반 친구였거나 직장 동료였다면 성격이나 능력도 중요하게 봤겠지만, 결혼 활동에서 만난 사람이면 거의 외모만 볼 테니까."

마유미는 그런 말이 위로가 된다고 생각하는 걸까.

"데라콘의 성혼율이 높은 건 왜일까?"

지카코는 누구에게랄 것 없이 중얼거렸다.

"주지스님 말로는 사람 위주라서 그렇대." 모리코가 피곤한 듯 정색하고 대답했다. "학력과 연봉과 나이를 밝히지 않고 맞선을 보게 하거든."

"그럼 역시 외모네." 마유미가 큰소리로 경쾌하게 웃으며 말했다.

"웃을 일 아니거든." 모리코가 발끈했다.

"왜 경력을 밝히지 않아야 돼?" 지카코가 물었다.

"그래야 쓸데없는 선입견에 얽매이지 않고 인간성만 볼 수 있대. 그게 주지스님의 생각이야."

"인간성이라는 걸 그렇게 짧은 시간 안에 알 수 있을 리 없잖아. 그 스님도 참 어리숙하네." 마유미가 말을 잘랐다.

'너, 지금 반한 거 아니지?' 문득 남편이 했던 말이 생각났다. 외모만 좋으면 운명의 상대라고 착각하는 젊은 남녀는 꽤 많을 것이다.

"그런데 리나는 어때? 후회하는 거야?"

"엄청 행복해 보이기는 해."

"그야 그렇지. 사랑에 빠졌을 테니까." 마유미가 말을 이었다. "현실에 눈뜨고 정신이 번쩍 드는 건 시간문제겠지만."

"역시 그렇게 생각해? 하지만 벌써 같이 살고 있는데."

말하는 모리코의 표정이 점점 어두워졌다.

"벌써 혼인신고를 한 거야?"

지카코가 물었다. 연하장에 적었을 정도이니 남편의 반대로 결혼 준비가 지지부진할 줄은 상상도 못 했다.

"남편이 반대해서 사실은 결혼식도 혼인신고도 아직 못 했어. 그런데 남편에게는 아직 말을 못 꺼냈는데…… 리나가 임신한 것 같아."

"어머나, 축하해." 마유미가 곧바로 말했다. "모리코도 드디어 할머니네."

마유미의 지칠 줄 모르는 밝은 태도에 자포자기한 듯 모리코는 굳게 입을 다문 채 포크로 인삼 글라세를 콕콕 찍어 닭꼬치처럼 만들어 입을 크게 벌리고 먹어치웠다. 지카코는 무슨 말을 해야 할지 몰라 곁들여진 브로콜리를 말없이 입에 넣었다.

"섹시하잖아, 그런 남자." 마유미가 말했다.

마유미는 분위기를 파악하지 못하는 걸까, 아니면 그릇이 큰 걸까?

"그런 남자라니, 어떤 남자?"

되묻는 모리코의 눈은 이미 공격적으로 변해 있었다.

"아니, 그렇잖아. 취직도 안 하고 계속 꿈을 좇는 거지? 거기다 배우 지망생이면 얼굴도 잘생겼을 거고. 활력이나 남성적인 매력이 장난 아니겠는데. 여자라면 누구나 반할걸. 반듯한 가정에서 예의 바르게 자란 도련님과 달리 그런 남자들은 나쁜 남자 냄새를 풍기는 법이거든."

"무슨 말인지 확 와닿아."

지카코가 무심코 말하자 모리코가 날카로운 눈으로 노려봤다.

12

저녁 식사 후 세 식구가 모여 슈크림을 먹고 있었다.

"다음 달에도 부모 대리 맞선이 있어. 또 신청해볼까 하는
데……." 지카코가 말을 꺼냈다.

솔직히 말해 부모 대리 맞선에는 두 번 다시 참가하고 싶지 않
다. 지난번에는 굴욕을 견뎌가며 신상서를 교환했지만 누구와
도 맞선이 이루어지지 않았다. 도모미는 물론 남편도 침울해졌
다. 게다가 부모 대리 맞선에 참가한다는 것은 세 시간이라고는
믿기지 않을 만큼 힘든 일이었다. 다음 날인 월요일, 일에 집중하
지 못해 실수를 연발했을 정도다. 그럼에도 불구하고 다음 달 부
모 대리 맞선을 보겠다는 이야기를 꺼낸 것은 도모미의 반응을
보기 위해서였다. 부모 대리 맞선에 나가보라고 도모미가 나서서

부탁하기는 어려울 테니, 먼저 운을 떼보고 만약 도모미가 원한다면 힘들더라도 다시 한 번 도전해볼 생각이다.

"엄마, 됐다니까. 나 이제 결혼 활동 안 할 거야." 마치 정신을 차렸다는 듯 쓴웃음을 짓는 도모미의 모습이 어딘지 어색해 보였다.

"결국 여자는 얼굴이라는 거잖아. 어이없어."

강한 척하지만 상처 입어 침울해진 것을 알 수 있었다. 신상서를 교환했는데 만나보지도 못하고 모두 거절 당했으니. 대리 맞선 당사자인 아들이 도모미의 신상서를 보고 마음에 들어 하지 않았다는 뜻이다. 학력이나 직장이 아닌 사진이 문제일 거라고 도모미는 추측했다. 거절할 때는 이유를 말하지 않고 인연이 닿지 않는다고만 말하는 게 예의라고 했으니 진짜 이유는 알 수 없지만.

"얼굴 때문이 아니야. 직장이나 취미 같은 데서도 안 맞는 구석이 있었겠지."

아무리 자신이 고슴도치 부모라 해도 도모미가 박색은 아니다.

"그럼 엄마, 이렇게 물어볼게. 내가 엄청 미인이었으면 그쪽이 거절했을까?"

"어? 그건……."

딸이 몇 살이 되어도 부모는 도덕적인 답을 말하고 싶은 법이다. 사람은 겉모습이 아니라 알맹이가 중요하다고. 하지만 도모미는 이제 초등학생이 아니다. 냉혹한 현실을 지겨울 만큼 맞닥뜨렸을 것이다. 예쁜 친구와 나란히 걸을 때 마주치는 남자들의 시선이라든지, 동아리나 모임 활동을 할 때 여자들 사이에서 발생하는 암묵적인 서열이라든지, 구직 활동을 할 때 면접 자리라든지. 지카코 자신은 그런 시선이나 대우에 익숙해져 관심조차 없는 채로 꽤 오랜 세월 살아왔다. 자신이 외모를 잊고 하루하루 보내고 있다는 사실을 새삼 깨달았다. 생각해보니 나이를 먹는 것에도 좋은 점이 있다. 남자도 여자도 아닌 그저 한 인간으로 살고 있으니까.

"거절당한 이유를 아무리 생각해봤자 의미 없어." 남편이 말했다. "취업 시험에서 떨어지는 거랑 똑같아. 이게 문제였나 저게 문제였나 상상의 나래를 펼쳐봤자 떨어진 이유를 알 리 없는데, 자꾸만 생각이 나지. 그래서 외모를 비롯해 나라는 존재 자체를 부정당한 것 같은 기분이 들어 우울해지는 거야. 그냥 궁합이 안 맞고 인연이 없었을 뿐인데."

"하지만 아빠, 구직 활동과 결혼 활동은 달라. 게다가 채용 담당자는 짧은 시간 안에 면접자의 인간성과 능력을 알아내려고 노력은 하잖아."

남편은 설마 하는 표정으로 쓴웃음을 지으며 도모미를 보았다. 도모미는 바보 취급을 당했다고 생각했는지 잔뜩 입이 나온 표정이었다.

"아빠도 회사에서 면접관을 몇 번 해봤는데, 기껏해야 5분이라는 짧은 시간 안에 인간성이나 능력을 어떻게 다 파악하겠니? 특별히 이상한 놈이나 생각이 비뚤어진 놈이라면 쉽게 떨어뜨리 겠지만."

"그럼 어떻게 평가했어?" 도모미가 대들듯 물었다.

"우리와 함께 일할 수 있는지, 즉 사풍이나 업무에 익숙해질 수 있는지를 보는 거야."

"그렇지." 지카코도 동조했다. "사람을 한순간에 꿰뚫어보는 건 어려워. 애초에 회사는 튀는 사람보다 분위기 흐리지 않고 일 할 무난한 사람을 원하기도 하고."

이야기가 자꾸 곁길로 샜다. 내용이야 어떻든 상처받은 마음 을 대화로 풀어주어야 한다.

"그래도 이제 결혼 활동은 그만해. 엄마, 그동안 바빴을 텐데 고마웠어."

침묵이 찾아왔다.

남편은 허공을 노려보며 식어버린 홍차를 천천히 마시곤 잔을 천천히 테이블 위에 놓더니 후, 하고 숨을 내쉬었다.

"너는 지금 인생의 갈림길에 서 있어. 여기서 포기하면 후회할 거야." 남편이 단언하듯 말했다.

"인생의 갈림길이라니. 과장하지 마, 아빠."

"과장이 아니야. 지금 너는 가정을 꾸리느냐 마느냐의 갈림길 에 서서 흔들리고 있어. 네가 가정이 필요 없다고 하면 아빠도 더 는 참견 안 할게."

"그렇게 딱 잘라 말하지 마. 꼭 버림받는 것 같잖아."

도모미는 자조하듯 꾹 다문 입술을 일그러뜨린 채 갑자기 정색하며 무릎에 올려놓은 자신의 손으로 눈길을 떨어뜨렸다.

"나랑 엄마는 절대로 너를 버리지 않아. 하나밖에 없는 딸인데 버리기는. 그렇지만 평생 너를 도와줄 수 없다는 건 지난번 인생 시뮬레이션을 해봐서 알잖아."

"우리가 앞으로 몇 년이나 더 너를 도와줄 수 있겠니?" 그렇게 말하며 지카코는 부모 대리 맞선장의 풍경을 떠올렸다. "70대 엄마들이 많았어. 젊고 멋있는 사람도 있었지만 허리가 굽은 사람이나 지팡이를 짚고 온 사람도 몇 명 있었지. 자녀가 40대가 넘어서 체념한 부모도 적지 않더라."

"다른 엄마들은 그렇게 늙었어?"

그렇게 말하며 도모미는 홍차를 꿀꺽 삼켰다.

"전에도 말했듯이, 평생 독신으로 지낼 생각이라면 대충이라도 좋으니 남은 생을 어떻게 살지 경제 계획을 세워두는 편이 좋아. 정신적으로도 단단히 각오해야 하고. 그렇지 않으면 부모로선 걱정을 놓을 수 없어."

도모미의 앞날을 걱정하는 상태로는 노후를 즐길 수 없을 것이다. 70대가 되어 부부가 함께 온천에 갔다고 하자. 느긋하게 탕속에 앉아서도 40대에 독신인 도모미의 앞날을 걱정하지 않을 수 있을까?

"확실히 독신을 고집하는 게 편하고 좋을지도 몰라. 하지만 혼자 황야에 서서 넘어지지 않으려면 항상 긴장의 끈을 놓지 말아야 해. 그럴 각오가 있다면 아무 말 안 할게."

"황야라니⋯⋯."

"겁주려는 게 아니라 현실이 황야 같을 거라는 말이야."

"후쿠, 황야라는 말도 책에 쓰여 있었어?"

"왜? 티 났어? 하지만 나도 정말 맞는 말이라고 생각했어."

"황야에 혼자 서 있는 건가⋯⋯."

도모미가 작게 중얼거렸다.

"나 이제 목욕한다."

그렇게 말하며 남편이 일어서는데, 도모미가 "나 결정했어"라며 허공을 노려보았다.

"사진 다시 찍을게. 화장이랑 머리 모양도 연구하고. 180도 달라지지는 못하겠지만 노력해볼게. 어쨌든 난 경제적으로나 정신적으로 혼자 살 자신이 없으니까 가족을 만들지 않으면 위험할 것 같아."

"좋아, 그런 자세. 긍정적인 마음으로 노력하자. 마음이 어두우면 예쁜 얼굴도 소용없게 되니까."

"살을 좀 빼는 게 좋을까?"라고 말하며 도모미는 남은 슈크림을 덥석 물었다.

"뭐든지 포기하면 끝인 거야. 긍정적으로 해보자. 나도 다시 부모 대리 맞선에 참가해볼게."

지카코는 각오를 다지며 자신에게 타이르듯 힘주어 말했다.

13

대학생 때부터 시부야역 주변에선 헤매기 일쑤였다. 진학을 위해 상경한 지 얼마 안 됐을 때, 파르코백화점에 플레어스커트를 사러 간 일이 있다. 역 근처가 어수선한 데다 사람이 너무 많아서 현기증이 났다. 그때의 인상이 강렬하게 남아서인지 도쿄에서 산 지 40년이 다 되어가는데도 시부야에 간 횟수는 손에 꼽을 정도다. 지카코가 나고 자란 곳은 바둑판 모양으로 난 길에 집이 나란히 늘어선 작은 동네였다. 아직도 옛날에 받은 인상이 가시지 않았는지, 오늘도 시부야역에 내리자마자 무질서하게 뻗은 도로와 여기저기 즐비한 빌딩들에 압도당해 잠시 멈춰 서고 말았다.

게다가 회의장이 있는 호텔은 좁은 길이 복잡하게 얽힌 곳에 있었다. 스마트폰의 지도 앱이 없다면 찾아갈 수 있을까, 그런 생각이 들 만큼 찾기 힘든 곳이었다. 회의장은 지난번보다 훨씬 넓었다. 결혼식 피로연장으로도 사용되는 모양이었다. 빼곡히 늘어선 원형 탁자에는 고급스러운 무늬가 들어간 하얀색 테이블보가 깔려 있고, 높은 천장에는 화려한 샹들리에가 반짝였다.

한 테이블에 여섯 명이 앉는데, 아들 부모와 딸 부모가 번갈아 앉도록 배치되어 있었다. 이번에 참가한 맞선은 '결혼 서포터 민들레 모임'으로, 이것 역시 남편이 인터넷에서 찾은 것이다. 참가 인원은 아들 부모 100명에 딸 부모 100명이니 지난번 맞선보다 몇 배는 된다. 규모가 큰 만큼 인연을 만날 확률도 높을 것이라고 지카코는 은근히 기대했다.

도모미의 사진이 훨씬 좋아져서 마음이 든든하기도 했다. 도모미가 대학교 친구인 미사키와 료코에게 결혼 활동을 시작했다고 말하자, 두 사람도 대기업이 운영하는 결혼 활동 사이트에 등록했다. 그리고 셋이 신주쿠 교엔(도쿄 신주쿠에 있는 도심 공원─옮긴이)에 가서 연못과 석가산(인위적으로 흙을 쌓아 만든 산─옮긴이)을 배경으로 사진을 찍었다. 요즘은 결혼 정보를 메일로 교환하는 것 같았다.

지카코는 자리에 앉아 회의장을 쓱 둘러봤다. 지난번과 분위기가 미세하게 달랐다. 참석한 사람들은 대부분 엄마들로, 서민적으로 보였다. 지난번에는 나이가 많은데도 도회적이고 세련된 옷차림을 한 사람이 많았다. 그래서 처음부터 주눅 들었던 게 사실이다. 하지만 오늘은 재킷이 아닌 카디건이나 스웨터 차림이 많고, 쇼와 시절 여학생처럼 어깨 아래로 내려오는 머리를 납작 핀으로 단정하게 묶은 머리 모양이 여기저기 눈에 띄었다. 쇼트 커트를 한 사람도 있지만, 지난번처럼 연예인 같은 풍성한 은발이 아니라 머리숱이 적어 나이가 여지없이 드러나는 이들이 대부분이었다. 그런 모습을 보니 긴장이 풀리면서 마음이 편안해졌다.

같은 테이블에는 딸을 둔 여자가 지카코 말고 두 명 더 있었다. 그들의 목에 걸린 번호표를 흘끗 보았다. 53번과 54번이다. 딸들은 어떤 경력을 갖고 있을까? 지카코는 자연스럽게 자료로 눈을 돌려 번호를 찾아냈다. 한 명은 39세 초등학교 교사고, 다른 한 명은 43세 가사도우미라고 적혀 있다.

눈을 들어 다시 여자들을 봤다. 둘 다 70대로 보이는데, 맞선은 아직 시작도 안 했건만 이미 지친 얼굴이었다. 주소란으로 눈을 돌리니 한 사람은 사이타마현 가와고에시에서 왔고, 다른 한 사람은 지바현 기미쓰시에서 왔다. 전철을 타고 시부야까지 오는 것만으로도 피곤했을 텐데, 거기서 다시 우왕좌왕 헤매며 호텔까지 찾아온 걸까? 오늘 하루치 체력을 이미 다 쓴 것처럼 보였다.

그때 문득 저들은 미래의 내 모습이라는 생각이 들었다. 지난번에도 이런 생각을 뼈저리게 했지만 다시금 초조함이 밀려왔다. 쉰 살이 넘으면서부터 체력이 약해지는 것을 실감했다. 지금까지 큰 병을 앓아본 적은 없지만 앞으로의 건강을 장담할 수는 없다.

오늘처럼 시부야의 혼잡한 뒷골목을 종종걸음으로 걸을 수 있는 날이 얼마나 남았을까? 사윗감을 찾을 체력과 기력은 몇 살까지 유지될까? 역시 속전속결로 끝내고 싶다. 도모미를 위해서도, 나를 위해서도. 그렇게 생각하니 저도 모르게 주먹에 힘이 들어갔다.

"시간이 됐으니 시작하겠습니다."

주최자가 나와 인사말을 시작했다. 금방 끝날 줄 알았는데 모임의 역사와 높은 성혼율에 대한 장황한 설명이 이어졌다.

"성혼율을 어떻게 알지? 결혼하더라도 보고할 의무는 없는데."

옆자리에 앉은 여자가 혼자 중얼거렸다.

"그러게, 이상하네."

건너편에 앉은 여자가 맞장구를 쳤다.

"질문이 있는데요." 다른 여자가 손을 들었다. "저기…… 죄송한데 성혼율은 어떻게 알 수 있죠?"

이런 모습을 볼 때마다 지카코는 마음속 깊이 감탄했다. 자신은 항상 주변 사람들의 태도를 살피며 눈에 띄지 않는 것을 최우선으로 했다. 그래서인지 누구나 궁금해할 만한 당연한 문제도 따지지 않고 넘어가는 일이 많았다.

"질문해주셔서 감사합니다." 주최자가 기쁜 듯 대답했다. "경사스럽게 결혼하는 커플들은 100퍼센트라고 말해도 좋을 만큼 부모님께서 감사 편지를 보내주십니다. 그러니까 성혼율은 저희가 적당히 계산하거나 지어내는 것이 아니라 사실에 근거한 숫자입니다."

"아, 그래요? 알겠습니다."

여자들은 이해한 듯 웃는 얼굴로 서로 고개를 끄덕였지만, 지카코는 수긍할 수 없었다. 자기 세대의 부모 중 주최자에게 굳이 편지를 보내 결혼이 성사됐음을 보고하는 부모가 몇이나 될까? 전화나 메일도 귀찮은데 편지를 보내다니 생각할 수도 없는 일이다. 애초에 감사 편지라는 것부터 이상하다. 참가비를 내고 왔으니 자선사업의 혜택을 받은 게 아니지 않나.

"그럼 오늘의 순서를 설명해드리겠습니다."

순서는 지난번과 거의 같았다.

"그럼 본론으로 들어가서, 아드님을 둔 부모님부터 신청을 시작하십시오."

아들을 둔 여자들이 일제히 일어났다. 둥근 테이블에는 딸을 둔 여자 셋만 남은 모양새가 됐다. 내게 아무도 신청 안 하면 어쩌지? 생각만 해도 견딜 수 없었다. 아무도 모르게 심호흡을 했다. 요즘 들어 심호흡하는 횟수가 부쩍 늘었다.

"저…… 앉아도 될까요?"

문득 정신을 차려보니 신상서를 든 여자가 옆에서 자신을 바라보고 있었다.

"저요? 아, 감사합니다. 네, 어서 앉으세요."

지카코 양옆에 앉아 있는 여자들에게는 아직 아무도 오지 않았다.

"그럼 실례하겠습니다."

백발이 성성한 여자가 옆 의자에 앉았다. 흘깃 보니 그 여자 뒤에 다른 여자들이 줄을 서 있었다. 지카코는 눈을 크게 떴다.

"따님이 인기가 많네요."

막 자리에 앉은 여자가 미소 지으며 말했다.

어떻게 된 일이지? 지난번과는 전혀 다르다. 도모미가 이렇게 인기 많을 줄이야.

"우리 아들 신상서예요."

상대방이 내민 신상서를 봤다. 43세에 대학교 졸업, 직장은 종합물류주식회사라고 되어 있다.

"부모 입으로 이런 말 하기는 좀 그렇지만, 우리 아들은 정말 자상하고 착해요."

여자가 다정하게 미소를 지어 보였다. 지난번에도 비슷한 말로 아들을 소개한 부모가 있었다.

"그래요? 다행이네요. 그런데 저희는 그⋯⋯."

좀 더 젊은 남자를 원한다고 말하려는데, 여자가 지카코의 말을 잘랐다.

"야근이 적은 부서에 있고 전근도 없어요. 가정을 중요하게 생각하고요."

"그렇⋯⋯군요. 하지만 저희는⋯⋯."

"일람표 받아보셨지요? 그걸 보고 우리 아들이 댁의 따님과 꼭 만나보고 싶다고 했어요. 어떠세요? 40대 남자가 20대 젊은 여자와 결혼하고 싶어 하는 게 저도 참 뻔뻔하다고는 생각했습니다만, 그래도." 여자가 갑자기 목소리를 낮췄다. "큰 소리로 말하기는 좀 그렇지만 저도 손자를 보고 싶고, 그렇다면 되도록 젊은 며느리를 구하고 싶더라고요."

"아아."

"우리 애가 외동아들이기는 하지만 부모와 같이 사는 건 원하지 않으니 안심하세요. 요즘 세상에 시부모랑 같이 살다니 며느리가 불쌍하지요. 아들은 저희 집 2층에 살고 있는데, 결혼하면 독립해서 같은 동네에 있는 맨션을 빌리자고 집에서도 이야기가 끝났어요. 근처에 살면 저희도 안심될 테니까요."

천진난만한 표정에서 이쪽이 당연히 동의할 거라고 생각한다는 걸 알 수 있었다. 하지만 그건 "우리 노후 뒤치다꺼리를 댁의 따님에게 맡길 생각입니다"라는 말이나 마찬가지다. 지카코는 '시집간다'는 표현에 상당한 거부감을 느꼈다. 도모미는 결혼하는 것이지 상대방 집에 시집가는 것이 아니다. 이 여자는 내 사고방식을 이해할 수 없을 것이라 생각하니 암담해졌다.

주변 지인들을 봐도 남편이 자신의 부모만 소중히 여기고 아내의 부모를 업신여기는 경향이 꽤 있다. 지금은 직장인 가정이 대부분이라 전쟁 전처럼 이어받아야 할 가업이 있는 것도 아닌데 여전히 장남이 대를 이어야 한다는 사고방식이 남아 있다. 혹시 나도 머지않아 딸이 이룬 가족의 행복보다 우리 부부의 안심과 안전을 우선시하는 노인이 될까. 사람이 원래 다 그런가. 살다 보면 어쩔 수 없는 일인가. 다른 사람은 어떻든 간에 남편과 자신만은 그렇게 제멋대로인 노인이 되지 않을 것 같지만, 그것도 아직 기력이 남아 있는 50대의 호기로운 욕심인지도 모른다.

당연한 말이지만 나는 70대가 되어본 적이 없다. 그러나 40대에서 50대로 넘어올 때의 경험에 비추어볼 때 체력과 기력이 뚝뚝 떨어질 것을 상상하기는 어렵지 않다. 실제로 체력뿐만 아니라 기억력과 집중력도 떨어졌다. 더구나 70대쯤 되면 눈과 귀가 나빠지고 허리와 무릎이 아픈 만큼 허전함과 불안감에 시달리게 될 것이다.

아니, 잠깐만. 나는 무엇이든 나쁜 쪽으로 생각하는 경향이 있다는 것을 기억하자. 이 여자는 손자가 태어나면 맞벌이하는 아들 부부를 전폭적으로 지지해줄 것이다. 그러기 위해 근처에서 살려는 것이리라. 손자만 돌보는 것이 아니라 때로는 반찬도 해다 줄 것이 틀림없다.

"글쎄요. 부모님과 가까이에 살면 아이도 봐주실 테고 도움이 되겠네요." 지카코가 말했다.

"그건 어려울 수도 있어요." 상대방이 제지하듯 말했다. "제가 나이가 들어서 허리도 아프고 몸도 좀 무거워요. 아기를 좋아하지만 보는 것만으로 충분해요."

그렇게 말하며 미소 짓는 상대방을 보고 있으니 화가 치밀어 올랐다.

"저어, 죄송합니다. 정말 죄송한데, 아시다시피 저희 딸은 이제 겨우 20대예요. 그러니까 그으, 40대 남자는 아, 뭐라고 해야 하죠? 아, 우리 딸에게는 좀 부담스럽지 않을까 싶네요."

어떤 식으로 말해야 상대방이 상처 받지 않을지 알 수 없었다. 전근이나 장시간 야근 같은 확실한 이유가 있으면 좋겠지만, 그런 게 아니면…… 나이는 언급하지 않는 게 맞다. 나이 많은 미혼 자식을 둔 부모라면 누구나 자녀가 뒤처진 것을 안타까워하며 시간을 돌릴 수 없음을 한탄할 것이다. 하지만 어떻게 말하든 거절당하면 상처받기 마련이다. 그러니까 적어도 회사에서 하듯 딱 자르는 말투로 말하지 말고, "저어, 그으" 하고 머뭇거리며 말끝을 길게 늘이는 게 낫다. 지난번 대리 맞선의 주최자를 흉내 낸 것이다. 지금은 이 방법밖에 생각나지 않았다.

"저희 아들 사진을 다시 한 번 잘 보실래요? 보세요, 우리 아들은 꽤 동안이에요."

"어? 아, 정말 그러네요! 진짜 어려 보이네요. 하지만 그으, 우리 딸은 30대 초반 정도의 남자를 원하고 있어요. 좀 더 솔직히 말하면 20대 남자가 좋지요. 죄송합니다."

최후의 일격을 가한 건가. 이 정도면 못 알아듣는 상대방이 나쁘다.

"그 점을 어떻게 좀 부탁할 수 없을까요? 아들이 신신당부했거든요. 댁의 따님과는 꼭 신상서를 교환해 오라고요. 교환 못 하면 저 집에 못 가요."

이렇게 나올 줄은 몰랐다. 거절당하면 깨끗이 물러나는 것이 의식 있는 어른의 자세 아닌가. 그런 생각을 하니 더 화가 났다. 하지만 시간이 아까웠다. 그래서 결국 입을 열었다.

"알겠습니다. 그럼 일단 교환만 해드릴게요."

지카코가 마지못해 신상서를 내밀자 상대방은 기쁜 듯 후후 웃었다. 이렇게 나올 거면 처음부터 이야기하지 그랬냐고 묻고 싶은 심정이다.

"그럼 잘 부탁합니다." 여자는 흡족한 듯 말하고는 자리를 떠났다.

영 개운치 않았다. 그래도 뭐 별일 있겠어? 나중에 거절하면 된다. 어쨌든 오늘은 도모미의 신상서를 열다섯 부나 공들여 복사해왔다.

"앉아도 될까요?"

다음 여자가 이렇게 말하며 옆에 앉았다.

"어서 오세요."

웃으며 대답하는데 같은 테이블의 맞은편에서 40세 전후의 딸을 가진 두 여자가 가만히 이쪽을 보고 있는 게 느껴졌다. 두 사람에게는 아직 아무도 신청해오지 않았다. '좋겠네, 댁의 딸은 어려서.' 그렇게 생각하고 있을지도 모르지만, 지카코도 어쩔 수 없는 일이다.

"얘가 제 아들이에요."

보풀이 난 스웨터를 입은 여자가 신상서를 내밀었다. 60대 초

반처럼 보이는 이 여자는 맞선장 안에서 젊은 편에 속했다. 신상
서를 보니 39세에 대졸이고, 직장 이름을 보니 IT 관련 회사인
것 같았다. 연봉은 500만 엔이라고 적혀 있었다. 상대방 여성에
게 바라는 점은 '건강하고 요리를 잘하는 사람. 가능하면 정규직
이신 분'이라고 되어 있었다.

"저희 아들은 최근에 혼자 살기 시작했어요."

오래전부터 알고 지낸 것처럼 자연스러운 미소였다. 이런 표
정은 지난번 맞선 때는 거의 보지 못했다. 이번에는 상냥한 여자
들이 많아 긴장이 덜 되어 다행이다.

"혼자 사는 게 좋지요."

지카코도 상냥하게 대답했다.

"얼마 전 아들이 사는 아파트에 가보니 먼지투성이더라고요.
안 되겠다, 당장 며느리를 구해야겠다고 남편도 얘기했어요."

여자는 그렇게 말하며 장난기 어린 눈으로 빙긋 웃었다. 지카
코는 상냥하게 웃어넘길 수 없었다. 웃음은커녕 분노를 억제하지
못해 화난 얼굴을 무심코 드러내고 말았다.

"그러니까 댁의 자제분은 집안일을 전혀 안 한다는 말씀이신
가요? 집안일은 여자의 몫이라고 말씀하시는 거죠?"

정신을 차려보니 화를 내고 있었다.

"네?"

지카코의 말투에 여자는 당황한 듯 눈빛이 흔들렸다.

이봐, 이봐. 거기까지만 해. 마음속의 냉정한 내가 또 다른 나

를 말리려고 했지만, 여전히 화를 참을 수 없었다. 나이가 들수록 다혈질이 되어가는 것 같다.

"저기요, 여기 정규직 여성을 원한다고 쓰셨죠?"

"네, 가능하다면 그게 좋겠다는 말이에요. 아들 월급이 그리 많은 편이 아니어서요."

일본 남자들은 언제쯤 어른이 될까. 지카코 세대와 비교해서 나아진 모습을 찾아볼 수 없다. 옛날 남자들은 "내가 먹여살릴 테니 여자는 집에 있어"라고 했다. 생각해보면 그런 봉건적인 남자들이 훨씬 남성적인 게 아닐까. 요즘 남자들은 아내가 밖에서 돈을 벌어 오기를 바라면서 집안일도 여자가 해야 한다고 생각한다. 지금 눈앞에서 이런 말을 내뱉은 이 엄마도 여자다. 그러고 보니 지난번에는 편식하는 아들을 둔 부모가 있었다. 그 엄마 또한 며느리에게 너무 많은 것을 바랐다.

"맞벌이인데도 집안일은 다 우리 딸에게 시키겠다는 거네요. 그렇죠? 우리 딸을 과로사시키려는 건가요?"

"설마요. 설마 그런 게 아니라…… 그……."

여자는 몹시 당황한 듯했다. 양손으로 입을 막는가 싶더니 이내 이마를 감싸 쥐고 천장을 올려다보았다. 만화에 나올 법한 이런 동작은 과장된 행동이 아니다. 사람이란 초조해지면 이렇게 되는 모양이다. 우스꽝스러운 동작을 차례차례 취하는 상대방을 보면서 지카코는 점점 냉정해졌다.

"오해예요. 그런 게 아닙니다." 여자의 목소리는 잠겨 있었다.

여자는 헛기침을 한 번 하더니 말을 이었다. "당연히 집안일은 반반 나눠서 해야지요."

여자는 재빨리 말하고는 어색한 듯 진지한 표정을 지으며 지카코를 물끄러미 바라봤다. 그렇게 말했는데도 지카코가 웃지 않는 것을 보고 다시 입을 열었다.

"요즘 같은 시대엔 남자가 집안일을 하는 게 당연하죠. 아닌가요?"

다짜고짜 가슴을 펴고 당당하게 나왔다.

"하지만 아까 말씀하셨잖아요. 방이 먼지투성이인 걸 보고 빨리 며느리를 얻어야겠다고 생각하셨다고."

"그건, 그…… 독신이라 방도 더럽다고 예를 든 거예요."

"예라도 그런 말씀은 삼가시는 게 낫지 않겠어요? 어머님도 같은 여자잖아요." 더 말하지 않는 게 좋을 것 같지만 그만둘 수 없었다. "신상서를 보니 아드님이 세 분이시네요. 따님은 안 계시고요."

"……네."

"그러시겠지요. 만약 어머님에게 딸이 있다면, 그런 이야기를 듣고 웃는 얼굴로 신상서를 교환할 수 있으시겠어요?"

이 어머니가 70대 이상이었다면 조금은 참았을 것이다. 하지만 자신과 나이 차이가 별로 나 보이지 않았다. 그걸 생각하니 분노가 사그라든 자리가 절망으로 채워졌다. 일본은 언제쯤이나 변하려나. 이래서는 아무리 세월이 흘러도 여자는 남자 밑에 놓일 수밖에 없다.

"죄송합니다만." 지카코의 목소리가 평소처럼 낮고 차분해졌다. "우리 딸은요, 어머님의 눈높이에 맞지 않을 것 같아요. 죄송합니다."

여자는 무언가 말하려고 입을 열었지만, 아무 말도 나오지 않는 모양이었다. 좀처럼 일어서려고 하지 않았다.

'꾸물거리지 마. 시간이 정해져 있으니까.' 지카코는 가차 없이 뒤에 줄을 서 있던 대기자에게 "기다리게 해서 죄송합니다"라고 인사를 했다. 앉아 있던 여자는 "그런가요……. 유감입니다. 뭔가 오해를 하신 것 같아요"라고 투덜거리며 그제야 일어섰다.

이후에도 신청은 이어졌다. 도모미가 좋아할 것 같은 남자는 드물었다. 30대 후반이 많았다. 부모와 동거하는 남자가 많은 것도 마음에 걸렸다. 그래도 교환을 요구하면 교환했다. 왜냐하면 첫 두 사람에게 분통을 터뜨리느라 진이 다 빠졌는지 머리가 돌아가지 않았기 때문이다. 최종적인 판단은 도모미에게 맡기는 편이 좋기도 하고.

마음에 들지 않지만, 방이 지저분해서 며느리를 얻어야겠다고 생각한 부모를 배제하는 식으로 하다 보면 누구와도 맞선을 볼 수 없게 되는 것은 아닐까? 게다가 부모가 그런 생각을 한다고 해서 아들도 똑같을 것이라 단언할 수는 없다. 희망 사항일지 몰라도 그렇게 생각하지 않고서는 그 누구와도 신상서를 교환하지 못할 것 같았다. 도모미에게 실제로 만나보게 한 뒤 상대방을 탐색하게 하면 된다. 도모미의 말을 듣고 남자가 생각을 바꿀 수도 있다. 개중에는 생각이 유연한 남자도 있을 것이다. 애초에 가정을 꾸려본 적이 없으므로 매일 해야 하는 집안일이 얼마나 번잡한지 모를 가능성이 크다. 집에서 부모와 함께 살면서 어머니에게 신세 지고 있는 사람일수록 더 그럴 것이다.

이번 맞선장에는 지난번과 달리 커피와 홍차가 준비되어 있었다. 회의장 한구석에 하얀색 테이블보가 깔린 긴 테이블이 있고, 그 옆에 나비넥타이를 맨 젊은 남자가 서 있었다. 지카코는 커피를 따라 자리로 돌아왔다. 뜨거운 커피를 마시며 테이블의 두 여자를 넌지시 살폈다. 각각 신청한 사람이 나타나 열심히 대화하는 중이었다. 보고 있으니 한 사람에게 너무 많은 시간을 할애하는 것 같았다. 빨리 신상서를 교환하고 좀 더 많은 사람을 만나보는 게 낫지 않을까. 참견인 줄 알면서도 걱정됐다.

"네, 시간이 다 됐습니다. 그럼 지금부터 교대해서 따님을 두신 부모님이 신청해주세요."

지카코는 천천히 일어나 원하는 번호를 눈으로 찾았다. 지난번과 마찬가지로 남편과 도모미와 함께 이야기해서 미리 동그라미를 쳐왔다. 35세 전후의 남성 네 명. 그중 세 명에게는 이미 신청을 받아 신상서를 교환했다. 이제 남은 건 한 명이다. 지난번처럼 냉랭한 태도면 정말 싫겠다 싶으면서도 용기를 내 신청하니 상대방이 뜻밖에 흔쾌히 교환해주어서 마음이 놓였다.

어쩌면 너무 부담을 갖지 않는 편이 좋을지도 모른다. 지난번에는 의욕이 과했던 게 아닐까. 상대방이 조급하다는 걸 알면 누구나 부담스러워하기 마련이다. 부모 대리 맞선에 참가한 사람 중 도모미는 젊은 편인데도 조급한 기색을 보이면, 마치 하루빨리 결혼시켜야 하는 말 못 할 사정이라도 있는 것처럼 보일 수 있다.

인사하고 자리로 돌아가려는데, 멀리서 아는 얼굴을 발견했다. 지난번 부모 대리 맞선 때 가마쿠라에 별장이 있다나 뭐라나 알 수 없는 이유로 지카코의 교환 제의를 거절했던 여자다. 아들은 조난대학교 부속고등학교 수학교사였다. 이번에 참가하는 것은 일람표를 보고 이미 알고 있었다. 후보자 목록에서는 당연히 빼놓았다. 그런데 이전과는 모습이 달라 보였다. 그 여자 앞에 아무도 없었다. 본인도 예상치 못한 결과인지 두리번거리는 중이었다. 얼마 전까지도 아쉬울 것 없다는 듯 당당하게 "어디 한번 내 심사를 통과해보시든가" 하는 거만한 태도였는데.

단순히 내 열등감 때문에 실제보다 괜찮아 보였던 걸까? 오늘 저 여자는 퍽 마음이 약한 사람 같았다. 어떻게 보면 사람 좋아 보이기도 했다. 지난번과 오늘은 왜 이렇게 다를까? 미혼이기만 하면 나이, 학력, 직장, 결혼 이력, 심지어 자녀의 유무조차 묻지 않는 것은 지난번과 같다. 게다가 1만 5000엔이라는 참가비도 같다. 아무래도 부모 대리 맞선이란 그때그때 누가 참가하느냐에 따라 분위기가 크게 좌우되는 모양이다. 내게 신청 줄이 선다는 것은 지난 맞선 때는 상상도 못 한 일이다.

지카코는 계획한 대로 교환을 모두 마치고 자리로 돌아왔다. 아들을 둔 부모들은 다들 어디로 갔는지 테이블에는 지카코를 포함해 딸을 둔 여자 셋뿐이었다.

"좋으시겠어요. 댁의 따님은 아직 20대죠?"

건너편 여자가 지카코에게 말을 걸어왔다.

뭐라고 대답해야 상대방에게 상처를 주지 않을지 알 수 없었다. "우리 딸도 이제 젊지 않아요"라고 솔직하게 말하면, 43세 딸을 둔 여자에게는 비아냥거림으로 들릴 것이다. 나이와 외모는 여자에게만 해당하는, 허물 수 없는 벽이다. 남자들은 의사나 IT 기업 사장 같은 근사한 직업 혹은 재산으로 그 벽을 허물 수 있지만, 여자는 그렇지 않다. 그렇게 생각하면 같은 여자로서 심사가 뒤틀린다. 그래서 화제를 바꾸었다.

"여러 번 참가하셨나 봐요?"

"네, 맞아요. 이제 5년째인가?"

지카코는 깜짝 놀라 말문이 막혔다. 여자의 딸이 지금 43세이니 38세 때부터 참가하고 있다는 말인가. 43세와 38세는, 당사자인 남자나 그 부모에게 주는 인상도, 그리고 외모도 꽤 다를 것이다. 그런 사실을 이 여자와 딸은 알고 있을까? 대체 얼마나 눈이 높은 걸까?

"부모 대리 맞선이라는 게 그렇게 오래전부터 있었나요?"

"있었죠. 아까 사회자가 300회를 맞이했다고 했잖아요."

다른 여자가 답했다.

"저는 부모 대리 맞선이 4년째예요."

"그렇군요……. 몇 년째 계속 참가하는 부모님이 많으신가요?"

"설마요. 많지는 않을걸요. 다들 중간에 싫증을 내는 것 같아요."

"눈 깜짝할 사이에 나이를 먹어버렸어요."

"그렇지요, 뭐."

두 여자는 그렇게 말하며 고개를 끄덕였다.

"댁의 따님은 초등학교 선생님이잖아요. 부러워요. 우리 딸은 43세인데 집안일을 돕고 있어요."

어느새 친해졌는지 두 사람은 다정하게 대화하기 시작했다.

"저야말로 부러워요. 집안일을 돕는다면 가정적이라고 생각해서 남자들이 좋아하잖아요."

"그렇지도 않아요. 그런 시대는 벌써 지나간 것 같아요. 직장이 없으면 무능력하다고 생각해서 업신여기는 게 느껴지더라고요."

일람표의 직업란을 보면 남자보다 여자의 격차가 크다. 이번에도 여자 참가자 중에는 의사가 세 명 있었고, 초·중·고 교사와 공무원도 많았다. 대학원을 나와 연구직에 종사하는 여자도 몇 명 있었다. 그런 가운데 집안일을 돕거나 아르바이트를 한다고 하면 아무래도 어려울 수밖에 없다.

"하지만 집안일도 힘든 일이잖아요. 가업도 도와야 할 테니까요.”

“아니에요. 우리 남편은 직장 다니다가 정년퇴직하고 집에 있어요. 딸은 밥이나 청소만 해요. 그것도 마음 내킬 때만.”

“그래요? 그렇구나…….”

교사 딸을 둔 여자는 난감한 모양인지 눈빛이 흔들렸다. 그러더니 “따님이 미인이시네요. 여배우 같아요”라고 재빨리 말하고는 멋대로 사진을 들고 바라보기 시작했다.

“여배우는 무슨. 아니에요. 댁의 따님이야말로 무척 젊어 보여요. 매력적이기도 하고. 그렇지 않아요?”

여자가 갑자기 지카코에게 동의를 구했다.

“그래요? 좀 보여주시겠어요? 어머나, 정말 예쁘네요.”

그렇게 말하지 않을 수 없었다.

“오늘도 별로였어요. 좋은 상대를 찾기 어렵네요.”

“여러 명에게 신청 받으셨지요?”

지카코가 물었다.

“여자도 40대가 되면 어려워지나 봐요. 게다가, 그쪽.” 여자는 말하려다 갑자기 지카코를 응시했다. “그쪽은 40대 남자에게도 신청을 받았지요?”

“네. 우리 딸은 더 젊은 남자를 원한대요.”

“우리 딸은 40대 남자에게는 거의 신청을 못 받았어요. 제일 젊은 사람이 50대 초반이에요.”

“그래요?”

"오늘은 57세 남자도 신청했더라고요. 사진을 보니 슬퍼지잖아요. 이미 손자를 봤을 법한 할아버지더라고요."

57세면 지카코 부부와 동갑이다. 지난해 고등학교 동창회에 갔을 때 보니 손자를 둔 동창이 적지 않았다. 놀랄 만큼 젊어 보이는 동창이 있는가 하면, 몹시 늙어 할아버지처럼 보이는 남자 동창도 몇 명 있었다. 지카코가 이번에 신상서를 교환한 사람 중에도 지난번과 마찬가지로 사진만 보면 중년 아저씨 같은 남자가 적지 않았다. 이런 점은 여전히 아쉬웠지만 그런 건 아무래도 속 편한 생각인 모양이다. 할아버지보다야 아저씨가 나을 테니.

"아까 딸과 동갑내기인 남자에게 신청해봤거든요. 그랬더니 뭐라고 하는 줄 아세요? 40대 여자는 아이를 낳지 못할 확률이 높아서 안 된대요. 속상해서 눈물이 날 뻔했어요."

"세상에. 젊어도 아이를 낳지 않는 부부도 있고, 게다가 불임 원인의 절반은 남자에게 있다는 걸 모르나 봐요."

지카코는 잠자코 귀를 기울였다. 도모미의 앞날을 걱정하는 처지에서 선배의 이야기를 되도록 많이 듣고 싶었다.

"마흔 살 전후면 아파트가 있는 남자도 많지요."

"와, 좋네요."

지카코는 자신도 모르게 끼어들었다.

"무슨 소리예요? 좋은 게 아니에요. 아파트라고 해봤자 도심이 아니라 교외인걸요."

"맞아요. 그것도 하나같이 다 살기 불편한 동네지. 딸의 직장이 멀면 회사에 못 다닐 수도 있어요."

또 다른 여자가 크게 고개를 끄덕였다.

"현금으로 산 건 당연히 아닐 테니 대출금도 수천만 엔 있을 거고요."

"그러니까요. 그걸 맞벌이해서 같이 갚자는 거라니까요."

"아들 둔 부모들은 자랑스럽게 말하더라고요. 우리 아들은 아파트를 샀으니 며느리를 맞을 준비가 되어 있습니다. 그래도 그건 아니지."

"며느리한테도 융자를 물리려는 약삭빠른 속셈이에요. 우리 딸은 집안일을 돕고 있는데 결혼하면 아마 대출금을 갚기 위해서 시간제 일자리를 구해야 할지도 몰라요."

"우리 딸은 공립학교 교사라서 생활은 안정적이거든요. 그래서 그런지 이 사람이 돈을 보고 신청한 게 아닌가 하는 느낌이 들 때도 있어요. 대출금은 둘이 같이 갚는데도 아파트 명의는 계속 아들로 되어 있을 거잖아요."

"어머, 너무했다. 그건 좀 이상하지요."

두 사람의 대화를 듣고 있으니 결혼이 대체 무엇인지 더 알 수 없었다. 맞선에서는 금전적인 손익 계산이 늘 따라다닌다. 연애결혼이라면 그 무엇도 사랑이라는 이름으로 넘어갈 수 있다. 아파트 명의 같은 것은 화제에 오르지도 않는다. 죽음이 둘을 갈라놓을 때까지 다정한 부부 관계가 이어질 거라는 환상이 전제로 깔려 있기 때문이다. 그런 게 바로 사상누각이다.

연봉을 몇십억 엔이나 받는 메이저리그 야구 선수는 결혼할 때 이혼 시 재산분할에 대해 아내와 계약서를 쓴다는 이야기를 들은 적이 있다. 재산이 수백억이라면 전처에게 절반을 주는 건 너무 많으니 2억 엔이나 3억 엔이면 충분하다고 생각할 수 있다. 하지만 일본에서 이런 풍토는 자리 잡지 못할 것이다. 돈을 입에 올리는 것은 저속하다고 보는 분위기가 여전하다. 하지만 입 밖에 내지 않을 뿐, 인생이 돈에 크게 좌우된다는 것은 누구나 아는 사실이다. 돈에서 자유로운 사람은 없다.

"결혼도 하기 전에 이혼을 생각하고 싶지는 않지만, 요즘은 봐요. 결혼한 커플의 3분의 1이 이혼하잖아요. 그런 걸 생각하면 이것저것 불안한 게 많아요."

"깨끗하게 헤어지려면 주택자금 대출은 없는 편이 나아요."

"게다가 상대편 부모도 연로하잖아요. 곧 병간호를 해야 할 것 같아서 망설여져요. 그런 고생을 시킬 바에야 그냥 이대로 결혼을 안 시키고 학교 선생님으로 정년까지 일하게 하는 게 행복한 건가 싶어요."

"그건 그렇죠."

"하지만 적극적으로 신청하셨잖아요."

"어머나, 보고 있었어요?"

"그렇게 괜찮은 남자였어요?"

"당사자인 아들은 더할 나위 없이 좋은데, 위로 누나가 둘이고 둘 다 독신에 직업이 없는 것 같더라고요."

"어머, 어머, 그건 좀 위험한데요."

"누나가 둘 다 부모님 연금으로 먹고사는 모양이던데."

'그렇게 말하는 댁의 따님도 집안일만 하고 있지 않나요?' 지카코는 속으로만 중얼거렸다.

"그쪽도요." 그 여자가 지카코를 보며 말했다. "남 일이 아니에요. 눈 깜짝할 사이에 나이를 먹는다니까요."

"네? 네, 정말 그렇겠네요."

지카코는 황급히 맞장구를 쳤다.

"우리 딸도 부모 대리 맞선 활동을 시작했을 때는 서른여덟이었어요. 하지만 괜찮은 남자가 없더라고요. 외동딸이라 멀리 시집보내는 것도 싫고."

"너무 멀면 쓸쓸하죠."

지카코도 동의했다.

만약 남자가 전근을 가거나 무언가 다른 이유로 도모미가 외국에 나가 살게 된다면, 자신도 남편도 분명 쓸쓸할 것이다. 물론 그런 이유로 결혼을 반대할 건 아니지만.

"저녁에 반찬을 해서 갖다 줄 수 있는 곳이 좋지요."

"네? 그렇게 가까이요? 뭐…… 편할지는 모르지만 그래도."

"맞아요. 가까우면 편하지요."

그렇게까지 세세하게 조건을 생각하는 한, 이 두 여자의 딸은 누구와도 결혼하기 어렵지 않을까? 두 사람의 이야기를 들으며 연애의 위력에 대해 다시 한 번 생각했다. 연애는 나이도 돈도 사는 곳도 가족관계도 모두 뛰어넘는다. 이런 세세한 것은 안중에도 없게 만든다. 주변에서 반대하든 콩깍지가 씌었다고 말하든 방해물을 모두 물리치고 두 사람의 세계로 나아간다. 냉철함이 결여된 병적인 상태라고도 할 수 있지만, 그러지 않고서는 좀처럼 결혼이라는 목적지에 도달할 수 없다.

하지만 영원하다고 생각했던 사랑은 생각보다 빨리 식는다. 회복할 수 없을 만큼 무너지는 경우도 드물지 않다. 연애결혼이 중매결혼보다 이혼율이 더 높은 게 그 증거다. 물론 실패를 두려워하면 아무 일도 시작할 수 없다. 아니, 애초에 이혼은 실패가 아니라 살면서 무언가를 선택한 결과일 뿐 아닌가. 참고 견디며 억지로 결혼 생활을 이어가는 사람이 잘난 척하는 풍조가 이상한 것이다.

도모미의 결혼 활동을 시작하기 전의 나는, 부모 대리 맞선이 계기가 된 건 맞지만 나중에 당사자 사이에 연애감정이 싹트면 순조롭게 결혼으로 이어질 수 있을 거라는 안이한 생각을 하고 있었던 게 아닐까? 막상 부딪쳐보니 그렇게 쉬운 일은 아닌 듯하다.

14

그날 밤에는 오랜만에 피자를 주문했다. 내친김에 샐러드와 프라이드치킨, 디저트도 주문했다. 지카코는 부모 대리 맞선에 다녀와 진이 다 빠져버렸고, 남편은 휴일 출근을 마치고 막 퇴근한 참이었고, 도모미는 결혼 활동 파티에 다녀오느라 에너지를 다 써버린, 말하자면 모두가 지친 날이었다.

예전에는 남편이나 도모미가 소파에서 뒹굴어도 자신은 지친 몸을 이끌고 부엌에 섰다. 하지만 이제 그러지 않으려고 한다. 왜 나만 그래야 하나 싶은 억울함이 쌓이기 때문이다. 게다가 갚아야 할 주택대출금도 얼마 남지 않았고, 도모미도 집에 생활비를 보태고 있다.

"도모미 쪽은 어땠어?"

지카코가 볼이 미어지게 피자를 먹으며 물었다.

"오늘도 10 대 10이더라고. 세 명과 메일 주소를 교환했어."

"세 명이나? 대단한데. 인기 많았네."

"아니야. 참가한 사람이 다들 그 정도는 교환했어. 대단한 미인이 두 명 있었는데, 그중 한 명은 지난번에 나왔던 그 여자였어."

"뭐?"

부부가 입을 모아 놀랐다.

"그게 무슨 말이야? 주최자가 다른데 지난번 미인이 이번에도 참가했다고?"

"그 두 미인은 예전부터 아는 사이인 것 같았어. 한 명은 미쿠, 한 명은 레이나라고 서로를 부르는 게 꽤 친해 보이더라고."

"갈수록 수상해. 아무리 생각해도 바람잡이 같은데?"

"여기저기서 열리는 결혼 활동 파티에 참가하면서 시급을 엄청 많이 받는 거 아냐?"

지카코가 말했다.

"호객꾼이네."

"나도 그런 게 아닐까 생각은 했는데, 사실이라면 용서할 수 없지."

도모미가 씩씩거리며 말했다.

"그건 그렇고 메일 주소를 교환한 남자들과는 앞으로 어떻게 되는 거야?"

"메일을 주고받다가 마음이 맞으면 사귀는 흐름이겠지."

"어떤 남잔데?"

"그게 말이야, 잘 모르겠더라고."

도모미의 말에 따르면, 그 자리에 있던 모든 사람이 나이는 말하지만 학력은 말하지 않았고, 직장에 대해서도 회사원이라고 말할 뿐이었다. 2분씩 대화를 나누는 시간이 있었고 퀴즈와 빙고게임도 했는데 분위기가 어수선해서 누가 누군지 이름도 특징도 기억하기 어려울 정도였다. 차차 서로 알아가는 시간을 갖기 바란다는 주최자의 설명이 있었던 모양이다.

"그건 너무 답답한데."

"미사키와 료코도 불평하더라고. 대기업에서 운영하는 결혼상담소도 그런 형식이래. 인터넷에 자세한 데이터와 사진을 공개하지 않아서 상대방의 경력을 알기 위해서는 몇 번이나 메일을 주고받아야 한대. 사진을 교환하는 것도 메일로 어느 정도 친해진 뒤에나 가능하고. 사적인 걸 꼬치꼬치 묻는 게 실례라 물어보기도 좀 그렇대. 그래서 아무리 시간이 지나도 다니는 회사 이름이나 졸업한 학교 이름도 모를 수 있대."

"왜 그렇게 하는지는 알겠어. 남자 처지에서 보면 처음부터 연봉이나 직장으로 거절당하면 괴롭겠지. 그런 게 싫으니 인간적인 매력으로 경쟁하겠다고 생각하는 녀석이 있는 것도 이상하지는 않아."

"아빠, 그럴지도 모르지만 남자들은 여자를 외모로 판단하잖

아. 이쪽은 얼굴을 가릴 수도 없으니까 남자도 처음부터 전부 명확하게 밝혀야지. 나랑 메일 주소를 교환한 남자도 미인이랑 교환하고서 내친김에 나랑도 교환하는 느낌이었어. 남자들은 여자의 학력이나 직장에는 별 관심이 없는 것 같았어."

"그래도 이번에는 수확이 있었잖아. 계속 메일을 주고받다가 친해진 다음에 구체적인 이야기를 하면 되지."

남편은 위로하려는 듯 미소를 지었다. 그게 도모미의 신경을 더욱 거슬리게 했다는 사실은 모르는 모양이다.

"엄마는 어땠어?"

도모미는 남편의 미소가 불편했는지 고개를 돌렸다.

"이번에는 깜짝 놀랄 정도로 신청을 많이 받았어."

"와." 도모미는 기쁜 마음을 여과 없이 표현하는가 싶더니, 곧 굳은 얼굴로 말했다. "그래도 결국 전멸일지 모르지만."

나중에 상처받지 않도록 선을 긋는 것을 잊지 않았다.

식사가 끝난 뒤 셋이서 설거지를 하고 소파로 이동했다. 지카코는 가지고 온 신상서를 유리 테이블 위에 올려놓았다. 빈틈없이 빼곡하게 늘어놔야 테이블 밖으로 삐져나오지 않을 정도로 많았다.

"지카, 이번에는 엄청 많네. 하나, 둘, 셋…… 와, 열두 명이나 돼?"

"오는 사람 막지 않는다는 생각으로 다 받아뒀어. 일단 가져와서 도모미에게 보여주려고. 같은 테이블에 앉은 여자들이 나를 보고 놀라더라고."

그때의 모습을 남편과 도모미에게 들려주었다. 40세 전후의 딸을 둔 두 여자는 상대방을 고르고 골라 한 통씩만 교환했다. 돌아갈 때 지카코가 많은 신상서를 정리하는 것을 보고 두 사람은 입을 모아 말했다.

"그렇게 많이 교환해도 괜찮겠어요? 나중에 거절하는 것도 힘들 텐데."

"등기로 반송하는 일도 번거로울 거예요."

두 사람이 그렇게 말하는 것이 이상해서 견딜 수 없었다. 조금이라도 가능성을 열어둔다든지 1퍼센트의 기적이 일어날지도 모른다는 생각은 왜 하지 않는 걸까.

"하지만 그럴 수밖에 없는 이유가 있을지도 몰라. 할아버지 같은 남자가 많다고 하더라고."

"내가 읽은 책에 따르면, 여자는 서른다섯이 넘으면 열 살 정도 연상인 남자만 만나게 되는 모양이던데."

"맞아. 나이 제한이 있는 부모 대리 맞선에서는 신청 조건이 남자는 마흔다섯까지고 여자는 서른다섯이라고 되어 있었어."

"엄마, 잠깐만. 왜 그걸 당연한 것처럼 말하지? 그거 차별 아니야?"

"차별?"

아무리 나이 먹은 남자라도 젊은 여자를 좋아하는 것은 어쩔 수 없다는 걸 도모미도 알고 있을 것 아닌가. 그리고 이는 보통 당연하게 받아들여지는 일이기도 하다. 그런데 만약 남녀의 나이가 바뀌면 어떨까? 저 여자는 나이깨나 먹어서 무슨 생각으로 사는 거야. 그렇게 경멸하는 시선을 감당해야 하지 않을까?

"나는 꼭 차별이라고 생각하지 않아. 여배우나 아이돌을 봐도 여자는 나이에 좌우되는 경우가 많아. 게다가 남자는 나이 들고 점잖아지면서 매력이 깊어지니까."

아무렇지도 않게 말하는 남편을 도모미가 노려봤다.

"바보 같아. 뭐든 생각하고 싶은 대로 생각한다니까, 남자라는 동물은. 여자도 시들시들한 아저씨보다 젊고 펄펄 뛰는 남자가 좋은 건 마찬가지야."

"그럴 리가. 나이 들어도 젊은 여자에게 인기 있는 남자가 얼마나 많은데."

"그런 사람들은 거의 예외 없이 부자거나 비싼 선물을 사주는 남자잖아. 그렇지 않으면 여자가 생계가 곤란해서 누구에게든 도움을 받아야 하는 상태이거나. 설마 아빠는 진짜로 남자들이 나이 들면서 멋있어진다고 생각하는 거야?"

도모미가 여느 때와 달리 이렇게 격한 말투를 쓰는 것은 자신 때문이라는 것을 지카코는 알고 있었다. 도모미는 엄마가 상처받는 모습을 보는 게 싫어서 어떻게든 반박하려는 것이다. 나이를 먹을수록 남자들이 상대해주지 않을 거라는 생각에 불안하고 초조한 것도 사실일 것이다. 나이 들수록 여자는 여자다움에서 멀어지지만 남자는 언제까지고 계속 남자로 남는다. 그 차이를 당연하게 여기는 세상에 대한 생리적 혐오감도 있을 것이다.

"뭐, 그건 그렇고."

남편은 형세가 불리하다고 판단했는지 신상서를 손에 들고 찬찬히 바라보기 시작했다.

"음, 그래, 그렇군. 이런 남자였군."

화제를 바꾸려는 듯한 남편의 옆얼굴에서 긴장감이 느껴졌다.

"멜로드라마나 소설이나 애니메이션의 등장인물은 모두 젊고 외모가 출중한 사람이다 보니, 아무리 나이를 먹어도 연애나 결혼이라고 하면 남녀 할 것 없이 젊은 사람을 떠올리는 거겠지."

지카코가 말했다.

"연예인만 봐도 알 수 있잖아. 40대 남자 배우가 20대 여자 배우와 결혼하는 것도 드문 일이 아니고."

남편은 지칠 줄 모르고 말을 이었다.

"그건 그래. 아이돌뿐 아니라 배우도 젊었을 때 결혼하면 팬이 줄어드니까 마흔 넘어서 내리막길이 됐을 때, 그제야 결혼을 단행하는 거야"라고 지카코가 말했다.

도모미가 탁자 끝에 있던 신상서 한 장을 집어 들었다.

"어쨌든 난 40대는 고려 대상에 넣을 수 없어. 미안하지만."

그렇게 말하며 곧바로 옆으로 밀었다.

"89킬로그램이 두 명 있네. 실제로는 90킬로그램이 넘었는데 속이는 거겠지."

"라면이나 편의점 도시락만 먹었을 거야. 건강이 엄청 안 좋겠네."

도모미는 그 두 장도 가차 없이 옆으로 밀었다.

"그렇게 딱 자를 거 없어. 인기 없는 남자도 괜찮을 수 있지. 인기가 많으면 주변에 여자가 많아서 유혹을 이기지 못할 수도 있고."

"그러니까 불륜을 저질러서 가정이 무너질 거라는 말이야?"

도모미가 말했다.

"연애를 잘하는 사람들이 부부가 됐을 때 행복한가 생각해보면, 양쪽 다 유혹이 많아서 위험할 수도 있어."

"그럼 마루미네 부부는 앞으로도 계속 행복하겠네. 둘 다 첫 번째 연애였거든. 아, 이 사람, 괜찮은데."

도모미의 손이 멈췄다. 33세 남자였다.

"확실히 아저씨 분위기는 없지만 멋있다고 할 정도는 아니지 않아?"

"아빠, 이 중에서는 꽤 괜찮은 사람이야."

"이 두 사람은 어때? 아, 어려울지도 모르겠네. 지바현이나 가나가와현은 도쿄 바로 옆이기는 하지만, 보소(지바현 남부에 있는 반도로 도쿄에서 차로 약 1시간 30분 거리—옮긴이)나 오다와라(가나가와현 서부에 있는 도시로 도쿄에서 차로 약 1시간 30분 거리—옮긴이)라면 너무 멀어서 도모미가 지금 직장을 계속 다니기 힘들 거야."

지카코는 자신이 교환해놓고도 내키지 않는 조건이 많다고 생각했다. 결국 열두 명에 대해 저마다 의견을 낸 끝에 남은 사람은 다섯 명이었다.

"내일 바로 전화해서 맞선을 신청해볼게."

"엄마, 바쁜데 미안하네. 부탁해요."

도모미가 고개를 숙이며 말했다.

"괜찮아. 나한테 맡겨."

자신만만하게 말했지만, 지난번처럼 쌀쌀맞게 거절할지도 모른다고 생각하니 지카코는 내심 두려웠다. 하지만…… '할 일을 담담하게 해 나가자.' 그래. 상대방의 태도가 어떨지 생각하며 걱정해봤자 소용없다. 상처받을 것을 두려워하지 말자, 지카코. 속으로 그렇게 말하며 마음을 다잡았다.

15

    가족회의에서 선정한 결과 남은 사람은 30세, 32세, 33세, 35세, 37세 다섯 명이었다. 그중에서도 도모미는 33세 남성이 마음에 든 모양이었다. 잘생긴 것도 엘리트도 아니지만, 적어도 사진상으로는 도모미의 취향에 맞게 학생 같은 풋풋함이 남아 있었고, 미소도 자상해 보였다.

    다음 날인 일요일, 지카코는 나이 많은 순으로 전화를 걸기로 했다. 나이와 비례해서 조바심이 클 테니 거절당할 확률이 낮을 것이라고, 실례이기는 하지만 일방적으로 판단했다. 그건 그렇고, 어젯밤의 결의는 어디로 갔는지 아침이 되니 다시 거절당할 것이 두려워졌다. 상처받을 시간을 조금이라도 미루고 싶었다. 거절당하면 당분간 그 생각만 하며 우울감에 빠져 집안일도 회사 일도 잘되지 않을 것이다.

수화기를 움켜쥐고 심호흡을 했다. 37세 남자는 나이가 가장 많기는 했지만, 유명 사립대학원을 나와 금융계 연구소에서 근무하는 사람이다. 냉정하게 따져보면 도모미와는 균형이 맞지 않는다. 하지만 부모 대리 맞선에 나온 남자의 70퍼센트 이상이 명문대를 나왔고, 그중 대부분이 공무원 아니면 유명 기업 직원이다. 어느새 이 정도가 보통이라고 생각하게 됐다. 지카코는 그렇게 생각하지 않으려 늘 조심했지만, 그쪽에서 도모미에게 먼저 신청했으니 비굴하게 굴 이유는 없다고 자신을 격려했다.

전화 받은 사람은 남자의 아버지였다. 부모 대리 맞선에 나온 사람도 아버지였다. 은발에 기품 있는 70대로, 신상서에 따르면 아버지 역시 대학원을 졸업하고 연구소에서 근무했다고 적혀 있었다.

"일전에는 실례가 많았습니다. 저희 딸에게 물어보니 자제분을 만나고 싶다고 하는데, 그쪽은 어떠신가요?"

"감사합니다. 저희 아들도 꼭 만나고 싶다고 하더군요."

안심이다. '꼭'이라니 얼마나 기쁜 일인가?

"고맙습니다. 그럼 저희 딸의 휴대전화 번호를 가르쳐드릴 테니, 아드님 것도 가르쳐주시겠어요? 당사자끼리 문자 메시지 같은 걸 주고받으면서 시작하는 게 좋을 것 같아요."

"아니요, 어머님. 이것은 어디까지나 맞선이니까 처음에는 부모가 동석해서 같이 만나도록 합시다. 저희는 저희 부부와 아들

셋이서 나갈 테니, 그쪽도 되도록 부모님까지 같이 오시면 좋겠습니다."

"아, 그렇……게 되나요?"

아들은 37세나 됐다. 그런데도 부모님을 대동하기 원하는 모양이다. 아들이 부모와 함께 사는 점도 신경이 쓰인다. 하지만 얼마 전부터 그런 걸 무작정 캥거루족이라고 보는 것도 일방적인 견해라고 생각하게 됐다. 같이 사는 것은 연로하신 부모님을 병원에 모셔다 드리거나 장을 보러 가서 무거운 짐을 들어드리거나 집안일을 돕기 위해서일 수도 있다. 마음씨 착한 효자일 수도 있지 않을까. 신상서에는 결혼 후 부모님과 따로 살기를 희망한다고 적혀 있으니 아들이 마마보이처럼 굴 거라는 걱정도 덜 수 있다. 이 남자의 말대로 부모가 동석하는 게 정석인지도 모른다. 그러고 보니 부모 대리 맞선 주최자도 부모가 동석해서 만나기를 권했다. 내 눈으로 상대방 남자를 확인하고 싶은 마음도 있었다.

"알겠습니다. 그럼 저희 바깥양반과 딸과 같이 찾아뵙겠습니다."

평소에는 남편을 바깥양반이라고 부르지 않는다. 하지만 상대가 70대이다 보니 '남편'이라든가 '우리 후쿠' 같은 표현에 위화감을 느끼지 않을까 하는 걱정이 앞섰다. 기본이 안 된 부모라고 생각하면 도모미의 혼담에 지장이 생길 수도 있다. 하물며 친구에게 말하듯 '우리 신랑'이라고 부르는 건 턱도 없다.

"우리 부모들은 처음 30분 정도까지만 있다가 자리를 비켜줍시다. 그 후 당사자끼리 이야기를 하는 단계로 가는 게 맞는다고 생각합니다만, 어떠십니까?"

"알겠습니다. 그렇게 하겠습니다."

"장소는 신주쿠 서쪽 출구에 있는 왓슨호텔의 카페 밀라노가 어떻습니까? 식사 없이 차만 마실 수 있는 곳 중에는 예약할 수 있는 가게가 적어서요. 우리가 아는 곳이 거기뿐입니다."

"고맙습니다. 그럼 그리로 가겠습니다."

다음 토요일 오후 2시에 만나기로 약속하고 전화를 끊었다. 도모미에게는 이달 토요일과 일요일은 비워두라고 미리 말해두었다. 교대해줄 동료에게 답례로 줄 쿠키를 사 간 것으로 알고 있다. 그건 그렇고 남자의 아버지는 꽤 준비성이 좋은 듯하다. 곧바로 장소를 제안한 것만 봐도 맞선에 익숙한 모양이다. 곧바로 인터넷에서 카페 밀라노를 검색했다. 고급 호텔 커피숍처럼 커피 한 잔에 2000엔이나 하면 좀 그렇겠다고 생각하면서.

'지금 돈을 안 쓰면 언제 쓰겠어?'

문득 남편의 말이 떠올랐다. 말은 그렇게 해도 힘들게 일해서 번 돈이 말도 안 되게 비싼 커피값으로 사라지는 게 지카코는 싫었다. 이런 생각을 말하면 남편은 분명 이렇게 대꾸할 것이다.

'커피값이 아니라 자릿세야. 고급 호텔 커피숍이 프랜차이즈 카페처럼 저렴하면 늘 사람으로 미어터질 거 아냐. 지카는 너무 구두쇠야.'

홈페이지를 둘러보니 음료는 모두 700엔 안팎이다. 조금 안심 됐다. 호텔치고는 저렴한 편이고, 널찍한 실내에 소파도 넉넉하 게 배치되어 있다. 이 정도라면 받아들일 수 있는 가격이다.

기세를 타 계속 전화를 걸었다. 두 번째부터는 모두 엄마들이 전화를 받았다. "우리 아들도 꼭 만나고 싶다고 했어요." 진짜인 지 아닌지 알 수 없게 모두 판에 박은 듯 똑같은 말을 했다. 말하 는 본인만 모를 뿐이다. 다들 예의상 '꼭'이라고 말하는 것인지도 모른다.

"어디에서 만날까요?" "부모 동반이 좋을까요?" 상대방이 대 부분 그렇게 물었기 때문에 지카코는 아까의 남자를 흉내 내서 대답했다. 장소는 왓슨호텔의 카페 밀라노, 부모님도 함께 나와 달라고. 그러자 "저만 가도 될까요? 아니면 남편도 데리고 가는 것이 좋을까요?" 하고 질문이 이어졌다. 어느 쪽이든 상관없다고 대답했다. 수화기 너머의 상대방이 훨씬 나이가 많은데 잘난 체 하는 것처럼 들리려나 싶었지만, 더 공손한 말투를 생각해낼 수 없었다. 지카코는 회사에서도 빠르고 정확하게 일을 잘한다는 말 을 듣는 편인데, 중요한 때는 왜 이렇게 버벅거리는지 다시금 자 괴감이 들었다.

그래도 모두에게 만나자는 대답을 들을 줄은 몰랐다. 이번에 야말로 잘될 것 같은 예감이 들었다. 다섯 명 모두 흔쾌히 승낙 한 덕분에 이번 달 토요일, 일요일의 절반은 맞선으로 채워졌다. 긍정적인 조짐이 반갑기도 했지만 한편으로 숨이 막히는 느낌도 들었다. 피로가 쌓이지 않도록 회사 일도 집안일도 그때그때 잘 해둬야겠다 싶었다.

언뜻 보니 창밖 나무들의 초록빛이 짙어지고 있었다. '도모미 에게도 봄이 오기를' 하고 기도했다.

16

맞선 날 아침, 남편은 기운이 넘쳤다.

"너무 딱딱한 복장은 좀 그렇지. 역시 스웨터와 재킷으로 가자."

남편은 그렇게 말하며 거울 앞에서 몇 번이고 옷매무새를 확인했다. 도모미는 전에 산 크림색 시폰 원피스를 입었다. 지카코는 평소 출근할 때 자주 입던 진한 감색 바지 정장을 골랐다.

카페에 도착한 때는 약속 시간보다 20분 전이었는데, 상대방은 이미 자리에 앉아 있었다. 부모와 아들 둘 다 말쑥한 정장 차림이라 주눅이 들 뻔했지만, 남편의 당당한 모습을 보고 지카코는 마음을 다잡았다. 간단히 인사를 나누고 자리에 앉기까지의 짧은 시간 동안 지카코는 아들을 관찰했다. 상대편 부모도 도모미를 빤히 보는 게 시야에 들어왔다. 건너편에 앉은 아버지가 메뉴를 이쪽으로 건네주었다.

"저희는 이미 결정해서요."

"그럼 실례하겠습니다."

지카코가 가볍게 머리를 숙이고 메뉴를 받아 든 뒤, 셋이서 들여다보았다. 구두쇠라 100엔, 200엔 차이에 예민해지는 것은 어쩔 수 없었다. 잠시 망설이다 결정했을 무렵, 점원이 주문을 받으러 왔다.

"자, 먼저 주문하시지요"라고 남자의 아버지가 재촉했다.

"그럼 나는 코코아 플로트"라고 남편이 말하자 지카코가 "카페라테 부탁합니다", 뒤이어 도모미가 "나는 녹차라테로"라고 주문을 했다.

잠시 뒤 맞은편에 앉은 아버지가 나지막하게 말했다.

"따뜻한 커피 석 잔."

지카코가 힐긋 보자 아버지는 서둘러 미소를 지어 보였지만, 그 직전에 할 말을 잃은 듯한 얼굴이었던 것을 지카코는 놓치지 않았다. '맞선을 보러 온 자리인데 음료 같은 건 대충 시키면 안 되나? 당신들, 호텔 라운지에 오랜만에 와봐서 들뜬 거야?' 분명 이렇게 말하고 싶은 얼굴이었다. 서민의 삶을 꿰뚫어본 것 같다고 생각한 건 지나친 생각일까? 평소라면 이쯤에서 마음이 흔들렸을 테지만, 오늘은 남편과 함께여서 든든했다.

"자기소개부터 시작합시다."

아버지가 말했다.

"저는 이와키 도모미치라고 합니다."

아들이 이렇게 말한 뒤 경력 등을 간단하게 이야기했지만, 모두 신상서에 있는 내용이라 새로운 것은 없었다. 하지만 침착한 말투와 온화한 미소에 지카코는 호감을 느꼈다.

"어떤 일을 하세요?"

집으로 날아온 일람표에는 영업 또는 사무 등 대략적으로만 기재되어 있지만, 신상서에는 구체적인 회사 이름을 적는 게 보통이다. 하지만 이 남자는 '금융계 연구소'라고만 적었기 때문에 신경이 쓰이던 참이었다. 연봉이 650만 엔이라니 일단은 안심이지만.

"금융계 연구소에서 근무하고 있습니다."

아들이 온화한 말투로 대답했다.

"……그렇군요."

그러니까 내 말이. 그건 신상서를 봐서 알고 있다니까.

맞선 자리에서조차 구체적인 회사명을 밝히고 싶지 않은 모양이다. 마치 우리 가족을 경계하는 것 같다. 도모미는 신상서에 솔직하게 회사명을 썼는데. 어쩐지 불쾌하다. 조금 전까지 좋은 인상이었는데 단번에 기분이 나빠졌다.

"따님의 취미는 뭔가요?"

건너편의 아버지가 물었다.

"네, 독서와 영화 감상 등입니다."

도모미가 조용히 미소 지으며 씩씩한 말투로 대답했다. 상대방에게 어떤 인상을 줘야 하는지 알고 있는 듯했다. 어린아이가 아니니 당연한 일인지도 모르지만, 지카코는 여전히 그런 쪽으로는 재능이 없어서 내 자식이면서도 자랑스러웠다.

그 후, 서로 휴일을 보내는 방법이나 최근에 본 영화 같은 화제가 잇달아 나왔다. 남자의 엄마는 호리호리한 미인이었다. 현모양처라는 말을 그림으로 그린 듯, 조용히 미소만 지을 뿐 전혀 끼어들지 않았다. 대화가 끊기자 그때까지 잠자코 있던 남편이 입을 열었다.

"제가 질문을 좀 해도 될까요?"

지카코는 한 짐 던 기분이었다. 이제 나머지는 남편에게 맡기자. 그간의 경험으로 봤을 때 자신이 이야기해서 잘된 일이 없었다.

"무인도에서 혼자 살게 됐어요. 어떤 책을 가지고 가겠습니까?"

남편이 난데없이 물었다. 부모 대리 맞선 책에 적혀 있기라도 한 모양인지, 남편의 표정은 자신감으로 가득했다. 분위기가 미세하게 바뀌었다. 도모미의 미간에 아주 조금이지만 주름이 잡혔다.

"글쎄요, 어떤 책이 좋을까……"

아들은 당황한 듯한 얼굴로 허공을 보며 이리저리 눈을 굴렸다.

"생각나는 대로 대답해도 돼요. 정답일지 아닐지 신경 쓰지 말고요."

귀를 의심했다. 무심코 옆에 있는 남편을 보니 다리를 꼬고 소파에 눕다시피 기대어 앉아 아들을 노려보고 있었다.

후쿠, 너는 대체 누구냐? 결혼 활동 지침서를 많이 읽더니 전문가라도 된 걸까, 아니면 첫 번째 맞선이라 오버하는 걸까? 재빨리 아들 쪽을 바라보니, 당황한 표정이 이내 진지한 표정으로 바뀌더니 어느새 희미하게 웃어 보였다. 경멸하는 것처럼 보였지만, 둔감한 남편은 알아차리지 못했을 것이다. 도모미를 보니 미간의 주름이 깊어졌다. 지금껏 자상한 태도였던 상대편 아버지는 저기압으로 보였다.

"잠깐, 후쿠. 그런 질문은 실례야."

"뭐가?"

분위기가 싸해진 걸 모르나. 그야말로 철부지 아닌가. 도모미에게 그렇게 훈계하더니, 혹시 남자라면 누구나 결혼하고 싶어할 만큼 자기 딸이 매력적이라고 생각하는 걸까? 저 남자가 내 딸에게 어울리는 수준인지 아닌지 테스트하려는 걸까? 혹시…… 회사에서 남편은 이런 사람일까? 부하들에게 항상 이렇게 잘난 척하는 걸까? 결혼한 지 30년이나 지났지만, 아직도 모르는 얼굴이 있었다.

"아, 죄송합니다. 그래서, 저어, 자제분의 취미는 뭔가요?"

지카코는 황급히 화제를 바꾸었다.

"글쎄요, 여행을 좋아합니다."

아들은 아무 일도 없었다는 듯 자상하게 대답했다. 꽤 총명한 모양이다.

"여행 좋네요. 지금까지 어디에 가보셨어요?…… 아, 그렇습니까, 노토반도(일본 혼슈 섬 중부인 이시카와현에서 동해를 향해 뻗어 있는 반도―옮긴이)는 정말 멋진 곳이지요. 저도 굉장히 좋아해요. 사도가시마 섬(노토반도의 오른쪽, 니가타현 앞 동해에 있는 섬―옮긴이)에도 가보셨어요?…… 그렇군요, 거기는 뭐가 맛있어요?"

남편이 끼어들 틈을 주지 말아야겠다고 생각하며 대화를 나누다 보니 아들에게 질문 세례를 퍼붓고 있었다.

"그럼 슬슬 부모들은 일어날까요? 나머지 시간은 당사자끼리 보내게 하지요."

상대방 아버지가 그렇게 말하며 질문을 막아주었을 때, 지카코는 마음속으로 안심했다. 당사자만 남겨두고 자리에서 일어나 계산대에서 가서 각자 계산했다.

"저희는 잠깐 들를 곳이 있어서 여기에서 실례하겠습니다. 오늘 감사했습니다."

상대방 아버지가 카페 입구에서 그렇게 말해주어서 다행이었다. 이곳은 역에서 조금 떨어져 있고, 쇼핑할 만한 가게도 없으니 들를 곳이 있다는 것은 틀림없이 거짓말일 것이다. 하지만 여기서 헤어지지 않으면 역까지 같이 걸어가야 한다. 그 어색함은 피하고 싶었을 것이다.

돌아오는 전철 안에서 남편은 흡족한 듯 말했다.

"나쁘지 않았어."

"나쁘지 않았다니 뭐가?"

"예의 바르게 자란 것 같잖아. 난 합격점을 주겠어."

이 남자는 정말 바보인가? 상대방에게 거절당할 수도 있다는 사실은 생각지도 않는 건가? 기가 막혀서 잠자코 있으니 남편이 "지카는 마음에 들지 않았어?"라며 지카코의 얼굴을 들여다봤다.

"저 사람, 도모미한테는 안 맞는 것 같아. 초등학교부터 사립을 다녔을 줄이야."

"그런 건 상관없어. 도모미도 중학교부터는 사립을 다녔잖아."

"초등학교 때부터 사립을 다녔다는 건 집이 부자라는 소리야. 중학교 때부터 사립에 보내는 집은 우리 같은 서민 중에도 해마다 늘고 있지만."

지카코는 선 한 가닥을 떠올렸다. 선에는 1부터 100까지 미세한 메모리가 달려 있어 경제력을 측정할 수 있다. 가난할수록 메모리의 크기가 작고 부자일수록 100에 가깝다. 100에 가까운 상위 메모리에 위치한 사람은 자신보다 아래 있는 사람을 쉽게 구분할 수 있다. 그러나 그 반대는 메모리가 작은 만큼, 위에 있는 사람과 자신의 차이를 분명하게 자각하기 어렵다.

지카코는 문득 가방에서 스마트폰을 꺼내 구글맵에 상대방의 주소를 입력했다. 항공사진을 3D로 전환하니 더욱 선명해졌다. 언제 이렇게 정밀해졌는지 정원에 심은 나무와 주차장에 세워놓은 차종까지 알 수 있을 만큼 또렷이 보였다. 구글맵을 보는 건 죄가 아닐까 가만히 생각했다.

"어마어마하네. 상상 이상인데."

지카코가 중얼거리자 남편이 옆에서 스마트폰을 들여다보았다.

"어마어마하다니 뭐가?"

"아까 만난 이와키 씨네 집."

스마트폰 화면에 메구로구 주택가가 비쳤다. 네모난 집들이 촘촘히 늘어선 가운데 이와키 씨의 집은 절인가 신사인가 싶을 정도로 녹음이 우거져 있어 한층 돋보였다.

"신경 쓸 거 없어. 그런 거 별거 아니야."

옆을 보니 말과는 정반대로 남편은 굳은 표정이었다. 남편은 분명 신경 쓰고 있었다. 남자들은 누구나 알게 모르게 이런 면이 있는 걸까. 자신보다 경제력이 좋으면 성공한 사람으로 여겨 질투하고 시기한다.

"후쿠, 우리도 말이야. 둘 다 지방에서 올라왔어. 열심히 일하고, 절약하고, 계약금 모아서 아파트를 샀지. 도쿄에 기반이 없는 사람이 도쿄에서 집을 산다는 건 대단한 일이야. 자랑스러워할 만한 일이라고."

남편의 미간에 지어진 주름이 조금 펴졌다.

"그렇잖아. 이 집 좀 봐. 꼭 숲에 둘러싸여 있는 것 같지 않아? 이거 부모한테 물려받은 거야. 으스댈 게 아니라고."

"응, 뭐…… 그렇겠지."

"거기에 비하면 후쿠는 얼마나 훌륭해? 부모한테 기대지 않고 이렇게 땅값이 비싼 대도시에 아파트를 샀잖아. 비록 작기는 해도."

"그건 그렇지."

남편의 미간에 지어진 주름이 완전히 사라졌다. 아내가 아니라 어머니나 교사가 된 듯한 기분이 든 게 벌써 몇 번째인지.

집에 돌아와 남편과 둘이서 빨래를 개고 있는데, 도모미가 돌아왔다.

"이와키 씨와는 그 뒤로 어땠어? 대화는 재미있었어?"

"엄마, 그 사람 거절해줘." 도모미가 갑자기 말했다. "부모님들이 돌아간 뒤로 최악이었어."

도모미의 말에 의하면, 회사 일에 불만은 없느냐고 저쪽에서 먼저 물어왔다고 한다. 도모미는 솔직하게 야근이 많고 월급이 적고 일에서 보람을 느낄 수 없다고 이야기했다.

"그랬더니 갑자기 나를 세상 물정 모르는 철부지로 단정하더니 사회인으로서 명심해야 하는 게 있다며 장황하게 설교하더라고. 중간에 자리를 박차고 돌아오고 싶었어."

"의외의 면이 있네. 나이가 열 살이나 많아서 어쩔 수 없는 건가."

"나이가 아니라 성격이 문제야. 처음 보는 사람한테 실례되는 말을 막 하잖아. 게다가 그 사람은 여자를 아래로 보더라고. 그 집 엄마를 보면 알 수 있어. 아빠라는 사람 혼자서만 이야기하고 엄마는 발언권이 없는 것처럼 한마디도 안 했잖아. 그런 집에서 자라서 저런 사람이 된 거야."

"그럴 수도 있지만."

"너무 피곤해. 얌전한 얼굴로 맞장구쳐가면서 말도 안 되는 설교를 여태 들었다니까. 스트레스 한가득이야. 이건 뭐 상사와 부하도 아니고. 우리 상사도 저렇게까지 잘난 척하고 끈질기지는 않은데."

상사와 부하라……. 꽤 괜찮은 비유다. 분명 즐겁지는 않았던 모양이다.

"알았어. 그렇게까지 말하니 내일 전화해서 거절할게."

지카코는 곧바로 대답했다.

"아니, 그 정도 일로 거절하면 누구랑 결혼해?"

또 나왔다. 남편의 쓴웃음. 저게 바로 점잔 빼는 상사의 민낯이다.

"근데 말이야, 후쿠. 다른 사람을 깔보는 사람 중에 제대로 된 놈은 없어."

"그런가? 이성과 대화 나누는 게 익숙지 않아서 자기도 모르게 퉁명스러워진 걸 수도 있잖아. 알고 보면 자상한 면도 있지 않을까?"

남편은 팔짱을 끼고 허공을 응시했다.

남편은 구식 남자까지는 아니어도 보수적인 정치인 같은 구석이 있는 건지. 게다가 오늘 남편의 비상식적인 태도는 또 어떻고……. 생각하니 분노가 되살아났다. 후쿠가 함께하면 의지가 될 줄 알았는데, 이렇게 되면 도모미의 결혼 활동은 전적으로 자신이 맡을 수밖에 없다. 자신감은 눈곱만큼도 없지만 그래도 남편에게 맡기느니 자신이 하는 게 100배 낫겠다고 지카코는 생각했다. 어깨가 무거웠다. 마음속에 구름이 가득했다.

17

회사 점심시간이었다. 스마트폰을 보니 이와키의 아버지에게
두 번이나 부재중 전화가 온 기록이 있었다. 지카코는 서둘러 복
도로 나가 전화를 걸었다. 이쪽은 현역으로 일하고 있지만, 저쪽
은 퇴직하고 집에 있으므로 평일 낮에도 아무렇지 않게 전화를
거는 모양이다.

"여보세요? 후쿠다입니다. 전화 주셨는데 죄송합니다. 근무 중
이었어요. 며칠 전에는 신세가 많았습니다."

"저야말로 따님을 만나게 해주셔서 감사합니다. 그런데 어떻
게 된 모양인지 인연이 없는 것 같네요."

"예?"

농담하지 마세요. 거절은 제가 하려고 했어요, 라고 말하고 싶

어 견딜 수 없었다.

"여보세요? 어머님. 괜찮으세요? 따님에게도 조만간 꼭 맞는 사람이 나타날 겁니다."

"예?"

"만날 기회는 많이 있으니까, 조만간 댁의 따님에게도 어울리는 상대가 분명 나타날 겁니다. 그래서 괜찮다고 말씀드리는 거예요."

무슨 뜻이지? 혹시 구글맵에서 우리 아파트를 봤을까? 충분히 있을 수 있는 일이다. 그래서 격이 떨어진다고 판단한 걸까? 남편의 비상식적인 태도에 질린 걸까? 아니면 아들의 '사회인으로서의 마음가짐'에 대한 설교를 듣고 감사하고 존경할 줄 알았는데 우리 딸은 감탄하는 척만 할 뿐 사실은 건성으로 들었다는 사실을 간파한 걸까? 그것도 아니면 내가 음료값 100엔 차이에나 신경 쓰는 품위 없고 쩨쩨한 여자라는 걸 간파한 걸까? 이런 것들을 종합적으로 판단해서 격이 다르다고 결론지은 건 아닐까? 틀림없이 그럴 것이다.

전화를 끊고 나서도 남자의 아버지가 전한 위로의 말을 몇 번이나 떠올렸다. 그럴 때마다 화가 났다. 그날 하루 종일 계속 마음이 편하지 않았다. 거절당한 일도, 그 집 저택이 어마어마하더라는 이야기도 도모미에게 숨기지 않고 말하기로 했다. 이제 어린아이도 아니고 현실을 직시하는 것이 도모미에게도 도움이 될 것이다.

그날 밤, 남편은 회식이 있는 모양인지 퇴근이 늦었다. 도모미가 저녁을 먹는 테이블 맞은편에서 지카코는 차를 마시고 있었다.

"그러고 보니 도모미, 결혼 활동 파티에 갔을 때 세 남자와 메일 주소를 교환했다고 하지 않았어? 어떻게 됐어?"

"아, 그거. 어느 날부터 갑자기 답장이 안 오더라고."

"세 명 다?"

"응. 시시한 화제에 관해서 이야기할 때는 활기차게 대화가 이어졌는데, 내 쪽에서 큰마음 먹고 만나보지 않겠느냐고 권유한 순간부터 답이 없어. 그것도 셋 다 일제히. 대체 어떻게 된 걸까?"

"그 남자들 중에도 바람잡이가 있었던 거 아니야? 정말 이상하네."

"그때 남녀가 10 대 10이었으니 바람잡이가 아닌 사람도 몇 명은 있었겠지. 설마 나 빼고 전부 바람잡이였나? 전부 나를 보며 비웃고 있었던 거야?"

도모미가 어두운 눈으로 허공을 바라보았다.

"그건 아닐 거야. 회비가 3000엔밖에 안 되는데 바람잡이로 고용한 아르바이트비를 지급하면 적자잖아."

"그러네. 하지만 아무리 생각해도 그 미인은 분명히 바람잡이일 거야. 나 안 갈 거야."

"그래, 그만두는 게 낫겠다."

애초에 경력이나 직업도 알지 못한 채 메일로 사소한 대화부터 시작해야 한다면 상대방에 대해 알기까지 시간이 너무 많이 걸린다. 도모미가 20대 중반이면 좋을 텐데.

"엄마, 근데 참가자들은 대부분 바람잡이가 끼어 있다는 걸 모르지 않을까? 그 사람들은 다음에도 참가할 거 아냐? 불쌍해."

"그러게. 모르는 사람도 있을 것 같아."

"난 우리 아빠랑 엄마의 딸이라 다행이야. 두 분 다 사람을 잘 안 믿는 성격인 덕분에 나도 속았다는 걸 금방 알아챘잖아."

이게 과연 기뻐할 일일까? 남을 잘 믿는 사람은 사랑도 쉽게 받는다. 의심이 많은 사람은 사랑받기 어려운 법이다. 그래도 내 아이에게는 쉽게 속지 않는 삶을 살도록 가르쳐야겠다고 지카코는 생각했다.

"그건 그렇고 이번 달은 바쁘겠네. 다음 주에는 토요일과 일요일에도 맞선이 잡혀 있거든. 열심히 해보자."

지카코는 어두운 분위기를 날려버리듯 밝은 목소리로 말했다. 결국 부모란 자식 앞에서 밝게 행동하는 정도밖에 할 수 없는 사람이 아닐까. 힘든 현실에서 눈을 돌리지 않고 대수롭지 않다는 듯 웃어넘기는 강인함을 보여줄밖에.

18

앞으로 맞선 자리에 남편은 데려가지 않기로 했다. 질렸다고 할까.

"난 안 가도 돼?"

남편은 가고 싶은 눈치였다.

"상대방 남자가 어머니와 둘이서만 오는 것 같으니 우리도 맞춰줘야지."

지카코는 단호하게 말했다.

오늘의 맞선 상대는 35세 사와다 요스케라는 남자다. 이과대학을 나와 기계 제조사에 근무하고 있다.

도모미와 둘이서 지난번처럼 카페 밀라노에 도착하니, 상대편도 때마침 도착해 카페 입구에서 인사를 나눴다. 그때 지카코는 놀라움을 감추지 못했다. 정말 이 남자가 맞나? 사진과 전혀 다른데. 신상서에는 키가 177센티미터, 몸무게는 58킬로그램으로 되어 있었다. 사진을 봐도 날씬했다. 지카코가 자신도 모르는 사이에 상대방이 불쾌함을 느낄 만큼 뚫어져라 바라본 모양이었다. 남자가 당황한 듯 눈 둘 곳을 찾지 못하는 모습을 보고 지카코는 황급히 눈을 돌렸다.

신상서에 붙인 사진은 10여 년 전에 찍은 게 틀림없다. 체중도 분명 그럴 것이다. 거기서 30킬로그램은 살이 찐 것처럼 보였다. 키는? 10년 동안 키가 대폭 줄었다는 사람은 본 적 없으니 이 남자는 수치를 속인 것이다. 반올림 정도가 아니라 막무가내로 올림을 했겠지. 연봉 500만 엔이라는 건 진짜일까? 끝자리를 무조건 올렸다고 생각하면 실제 연봉이 410만 엔인지 490만 엔인지 알 수 없다.

자리에 앉아 당사자들의 자기소개가 끝나자 취미와 여행 이야기가 이어졌다. 요스케 씨는 쾌활했다. 머리 회전도 빠른 듯했고, 이쪽의 심리 변화에도 민감해서 여러모로 배려해 화제를 이끌었다. 무엇보다 항상 즐거워 보이고, 보는 사람까지 자연스럽게 미소 짓게 하는 면은 지카코의 마음에 들었다. 남자의 엄마도 털털한 사람인 듯, 아들의 농담에 소리 내 웃었다. 두 엄마가 이야기를 마치고 눈치 빠르게 자리를 떠나려 할 무렵, 지카코는 신상서에 속았다는 사실도 잊을 만큼 좋은 인상을 받고 돌아왔다.

그날 밤 도모미에게 물어보니, 그 후에도 대화가 활발하게 이어져 메일 주소를 교환했고, 다음번 점심 데이트를 약속했다고 했다.

다음 날인 일요일에는 33세 시나 준이치와 만날 차례였다. 신상서를 보고 도모미가 가장 마음에 들어 했던 남자다. 사립대학교를 나와 정밀기기 제조사에서 근무한다. 만나보니 생각보다 더 괜찮았다. 잘생기지는 않았지만 깔끔한 이미지였고, 풋풋한 학생 느낌이 나는 사람치고는 배려심도 있었다. 본가가 도쿄도에 있는 데도 취직과 동시에 독립해 혼자 사는 점도 마음에 들었다. 초등학교 시절에는 축구에 열중했고, 중고 시절에도 축구부였던 모양이다. 지금도 가끔 동료들과 풋살을 즐겨서인지 몸매가 날씬해 중년 느낌은 전혀 들지 않았다.

"사실 저는 육아남이 꿈이에요."

그렇게 말했을 때의 상쾌한 미소에 지카코는 기뻤다.

대답이 똑 부러진 데다 재치가 넘쳤다. 한번 보고 사람을 판단하면 안 된다는 건 알지만, 그래도 이 남자라면 틀림없이 잘될 것이다, 도모미를 맡겨도 되겠다고 생각하지 않을 수 없었다. 아직 다른 맞선 일정이 남아 있었지만, 이 남자로 결정해도 좋지 않을까 하는 생각이 들었다. 그 후, 으레 그래 왔듯 두 엄마가 먼저 자리를 떠났다.

그날 밤 도모미에게 물어보니 "그 사람, 겹둥그라미야. 다음에는 같이 식사하러 가자고 하더라고"라며 수줍은 듯이 말해 지카코도 기뻤다. 처음으로 부모 대리 맞선을 하길 잘했다는 생각이 들어 행복했다.

"그럼 사와다 요스케 씨는 이제 거절하지 그래?"

지카코의 속마음은 도모미가 시나와 결혼할 거라는 기대로 가득했다. 대화를 나누는 동안 사와다에 대해서도 쾌활하고 좋은 인상을 받기는 했지만, 시나의 밝고 산뜻한 인품을 접하고 나서는 사와다에 대해 불신감을 느끼게 됐다. 신상서에 기재된 키와 체중이 실제와 다른 것이나 예전 사진을 붙인 것도 용서할 수 없는 쪽으로 바뀌었다. 그러는 한편 동정하는 마음도 들었다. 사실대로 적었다면 데이트할 기회조차 잡지 못했을지도 모른다.

"나도 시나 씨로 선택지를 좁히고 싶지만, 사와다 씨가 어느새 점심 예약을 한 것 같아. 이제 와서 거절하는 건 너무 무례하잖아."

"그것도 그러네. 그럼 약속을 깨는 건 실례지."

다음 주 토요일, 도모미는 사와다 요스케와 데이트를 했다.

"어땠어?"

데이트하고 돌아온 도모미에게 물어보았다.

"좋은 사람이야. 성실한 느낌이고."

도모미는 무뚝뚝하게 대답했다. 별로 내키지 않았나 보다. 하지만 상관없다. 시나가 있으니까.

다음 날은 시나와 데이트했다.

"어땠어?"

돌아온 도모미에게 곧바로 물었다.

"나는 마음에 들었는데 그쪽은 어떨지 모르겠어. 아마 안 될 것 같아."

"왜?"라고 물으며 지카코는 답답해서 견딜 수 없었다. 도모미는 그 사람을 마음속으로 콕 찍었다며 지난 일주일간 시나와 만나기만을 기다렸다.

"그 사람은 굉장히 의식 있는 스타일이야."

"그게 무슨 말이야?"

"맞선 볼 때 육아남이 꿈이라고 했잖아. 오늘 얘기해보니까 알겠더라고. 아이를 키우는 것에 대한 의욕뿐 아니라 집안일도 엄청 잘하는 것 같았어. 로스트비프를 잘 만든대. 피로시키(빵으로 만든 껍질에 고기, 채소, 잼 등을 넣어 튀기거나 굽는 러시아의 대표적인 빵—옮긴이)도 만들 수 있대. 엄청 제대로인 것 같아."

"그게 어때서? 요리 잘하는 남자면 최고 아닌가?"

지카코는 자신도 모르게 큰 소리로 말했지만, 도모미의 싸늘한 표정은 바뀌지 않았다.

"정리정돈을 잘하고 방도 엄청 깨끗하대. 바닥도 늘 반짝반짝한가 봐."

"혼자 사는데도 훌륭하네. 청소도 좋아하고 깨끗한 걸 좋아하다니 멋진데."

그러면서도 지카코의 목소리는 어느새 작아졌다. 시나가 도심에서 호젓한 독신 생활을 즐기는 모습이 눈에 그려졌기 때문이다. 방이 지저분해 며느리를 구한다는 사고방식이 아니라는 점은 당연히 환영해야 마땅하지만, 자신에게 엄격한 사람은 다른 사람에게도 비슷한 수준을 요구하는 법이다. 도모미가 회사 일에 지쳐 퇴근해도 집에서 게으름 피우는 것은 용납되지 않을 것 아닌가.

"인터넷에서 그러는데, 집안일 잘하는 남자는 남녀관계에서도 공평하대."

"더 멋있잖아. 남존여비 같은 봉건적인 사고방식이 전혀 없으니."

"그건 그렇지만, 그만큼 여자를 보는 눈도 높은 것 같아."

"그건…… 그럴지도 모르지. 그래서 오늘은 어떤 느낌이었는데?"

"예의 바르게 자란 사람이라 헤어질 때까지도 웃는 얼굴이었는데 속마음은 전혀 다른 것 같았어."

"그럼 그 사람은 어떤 여자를 원하는 것 같아?"

"아마 일류 대학을 나와 유명 대기업에 다니는 여자가 아닐까? 패션 감각도 좋고 멋있는."

"그건 아닐 것 같은데. 너에게 데이트를 신청한 걸 보면."

"착실한 사람인 것 같아. 외모나 경력으로 사람을 판단하면 안 된다고 생각하는 것 같더라고. 그래서 찬찬히 이야기를 나눠본 뒤에 어떤 사람인지 알아보려고 한 게 아닐까?"

"그게 사실이라면, 점점 더 마음에 드는데. 그쪽도 뜻밖에 네가 마음에 들었을지도 몰라."

"그럴까? 그러면 좋겠지만 아무래도 아닐 것 같아. 그 사람은 완벽한 여자를 원할 거야, 아마."

도모미의 목소리가 어두웠다.

그날 밤, 시나의 엄마에게 전화가 걸려왔다.

"신세 많았습니다. 이번에는 뭐라고 말씀드려야 할지, 인연이 없었던 모양입니다."

"예?"

그렇게 말한 뒤 지카코는 충격에 입을 다물고 말았다.

"저는 좋은 아가씨라고 생각했습니다만, 아들이 결혼 후의 생활을 상상할 수 없다고 해서요."

"그래요? 그렇다면 어쩔 수 없지요."

자신도 모르게 한숨이 새어 나왔다.

"전화 주셔서 감사합니다. 그럼 실례하겠습니다."

그렇게 말하고 지카코가 전화를 끊으려 하는데 "아, 여보세요? 여보세요?" 하고 남자의 엄마가 부르는 소리가 들렸다.

"예?"

"후쿠다 씨는 지금까지 부모 대리 맞선에 여러 번 참가하셨나요?"

"예? 아, 예. 이번이 두 번째예요."

"저희는 세 번째였어요. 쉽지 않네요. 저희 아들은 자기가 어떤지는 생각하지 않고 상대방에게 원하는 조건만 많아서 신상서만 보고 거절하는 일이 많았어요. 하지만 댁의 따님은 꼭 만나보고 싶다고는 해서 신청했던 거예요. 저희 부부도 둘 다 이번에는 잘되겠다며 기대했는데 정말 유감입니다."

진짜인지 거짓인지 알 수 없다고 생각하면서도 여자의 말에 지카코의 마음은 눈 녹듯 녹았다. 도모미만 거절한 게 아니다. 적어도 그 말은 진짜일 것이다. 도모미에게 알려줘야겠다.

"다른 맞선장에서 다시 만날 수도 있을 텐데 그때 잘 부탁드립니다. 서로 포기하지 말고 힘내요."

"친절히 말씀해주셔서 감사합니다. 멋진 아드님이니 분명히 좋은 상대를 만날 수 있을 거예요."

그렇게 말하고 전화를 끊었다.

용건만 말하고 전화를 끊는 것이 아니라 약간의 잡담 같은 이야기를 더해준 배려가 지카코의 침울해진 마음을 풀어주었다. 이 여자는 다정한 사람이다. 상대방에게 상처를 주지 않도록 말하는 기술이 있다. 분명 어렸을 때부터 그런 가정환경에서 사랑을 받으며 자라 자연스럽게 배려가 몸에 익었을 것이다. 그것을 아들이 그대로 물려받았으리라. 그에 비해 자신은 어떤가. 나잇살이나 먹은 주제에 아직도 사려 깊지 못한 구석이 있는데도 성격이라 어쩔 수 없다며 발뺌하고 있다. 확실히 가정 간에는 격차가 있다. 이런 것을 진정한 의미에서 "격이 다르다"라고 말하는 게 아닐까.

그다음 주 토요일에는 32세 사코타 히로노부와 맞선이 있었다. 사립대학교를 졸업하고 이른바 논캐리어 국가 공무원(우리

나라의 7급이나 9급 공무원 시험에 해당하는 일본 국가 공무원 일반직 시험에 합격한 공무원을 속칭하는 말. 우리나라의 고시에 해당하는 일본 국가 공무원 채용 종합직 시험을 통과한 공무원을 캐리어라 부른다—옮긴이)이다. 동생도 논캐리어 공무원으로, 세 사람 모두 부모와 함께 살고 있었다. 견실한 가정이라는 인상을 받았다. 두 엄마가 자리를 피해준 뒤 도모미는 사코타와 화기애애하게 대화를 나누다 메일 주소를 교환했다.

다음 날은 30세 미우라 유타와의 맞선이었다. 이 남자는 도모미와 두 살밖에 차이가 나지 않았다. 그 사실만으로도 조금은 마음이 편해졌다. 부모 입장에서는 도모미와 또래로 느껴졌고, 만에 하나 결혼에 골인하더라도 사위에게 존댓말을 쓰지 않아도 될 테니까. 실제로 만나 보니 개구쟁이 소년이 그대로 어른이 된 느낌이었다. 밝고 구김 없는 사람이라 도모미도 평소만큼 긴장하지는 않은 눈치였다.

"취미가 뭐예요?"라고 지카코는 빤한 질문을 던져봤다.

"글쎄요, 가끔 파친코에 가요."

유타가 그렇게 대답한 순간, "무슨 소리를 하고 있어?"라며 남자의 엄마가 큰 소리로 꾸짖었다.

"죄송합니다. 아니에요. 파친코 같은 데 거의 안 가면서 왜 갑자기 그런 말을 하는지 모르겠네. 나름대로 착실하게 저금도 하고 있어요."

유타는 쓴웃음만 지을 뿐 반론하지 않아 진실은 알 수 없었다.

하지만 만약 도박 중독이라면 결혼은 어림도 없다. 그래서 지카코가 물었다.

"경마나 경륜은 안 하세요?"

유타의 어머니는 더욱 안절부절못하는 기색이었다.

"경륜은 해본 적 없어요. 경마라면 회사 선배가 불러서 가끔 가고요. 지난달에는 8만 엔 정도 잃었나?"

옆에서 도모미가 숨죽인 채 듣고 있었다.

"유타, 너 진짜! 그것도 1년에 손꼽을 정도잖아. 자주 안 가요."

엄마가 필사적으로 말했다.

"그렇군요."

지카코는 상냥하게 대답하면서도 마음속으로는 재빨리 엑스표를 그었다.

"그보다……." 유타가 도모미를 보고 물었다. "요리는 잘해요?"

"잘한다고 해도 될지는 모르겠지만…… 일단 대충은 만들 수 있어요."

도모미가 그렇게 대답하자 유타는 재미있다는 듯 고개를 숙이고 말했다.

"저는 요리를 전혀 못 해요. 실례지만 신세 좀 질게요."

"유타도, 참" 하며 엄마까지 밝게 웃는 모습을 지카코와 도모미는 할 말을 잃은 채 바라보았다.

"남자아이라 어쩔 수 없네요. 아무것도 못 해서 죄송해요."

또 그 패턴인가. 집안일은 안 할 예정인 모양이다. 그것도 "죄송합니다"라는 한마디로 넘어갈 생각이다. 아무래도 일본인의 남녀관이 바뀌지 않는 데는 아들 키우는 엄마들의 의식에도 상당한 원인이 있는 것 같다.

"서른 살이면 아직 젊잖아요. 그런데도 결혼에 적극적이고 참 훌륭하시네요."

지카코는 그렇게 말하면서도 대체 무엇이 훌륭하다는 건지 자신도 알 수 없는 말을 하고 있다고 생각했다. 속마음을 알 계기를 만들고 싶었을 뿐이다. 밝고 구김 없는 줄 알았는데 대화할수록 진지함이 느껴지지 않았다. 결혼 활동 사이트에 등록한 남성은 여성과 달리 결혼이 목적인 사람만 있지는 않은 모양이다. 그저 만남을 원할 뿐이어서, 연인은 환영이지만 결혼까지 갈 마음은 없는 사람도 많은 듯했다.

"친구 중에 아직 결혼한 사람이 없어서 초조하지는 않아요."

유타가 그렇게 대답하자 엄마도 "요즘은 다들 늦게 결혼하니까 2~3년은 사귀어보고 차분히 결정하면 좋겠다고 생각하고 있어요"라며 웃는 얼굴로 말했다.

그리고 천천히 손목시계를 봤다.

"수다 떨다 보니 벌써 시간이 이렇게 됐네요. 이제 슬슬 부모는 자리를 비켜주는 편이……."

상대방 엄마가 그렇게 말을 건네는데 도모미가 망설이지 않고 말했다.

"죄송합니다. 제가 너무 긴장했는지 많이 피곤해서요. 오늘은 저도 이만 돌아갔으면 해요. 죄송합니다만, 나중에 다시 연락드려도 괜찮을까요?"

그렇게 말하는 도모미의 표정이 너무 싱글벙글이어서 상대방은 부모와 자식 모두 도모미의 말을 믿는 눈치였다. 엄마는 오히려 "참 예의 바르고 사랑스러운 아가씨네요"라며 감격스러운 듯 말했다. 맞선 자리에 나와 긴장하다니, 요즘 젊은 사람치고 순수한 처녀라고 생각했는지도 모른다.

며칠 뒤, 편지지에 "인연이 없는 듯합니다"라고 적어 신상서를 돌려보냈다.

19

지카코는 마음이 차분했다. 시나에게는 거절당했지만, 32세의 견실한 논캐리어 공무원 사코타 히로노부, 그리고 35세에 기계 제조사에 다니며 비만이기는 하지만 좋은 청년인 사와다 요스케 와는 교제가 이어지는 중이다. 둘 다 안정적인 직장에 다니면서 성실하게 사는 것 같았고 엄마도 온화하고 좋아 보였다. 둘 중 하 나와 결혼하게 되지 않을까? 지카코로서는 어느 쪽이 사위가 되 든 불만이 없었다.

그날 오후, 도모미의 대학교 친구들이 집에 놀러왔다. 미사키 와 료코는 몇 번 만난 적 있다. 두 사람은 모두 대학교 진학을 계 기로 상경해 졸업 후 도쿄에서 취직 자리를 구했다. 취업 빙하기 라는 말이 나돌 때였다. 미사키는 파견직이고 료코는 작은 인쇄

회사에 근무한다. 도모미를 포함한 세 사람의 공통점은 모두 월급이 놀랄 만큼 적고 야근을 많이 한다는 점이다.

"안녕하세요."

"실례하겠습니다."

둘 다 예의 바르고 조용하고 소극적인 유형이다.

도모미와 친구들은 몇 년 전부터 각자의 집이나 아파트에서 만나기도 하는 모양이었다.

언젠가 도모미가 말한 적 있었다.

"나는 집에서 출퇴근하니까 괜찮지만, 미사키와 료코는 집세를 내고 나면 남는 게 별로 없어서 생활이 빠듯해. 거기다 앞으로 계속 독신으로 살게 될 거라면 저축을 조금이라도 더 늘려야 하지. 그래서 돈도 아낄 겸 밖에서 만나는 횟수를 줄이기로 했어."

고향에서 멀리 떨어져 혼자 사는 도모미의 친구들을 위해 지카코는 저녁을 해주기로 했다. 그래 봤자 닭고기와 삶은 달걀을 얹은 푸짐한 샐러드와 빵과 커피라든지, 파스타와 수프라든지, 김초밥과 국 같은 간단한 것뿐이지만. 그래도 혼자 사는 두 사람이 크게 기뻐해줘서 만든 보람이 있었다.

맞선이 없는 일요일이 이렇게 한가했던가. 남편은 아침부터 시내에 있는 서점에 갔다. 지카코는 방에 틀어박혀 침대 옆에 쌓아놓은 책을 위에서부터 차례로 집어들었다. 요즘 바빠져서 사놓고 읽지 않은 책이 몇 권이나 쌓여 있었다. 오늘은 천천히 독서를 즐길 수 있다고 생각하니 갑자기 행복해졌다.

잠시 후, 슬슬 저녁 준비를 해볼까 하고 복도를 나와 부엌으로 향할 때였다. 도모미의 방에서 수다 소리가 새어 나왔다. 젊은 처녀들의 말소리는 새들의 지저귐처럼 즐겁고 화사해 주변을 매료시킨다. 하지만 당사자들은 결코 그런 분위기가 아니라는 것을 지카코는 경험으로 알고 있었다. 서른이 코앞이지만 결혼을 못했고, 직장이 있지만 원했던 직종은 아니다. 먹고살기 위해서 일하고 있다. 게다가 사귀는 사람도 없다. 앞날이 보이지 않는 가운데, 사이좋게 수다를 떠는 것처럼 보여도 실은 저마다 불안을 안고 있다.

"좋은 사람인 것 같기는 한데……"라는 도모미의 목소리가 들렸다. 교제를 시작한 두 남자를 말하는 것일까.

"부럽다. 직업도 안정적이고 성실한 사람이지?"

"좋네, 부모 대리 맞선. 내가 가입한 결혼 활동 사이트에도 미팅이랑 소개팅이 있는데, 데이트까지 가는 경우는 별로 없어."

"음, 그런데 뭐라고 말해야 할지. 안 될 것 같아."

"왜? 성격이 안 맞아?"

"그게 아니고……."

도모미가 갑자기 목소리를 낮춰 지카코는 걸음을 멈추었다.

"그거 할 생각을 하면 소름이 끼쳐."

"그게 뭔데?"

"그러니까 그거."

"혹시 섹스를 말하는 거야?"라고 분명히 짚은 사람은 미사키인가.

"응, 그거. 좋은 사람이긴 한데. 그걸 상상하면 진짜 못 있겠어."

"어느 쪽이? 32세 공무원? 아니면 35세 제조사?"

"둘 다."

"너희 엄마는 뭐라셔?"

"그런 걸 부모님한테 어떻게 말해?'"

"하긴. 그렇지만 생리적 혐오감은 어쩔 수 없는 것 같아. 아무리 조건이 좋고 성격이 좋아 보여도."

"그렇지. 안 되는 건 안 되는 거야. 그런데 왜 지금까지 데이트를 계속하는 거야?"

"부모님이 실망하실까 봐. 그리고 자꾸 만나다 보면 혐오감이 줄어들지 않을까 싶었는데 결과는 반대더라고."

"더 소름이 끼치더란 말이야?"

"맞아."

지카코는 발소리가 나지 않도록 조심하며 자리를 떠났다.

20

출근길 전철 안에서 손잡이를 붙잡고 멍하니 창밖을 봤다. 모든 것이 원점으로 돌아갔다. 그 뒤 도모미와 상의한 끝에 두 남자 모두에게 거절 연락을 했다.

생리적 혐오감을 느낄 줄은 생각도 못 했다. 하지만 생각해보니 신기한 일도 아니다. 섹스해도 괜찮다고 생각되는 남자는 흔치 않다. 연애에서 멀어진 나는 그런 감각이 있다는 것조차 잊고 살았던 게 아닐까? 나도 나이가 들었구나 절절히 생각했다.

그렇다면 진작 거절했으면 됐을 텐데 도모미는 그렇게 하지 않았다. 부모에게 미안한 마음이 있었다는 것을 알고 가슴이 아팠다. 가뜩이나 바쁜 엄마가 부모 대리 맞선장에까지 나가 신랑감을 찾아왔는데 이 사람도 싫고 저 사람도 싫다고 하면 너무 미안하다고 생각한 것일까? 조건에 문제가 없는 사람을 자꾸 거절하면 평생 결혼을 못 할 수도 있겠다는 생각에 본인도 조급해진 걸까?

두 남자와는 이미 각각 세 번씩 식사를 함께한 데다 당사자끼리 메일 주소도 교환한 만큼 부모가 거절하는 게 이상해 보일 것 같아 도모미가 직접 정중하게 거절 메일을 보내기로 했다. 내용은 세 식구가 모여 함께 검토했다.

모처럼 친해졌는데 유감입니다만, 가치관과 사고방식에 차이가 있다고 생각되어 저 같은 사람은 ○○ 씨의 상대로 부족하다고 느꼈습니다. ○○ 씨와 지냈던 뜻깊은 시간 동안 많은 것을 배울 수 있어서 좋았습니다. 저를 위해 귀중한 시간을 내주셔서 정말 감사합니다. ○○ 씨는 학력과 직장이 훌륭하시고 밝고 자상한 분이라, 더 멋진 인연을 만나실 거라 생각합니다. 그동안 정말 감사했습니다. 서로 좋은 상대를 찾을 수 있도록 앞으로도 결혼 활동을 열심히 합시다. ○○ 씨에게 멋진 만남이 있기를 진심으로 기원하겠습니다.

두 남자에게 똑같은 메일을 보냈지만 답장은 달랐다.

35세 사와다 요스케에게서는 곧바로 답장이 왔다.

저야말로 그동안 신세를 많이 졌습니다. 도모미 씨는 별로 내키지 않는가 보다 하고 어렴풋이 느끼고 있었습니다. 그래도 데이트는 재미있었어요. 좋은 경험이었습니다. 도모미 씨라면 분명 좋은 상대를 찾을 수 있을 거라고 생각합니다. 응원하겠습니다. 저도 열심히 하겠습니다!

하지만 32세의 사코타 히로노부에게는 다음 날이 되어서야 답장이 왔다.

제 행복 따위 기원하지 않아도 됩니다. 그런 거 애초에 실례 아닌가요? 본인이 누군가를 위해 기원해줄 위치에 있다고 생각하는 거 잖아요. 앞으로는 말투나 남성을 대하는 방법에 주의를 기울이시는 편이 좋을 것 같습니다. 안녕히 계세요.

이렇게 차이가 날 줄은 생각지도 못했다. 사코타는 자존심에 엄청난 상처를 입은 모양이었다. 세 번이나 함께 식사를 했고, 그것도 늘 대접했기 때문에 결혼할 수 있겠다고 생각했을 수도 있다. 연애와 달리 맞선에서는 세 번 만나면 슬슬 결정해야 할 것 같은 분위기가 생긴다. 남편이 산 결혼 활동 지침서에도 그렇게 적혀 있었다.

다음 날 회사에 출근했는데, 분위기가 온통 어수선했다. 모든 전화마다 벨이 울려댔다. 무슨 일이 생겼나. 누군가 붙잡고 묻고 싶었지만, 모두 눈빛에 살기가 등등했다. 탕비실에 가니 마쓰모토 사오리가 있었다. 커피 잔을 씻는 손이 가늘게 떨렸다.

"왜 그래? 무슨 일 있었어?"

"그게……."

이쪽을 돌아본 사오리는 울먹이고 있었다.

"후카자와 씨가 프로그래밍을 잘못해서 은행 온라인 업무가 마비됐어요."

"뭐? 정말?"

후카자와 히사시의 실수로 큰 사달이 난 모양이다.

"조금 전에 겨우 백업 기능으로 대체해서 위기는 넘겼는데, 오늘 중으로 수정해야 돼요. 그런데 어디에서 오류가 났는지 알 수 없어요. 저도 도와드리고 싶은데 아무것도 할 줄 아는 게 없어요."

사오리는 사무 절차와 일정 관리를 담당할 뿐, 프로그래밍에 관한 지식은 없다.

"제가 만든 프로그램 때문이 아니에요."

갑자기 등 뒤에서 목소리가 들렸다. 놀라서 돌아보니 후카자와가 서 있었다. 밤을 새웠는지 머리가 부스스하고 눈이 벌겋게 충혈되어 있었다.

"어? 후카자와 씨가 만든 프로그램이 원인 아니야?"

"아니에요. 이마이 씨 것이 틀림없어요."

"이마이 씨가 누구지?"

지카코가 물었다.

"지지요. 이마이 씨한테서 연락 없었어요?"

평소에는 지지라고 잘만 부르더니 별안간 성으로 부르는 건
뭔가.

"있었어요. 가족이 갑자기 아파서 오늘은 쉰대요."

사오리가 대답하자 후카자와는 "뭐라고요?"라며 어이없다는
듯 고개를 좌우로 흔들고는 머그잔에 찬물을 받아 단숨에 들이
켰다. 이러쿵저러쿵해도 지지를 좋아했으면서. 지카코는 속으로
중얼거리며 엉뚱한 쪽을 바라보고 한숨을 쉬었다. 다음 순간, 후
카자와가 머그잔을 싱크대에 놓고 빙그르르 돌아서더니 지카코
를 정면으로 응시했다.

"죄송합니다, 후쿠다 씨. 도와주세요."

"뭘?"

"이마이 씨가 만든 프로그램에서 버그가 난 곳이 어딘지 찾는
걸 도와주세요."

"음, 그거야…… 도와줄 수는 있는데."

"정말요? 후쿠다 씨도 신규 프로젝트 때문에 바쁘실 텐데."

"그건 뭐 그렇기는 한데."

사실은 벌써 목표를 달성해서 여유가 있었다.

"살았네요. 다음에 맛있는 거 사드릴게요."

두 사람의 대화를 사오리가 바로 옆에서 가만히 듣고 있었다.
좁은 탕비실 안에서 사오리가 보내는 선망의 눈길이 뺨에 꽂히

는 게 느껴졌다.

"저기, 저도 뭔가 도울 만한 게 없을까요?" 사오리가 쭈뼛쭈뼛 물었다. "아침 식사를 사다 드릴게요. 샌드위치와 주먹밥 중 어느 게 좋으세요? 따뜻한 수프나 된장국도 있어야겠죠?"

사오리는 어떻게든 후카자와를 돕고 싶어 필사적인 듯했다. 간절한 마음이 지카코에게까지 전해졌다.

"그럼 아침 사러 나가는 것보다는……." 후카자와가 허공을 노려보다가 말했다. "지금은 일손이 모자라니까 테스트용 데이터를 입력해주세요. 좀 서둘러서 두 분께 설명해드릴 테니 제2 회의실로 와주시겠어요?"

시간이 아까운 모양인지 후카자와는 대답도 기다리지 않고 종종걸음으로 걷기 시작했다. 도중에 이따금 뒤돌아보며 지카코와 사오리가 잘 따라오고 있는지 확인했다. 회의실에는 아무도 없었다.

"일단 이마이 씨에게 연락해서 뭔가 짚이는 게 없는지 물어보면 어떨까?"

지카코가 말했다.

"그런 사람에게 물어봤자 소용없어요."

"그래? 그 정도로 답이 없는 사람이야? 그래도 일단 물어보기나 하자."

"소용없어요. 옆에 있으면 오히려 짜증나고 방해만 돼요."

지카코는 숨을 삼키며 후카자와를 바라봤다. 어제부터 오늘까지 지지가 저지른 일을 미루어봤을 때 후카자와가 어이없어 하며 화를 내는 것도 무리는 아니다. 하지만 예전에는 그녀가 실수를 저질러도 옆에 있다는 사실만으로 기뻐하지 않았던가. 엄청난 불똥이 튄 뒤에야 겨우 콩깍지가 벗겨져 단념하는 것도, 뭐랄까 제멋대로라면 제멋대로다. 한편으로 일본 남자도 변하기 시작하나 보다 싶었다. 옛날에는 미인이라면 덮어놓고 편의를 봐주고 추어올렸지만, 요즘은 모두가 그렇지는 않은 것 같다. 이제야 여자를 한 명의 사람으로 보게 된 건가.

21

모리코에게서 오랜만에 메일이 왔다. 메일 제목은 '한 건 해결'
이었다. 남편이 리나의 결혼을 반대한다더니 어렵게 허락을 받
은 걸까? 어차피 리나가 임신했으니 당사자의 의지가 굳건하다
면 두 사람의 결혼을 인정할 수밖에 도리가 없다. 결국 허락할 줄
알았다고 해도 상대방 남자가 아르바이트 정도의 돈벌이밖에 하
지 않는다면 부모로서 딸의 장래가 걱정되는 건 당연하다. 리나
가 고액 연봉을 받는 증권 애널리스트이기는 하지만, 육아는 직
장 생활에 가차 없는 핸디캡이 될 테고 어린이집에 자리가 날 거
라는 보장도 없다. 스마트폰 화면을 두드리니 '그때 이후로 일이
좀 많았어'라는 문장으로 시작하는 긴 글이 적혀 있었다.

우리 남편은 리나가 임신했다는 걸 알고부터는 그렇게 헐렁한 남자의 아이는 낳으면 안 된다는 생각을 굽히지 않았어. 그래도 임신을 기뻐하는 리나 앞에서 아이를 지우라는 말은 못 하겠더라고. 자기 아버지가 그런 끔찍한 생각을 하고 있을 줄은 꿈에도 몰랐을 거야. 임신했는데 왜 아빠는 계속 반대만 하느냐고, 배 속의 아이를 사생아로 만들라는 거냐고 화를 내더라니까. 물론 어디까지나 나의 추측일 뿐, 지금 와서 생각해보면 리나는 남편의 생각을 어렴풋이 눈치채고 있었던 것 같기도 해. 자기 부모가 그런 사람이라고 생각하고 싶지 않았던 것인지도 모르지.

과학이 발달하면서 죄의식도 깊어지는가 봐. 우리 때도 초음파로 태아를 볼 수 있었지만, 그 시절에 비하면 훨씬 정밀해져서 태아의 모습을 명확하게 보고 말았어. 몸은 작지만 이미 감정이 싹트고 있다는 말이 진짜인지 거짓인지는 몰라도, 그런 뉴스나 정보가 귀에 들어오고. 낙태를 생각하니 참을 수 없이 괴로워졌어. 사실 나도 남편과 같은 생각이었고 낙태를 바라고 있었거든. 왜냐하면 인생은 길잖아. 연애 감정이 금방 식는 건 누구나 아는 사실이야. 게다가 리나는 벌써 서른이 넘어서 이미 사랑만 꿈꿀 나이가 아닌걸. 낳아버리면 그야말로 돌이킬 수 없으니까.

남편과 소파에 나란히 앉아 NHK 특집을 보고 있는데, TV에 나오는 태아의 모습이 너무 사랑스러웠어. 자그마한 손과 손가락이 눈에 쏙 들어오더라고. "이제 결혼을 인정할 수밖에 없지 않을까." 남편이 한숨을 쉬면서 말했어. 그 옆모습이 너무 힘들어 보여서 난 눈물이 날 것 같았어.

리나는 부모 마음도 모르고, 밝은 얼굴로 혼인신고를 마친 뒤 건강한 사내아이를 낳았어. 이름은 쓰바사라고 지었어. 리나를 많이 닮았고 꽃미남 사위는 전혀 닮지 않은 것이 그나마 우리 부부의 위안이야.

메일은 거기서 끝났다. 모리코의 괴로움이 전해져 지카코는 기분이 우울해졌다. 아기가 태어났다는데 모리코의 마음을 생각하면 축하한다는 말을 해도 될지 고민됐다. 어떻게 대답해야 할지 알 수 없어서 지카코는 답장을 미룬 채 저녁 식사를 준비하기 시작했다. 양상추를 씻어 채썰고 볼에 옮기는 동안에도 모리코 부부의 고뇌가 염려되어 어쩔 줄 몰랐다. 고등어를 굽고 무를 갈고 감자와 양파를 넣고 된장국을 끓이는데 평소보다 동작이 느려진 모양인지 시간이 오래 걸렸다. 저녁을 다 만들고 나서야 스마트폰을 열어 겨우 답장을 쓸 수 있었다.

모리코, 건강하다니 다행이야. 쓰바사가 태어난 거 축하해. 요헤이도 아이가 있으니 벌써 둘째 손자네. 부럽다. 우리 도모미는 아직 독신이라 부모가 되기 위한 출발이 한참 늦었다는 생각이 밀려와. 나는 부모 대리 맞선에 참가하고 있어. 모리코라면 이런 나를 보고 과잉보호라며 웃겠지. 부모 대리 맞선도 호락호락하지 않아서 요즘 고군분투 중이야. 그래도 포기하면 끝이라고 나를 타이르며 노력하고 있어. 언제 같이 차라도 마시자. 지카코가.

혼자 저녁을 먹고 TV를 보는데 모리코에게서 다시 메일이 왔다. 제목은 '아까 이야기 계속'이다.

내가 이렇게 형편없는 부모인 줄 몰랐어. 리나는 초등학교 때부터 공부를 아주 잘했고, 중고등학교 때도 성적이 좋았잖아. 그래서인지 나도 모르게 리나는 머리만 좋은 게 아니라 사람으로서도 됐다고 믿고 있었나 봐. 리나가 나보다 사람 보는 눈도 있지 않을까 생각했어. 왜냐면 나보다 리나가 훨씬 좋은 대학을 나왔으니까. 그러니 리나를 믿어보자고 그렇게 생각한 바보 같은 나를 용서할 수 없어. 그리고 아무리 자신의 꿈만 좇던 남자라도 아이가 생기면 마음을 바꾸지 않을까 하고 마음속으로 기대한 것도 사실이야. 하지만 조금도 변하지 않더라고. 언젠가 유명해져서 일본 아카데미상을 받겠다든가 칸 국제영화제에서 레드 카펫을 밟겠다든가 하는 허황된 꿈만 이야기할 뿐이야.

리나는 육아휴직에 들어갔지만 아직 육아휴직 급여가 나오지 않아서 그동안 저금한 돈을 헐어서 생활했어. 그런데도 그 남자는 아르바이트를 그만두고 기둥서방 노릇만 해. 그렇다면 백 보 양보해서 차라리 전업주부가 돼서 리나를 도와주는 선택지도 있다고 생각했지. 하지만 기대는 또 다시 배신으로 돌아왔어. 리나가 갓난아기를 보고 있으면 자기를 봐주지 않는다고 토라져서 말을 안 한다더라고.

그런 유치함과 교활함이 견딜 수 없이 싫어서 리나는 결국 이혼하고 말았어. 아기를 안고 친정으로 돌아왔지. 그래서 난 요즘 무척 바빠. 이렇게 되면 리나는 내년 4월에나 회사에 복귀할 거고, 육아는 우리 부부가 전적으로 맡아 리나를 도울 수밖에 없겠지. 노후에 이곳저곳 여행을 다니기로 지카와 약속했지만, 당분간은 어려울지도 몰라.

메일은 거기서 갑자기 끝났다. 이어지는 메일을 다시 보낼지도 모른다. 모리코는 하고 싶은 말이 많을 것이다. 아기를 돌보느라 좀처럼 외출할 수 없어서 메일로 생각을 쏟아놓고 있는 것일 수도 있다.

50대쯤 되면 사람이 쉽게 변하지 않는다는 사실을 누구나 알게 된다. 하지만 리나는 젊다. 아무리 머리가 좋아도 간파할 수 없는 것이 있다. 아이가 생기면 어떤 남자라도 아내와 자식을 위해 열심히 일할 거라고 생각한 것은, 리나 자신이 노력가이기 때문이다. 비슷한 사람들끼리 친구가 되듯, 리나의 친구들도 모두 성실하고 근면한 것이 틀림없다. 하지만 자신을 기준으로 세상을 보면 큰코다친다. 모리코의 남편이 끝까지 반대했던 마음도 이해된다. 사회 경험 많은 남편의 눈에는 순진하기만 한 리나의 생각이 훤히 보였을 것이다.

지카코는 베란다로 나와 밤하늘을 올려다보며 빨래를 널었다.

그러고 나서 방에 돌아오니 모리코에게 다시 메일이 와 있었다. 그래, 오늘 밤 작정하고 수다를 떨어보자. 제목은 '부모 대리 맞선 좋네'였다.

지카가 부모 대리 맞선에 나가는 것을 보고 과잉보호라며 웃을 거라니 말도 안 돼. 오히려 아주 잘하는 일이라고 생각해. 도모미는 리나와 달리 솔직해서 부모로서 이것저것 해주는 게 훨씬 수월했을 것 같아서 나야말로 지카가 부러워. 리나는 입시 경쟁에서 만족할 만한 결과를 얻어서인지 자신감이 엄청나서 뭐든 부모보다 자기가 더 잘 안다고 생각하고 우리를 무시하는 경향이 있었거든. 부모의 충고에도 전혀 귀를 기울이지 않았지. 그런 모습을 자립심이 강하고 견실하다고 칭찬하는 사람도 많지만 과연 그런 걸까. 그 반대가 아닐까. 어떻게 보면 어린애 같지 않나 싶기도 해.

솔직히 말해서 리나가 그 남자와 헤어지고 부모 곁으로 돌아온 뒤 집안이 좀 떠들썩해지고 좋아진 면도 있어. 하지만 이혼했더라도 그 남자가 쓰바사의 아버지라는 사실에는 변함이 없잖아. 그걸 생각하면 오싹해져. 그 남자는 잘생겨서인지 이혼하자마자 새 여자친구가 생겨서 동거를 시작했더라고. 지금은 우리와 연락하지 않아서 다행이긴 하지만, 앞으로 어떻게 될지 모르지.

우리 예쁜 쓰바사가 저런 놈을 만나게 하고 싶지 않다면 내가 너무 나쁜 걸까? 세상의 절반이 남자라는데 리나는 하필 왜 그런 남자를 골랐을까? 남편감으로 견실한 남자를 선택하는 게 그렇게 어

248

려운 일은 아니잖아. 열심히 성실하게 사는 남자는 무뚝뚝한 법이야. 참견일지 몰라도 도모미에게도 그렇게 전해줘.

아, 난 아무리 나이가 들어도 툇마루에서 햇볕을 쬐며 방긋방긋 웃는 상냥한 할머니는 못 될 것 같아. 아버지가 없는 만큼 쓰바사가 응석받이가 되지 않도록 잘 길러야 하니까. 이렇게 귀여운 쓰바사가 존재하지 않는 세상은 이제 상상조차 할 수 없어. 그래도 역시 1년 전으로 돌아갈 수만 있다면 얼마나 좋을까 하는 생각은 들어. 타임머신이 있다면 리나가 좀 더 괜찮은 남자를 만날 수 있도록 도울 텐데.

오늘은 이쯤에서 줄일게. 속이 터질 것 같은 모리코였습니다.

22

금요일 밤이 가장 좋다. 내일 아침에는 알람이 울리지 않을 거라니 생각만 해도 너무나 행복하다. 지카코는 느긋하게 소파에 앉아 남편이 추천해준 결혼 활동에 관한 책을 읽고 있었다.

"지카, 내가 몇 번 말한 것 같은데." 옆에서 신문을 보던 남편이 말을 걸어왔다. "앞으로는 결혼을 생각할 때 이혼도 고려해보는 게 좋아. 모리코 씨네 딸 리나도 이혼했다며."

"맞아. 우리 주변에 이혼한 커플이 이렇게 많은 걸 보니 더 이상 남 일이 아니게 된 거지. 도모미가 이혼해서 손자를 데리고 돌아오면 우리는 정말 힘들어질 거야. 아주 어릴 때라면 몰라도, 무슨 학원에 무슨 활동에 대학 학비까지 생각하면 돈 나갈 곳이 너무 많아."

"그러니까. 도모미에게는 살다가 넘어지더라도 다시 일어서서 먹고살 기반이 필요해. 우리가 그동안 너무 쉽게 생각했던 거야. 도모미에게 기술을 배우게 할 걸 그랬나 봐."

"대학만 나와서는 안 돼. 언니도 이혼한 뒤에 고생하고 있잖아."

"처형은 복이 많은 분이지."

"왜? 언니는 기술도 없고 사회성도 떨어져서 일하는 곳에서 고생하는 것 같던데."

"하지만 집이 있으니까 집세를 안 내도 되잖아. 게다가 딸 아키도 제 앞가림을 잘하니 걱정할 필요 없고."

"응, 그건 그렇지만."

사회성이 없으면 일터에서 고생한다. 그것은 누구보다 지카코 자신이 뼈저리게 알고 있는 사실이다. 시급 받고 일하는 파견 프로그래머라고 해서 정해진 시간 동안 앉아만 있으면 되는 게 아니다. 프로그램을 정확하게 완성해야 한다는 책임감에 늘 가슴 한구석에 묵직한 부담감을 느끼며 일한다. 마침표 하나만 빠뜨려도 몇 초 사이에 몇만 명분의 데이터에 오류가 난다. 겨우 다 만들었다고 생각했더니 클라이언트가 갑자기 요구 사항을 변경해 대폭 수정해야 하는 경우도 많다. 다른 일을 제쳐두고 열심히 만들었는데도 결국 시간이 모자라 초조해진 나머지 한겨울에도 식은땀을 흘리며 일한 적도 있다. 그럴 때는 지지처럼 혀 짧은 소리를 내며 교활하게 처신하는 젊은 여자가 부러워진다. 그렇게까지는 아니더라도 평소 함께 일하는 동료들과 잘 어울렸다면 도움을 청할 수도 있을 것이다. 하지만 자신은 성격도 성격이지만, 나이로 봐도 다른 사람에게 의지할 수 없다. 그러니 늘 독불장군일 수밖에. 이런 처지니 사회성이 부족한 언니의 고생을 왜 모르겠는가.

"그런데 처형은 내일 몇 시쯤 도착하지?"

내일은 언니가 도쿄에 오기로 한 날이다.

지카, 미안한데 나 너희 집에서 좀 재워줄래? 난 거실에서 자도 돼.

그런 메일이 온 것은 지난주였다.

갈 때마다 추석과 설이 겹친 것처럼 으리으리하게 차려주는데, 그렇게 신경 쓸 것 없어. 지카는 풀타임으로 일하고 있으니 얼마나 바쁘고 피곤하겠어. 난 아침에는 바나나 한 개면 돼. 미안해서 하는 말이 아니고 요즘은 집에서도 그렇게 먹어. 점심은 나가서 먹을게. 저녁에만 부엌 좀 쓰게 해줘.

다음 날인 토요일, 예정대로 언니가 도쿄에 왔다.

"이거, 선물."

건넨 것은 친정 엄마가 만든 곶감이었다. 어릴 때 자주 먹던

아주 좋아하는 음식이다. 언니는 만날 때마다 얼굴에 생기가 더해지는 것 같다.

이혼 초기에는 걱정돼 몇 번이나 전화를 걸었던 기억이 있다. 언니는 이혼하고 졸지에 가난뱅이가 됐다. 그전까지는 일 년에 최소한 두 번은 해외여행을 다니고, 오로지 옷 쇼핑을 위해 오사카나 고베의 고급 호텔에서 묵었다. 그렇게 부잣집 마님처럼 지내던 때와 비교하면 처지가 너무 달라져 보는 사람에게는 한층 더 가엾게 비쳤다. 전남편이 이혼해주지 않고 버텨서 재산은 필요 없다는 조건으로 겨우 이혼할 수 있었다. 그렇다고 남편 쪽이 재산 분할을 꺼린 것은 아니다. 남들 눈이 두려웠던 시부모가 이혼을 극구 반대했다. 언니는 아무것도 필요 없으니 내일이라도 당장 이혼하고 싶다는 주장을 굽히지 않았기 때문에 저쪽에서도 할 말이 없었을 것이다. 그렇게까지 할 만큼 정이 떨어졌다는 사실을 그쪽에서도 겨우 이해한 끝에 이혼할 수 있었다.

젊은 시절 언니는 시선을 끄는 미인이었다. 지역 버스회사 사장 아들이 열렬히 구애해 결혼했다. 그 지역에 버스회사라고는 예나 지금이나 하나뿐이어서 사실상 독점기업이나 다름없다. 게다가 인구가 줄어든 도시를 대상으로 적자 노선을 운행해 공적인 역할도 어느 정도 해내고 있다. 듣자 하니 정부에서 상당한 보조금이 나온다고 했다.

결혼 초 언니는 행복해 보였다. 남편은 미남이고 자상했다. 시부모가 마련해준 집은 미국 드라마에 나오는 집처럼 창문이 크고 잔디밭이 딸린 세련된 건물로, 시골에서는 단연 눈에 띄었다. 언니가 결혼할 때, 이제 언니의 앞날은 편안할 거라며 엄마는 무척 들떠 있었다. 주변 사람들이 꽃가마 타고 시집간다는 둥, 결혼 잘해서 팔자 고쳤다는 둥 야유를 보내기도 했지만, 연애결혼이라는 사실 앞에 당당할 수 있었다.

하지만 결혼 후 3년이 채 지나지 않았을 때부터 남편이 밤마다 고급 클럽을 다니기 시작했고, 그러다 내연녀가 생겼다. 시부모도 몇 번인가 주의하라고 경고를 주었지만, 이내 포기하고 못 본 체했다. 언니가 이혼 이야기를 꺼내자 "아들을 응석받이로 키워서 정말 미안하다"며 시부모는 고개 숙여 사과했다. "반성할게. 두 번 다시 그런 일 없을 거야. 사랑이 아니라 불장난 같은 거였어. 제일 중요한 건 너야"라며 남편도 무릎을 꿇었다. 하지만 입에 침이 마르기도 전에 남편의 밤놀이는 다시 시작됐다.

그때 지카코는 도쿄에서 남편과 어린 도모미를 키우며 사치까지는 아니어도 나름대로 즐겁게 생활하고 있었다. 그런 가운데 들은 언니의 고통스러운 심정은, 어렸을 때부터 사이가 좋았던 지카코가 듣기에도 괴로운 것이었다.

'부잣집 아들과 결혼시키는 게 아니었는데.' 그때 엄마가 얼굴을 일그러뜨리며 중얼거린 말을 지카코는 문득 떠올렸다.

언니의 남편은 어렵게 이혼을 허락했지만, 아이는 절대 줄 수 없다고 했다. 언니에게 외동딸을 떠나보낸다는 건 생각할 수 없는 일이었다. 이후 한동안 한집에 살며 별거 아닌 별거를 했는데,

전업주부였던 언니는 영문과를 나온 덕분에 학원에서 영어 강사 자리를 얻었다. 언니는 오기가 있는 사람이다. 분명 필사적으로 노력했을 것이다. 언니에게 배운 학생이 성적이 많이 올랐다는 이야기가 돌면서 엄격한 지도를 바라는 학부모 사이에서 입소문이 나기 시작했고, 수업 일수가 늘면서 언니의 월급도 올랐다. 그리고 언니는 이혼 절차를 밟았다. 가정법원의 판결 결과, 이혼의 원인은 남편의 부적절한 행위이고 언니에게 수입이 있으므로 부양 능력이 있다고 판단해 친권은 깔끔하게 언니에게 돌아갔다. 정식으로 이혼한 언니는 딸을 데리고 친정으로 돌아왔다.

그로부터 3개월 뒤, 언니의 전남편이 열아홉 살짜리 여자와 재혼했다는 말을 들었을 때는 말문이 막혔다. 이후 가정법원에서 판결한 대로 양육비를 매달 꼬박꼬박 보내는가 싶더니 새 아내가 아들을 낳으면서부터는 뚝 끊겼다. 언니가 순조롭게 학원 강사로 일한 지 10년쯤 됐을 때, 시골에 저출산 물결이 밀려오면서 작은 학원이 대형 학원으로 흡수합병됐다. 대형 학원에서는 언니의 개성적인 지도법을 이해하지 못해 상사와 갈등을 겪다 결국 사직했다. 그 후 집에서 영어 학원을 열어 지금도 수업을 계속하고 있지만 학생은 여덟 명뿐이다. 하지만 인기 있는 편이어서 저출산 추세에도 수강생이 줄지는 않았지만, 먹고살기는 빠듯했다. 그래서 학원 강사 일과 보험 판매 일을 병행하기 시작했다. 고향 사람들을 찾아다니며 보험을 권하느라 정기적으로 상경하게 된 것이다.

저녁 메뉴는 어묵이었다. 바쁜 일상 중에 전부터 준비해뒀던 식단이 도움이 됐다.

"부모 대리 맞선?"

구약나물에 정성스럽게 겨자를 바르던 언니가 놀란 듯 지카코를 바라봤다.

"언니가 무슨 말하고 싶은지 알아. 과잉보호라고 생각하는 거지? 결혼 상대 정도는 스스로 찾아야 한다고. 맞아. 하지만 스물여덟이면 이제 나이를 먹을 만큼 먹었지. 전에 언니가 이혼한 뒤로는 너무 바빠서 아키를 제대로 돌봐주지 못하고 엄마다운 엄마가 되어주지 못한 것 같다고 한 적이 있지. 그래도 아키는 대학교에 들어갈 때 언니에게 아무것도 의논하지 않고도 척척 장학금을 받았잖아. 취직할 때도 그랬고. 자기가 좋아하는 길을 스스로 선택한 거지. 정말 장해."

지카코는 자랑스러운 딸을 둔 언니는 자신의 불안감을 이해하지 못할 것이라 생각했다. 그래서 비난받기 전에 선수를 친 것이다.

"과잉보호라고 전혀 생각 안 하는데."

"어, 그래?"

"다 내려놓고 친정집에서 살 때 일인데, 아버지의 수첩을 찾았어."

별안간 무슨 소리일까.

"수첩? 아빠가 쓰시던? 그래서?"

"수첩 한구석에 작은 글씨로 이렇게 적혀 있었어."

아버지는 언니의 결혼을 처음부터 불안해했다고 했다.

"이거야. 너도 읽어볼래?"

그러면서 언니는 스마트폰으로 찍은 아버지의 수첩을 보여주었다.

사람들은 자산가라 안심이라고 말하지만, 자산가이기 때문에 불안하다. 딸이 움츠러들지 않을까. 경제적으로 비슷한 사람과 더 잘 살지 않을까.

그 남자는 믿을 수 없다. 부모의 유산으로 먹고산 탓에 고생을 모르고 땀 흘리며 일하려 하지 않는다. 같은 부잣집 아들이지만 다나베네 집과는 전혀 다르다. 부모가 엄하게 키워서인지 다나베의 아들은 언제 만나도 야무진 얼굴이다.

"다나베라면, 그 다나베 씨?"

"그래, 엄청난 지주이자 시장이었던 다나베 씨를 말하는 것 같아."

"아버지가 그 사람과 동창이었던 건 그렇다 쳐도 아버지가 언니 결혼에 반대하셨는 줄은 몰랐어."

"반대는 하지 않았지만, 딱히 좋다는 얼굴도 아니셨어. 아버지는 분명 그 남자의 본성을 꿰뚫어본 거야. 하지만 그때 나는 아무것도 안 보였어. 지금 생각하면 웃기지만, 그 자식의 외모나 재산에 눈이 멀었던 게 아니야. 착하고 성실한 점에 반했다고 진심으로 믿고 있었어."

크게 소리 내 웃는 언니를 보며 어느새 세월이 흘렀음을 지카코는 새삼 깨달았다.

"언니, 지금은 참 좋아 보여. 뭔가 제대로 사는 것 같다고 얼굴에 쓰여 있어."

"웃기지 마. 보험 권하러 갔다가 현관 앞에서 쫓겨나는 일이 얼마나 많은데. 벌이도 적어서 집에 돈도 못 보내는걸. 엄마가 되레 식비를 보내올 때도 있어. 이 나이를 먹도록 아버지가 생전에 벌어놓으신 돈으로 살게 될 줄이야. 그러니까 지카, 부모의 눈으로 아이의 배우잣감을 판단하는 건 결코 과잉보호가 아니야. 오히려 중요한 일이지. 물론 딸이 어떻게 해서든 이 사람과 결혼해야겠다고 우기면 포기할 수밖에 없지만 말이야."

"아버지도 그랬을 거야, 분명. 아키는 어때? 남자친구는 있어?"

지카코가 물었다.

"있는 것 같은데, 결혼 얘기는 아직 없어."

그때 현관문 열리는 소리가 났다.

"다녀왔습니다."

도모미가 퇴근하고 돌아왔다. 이 시간에 집에 오는 일은 드물다. 시골에서 이모가 올라온다는 말에 다른 직원과 교대하고 일찍 퇴근한 모양이다.

"엄마, 이거 냉장고에 넣어놓을게."

맛있다고 소문난 케이크를 사온 모양이다. 박봉에도 이모를 위해 마음을 쓴 것이다.

"이모, 일은 어때?"

도모미는 재킷 벗을 시간도 아깝다는 듯 언니 맞은편에 앉아 물었다.

"늘 똑같지. 그것보다 도모미, 부모 대리 맞선을 한다면서."

"응. 어묵 오랜만이네. 달걀 맛있겠다."

도모미가 냄비를 들여다보며 말했다.

식사 후 도모미가 홍차를 끓이고 냉장고에서 케이크를 꺼냈다.

"이모가 골라. 아무거나 좋아하는 거."

예술 작품처럼 예쁜 케이크 네 조각이 들어 있었다.

"도모미, 결혼해서도 회사를 그만두면 안 돼." 언니는 그렇게 말하며 "나는 이거" 하고 거침없이 치즈케이크를 가리켰다. "나를 보면 알잖아. 결혼하기도 전에 이혼 이야기를 해서 미안하지만."

"미안할 거 없어. 왜냐하면 내 동창 중에도 이혼한 애가 몇 명 되거든."

"그래? 나는 말이지, 이혼한 뒤 돈이 없어서 생활도 힘들고 비참하고 마음 상할 때가 많았어. 그때 먹고살 만큼만 벌 수 있었다면 큰 도움이 됐을 거고, 분명 정신적으로도 그렇게 힘들지 않았을 거야."

도모미는 이모의 경험담을 진지하게 들었다.

다음 날 오후, 언니는 씩씩하게 돌아갔다.

그날 밤 남편이 문득 말했다.

"결혼이란 게 뭘까?"

남편의 표정을 보건대, 도모미의 결혼을 포기하려는 것인지도 모른다. '포기하지 마. 인생의 갈림길에 서 있는 거야.' 예전 같으면 이렇게 말하며 용기를 북돋웠을 것이다. 남편의 약해진 마음이 지카코에게까지 전해지며 어쩐지 휑한 기분이 들었다.

"솔직하게 말해서 지카는 결혼하길 잘했다고 생각해? 상대가 꼭 내가 아니라도."

"결혼하지 않은 나는 상상이 안 되니까 말할 수 없지."

"그럴 수도 있겠네. 하지만……."

"뭐야? 후쿠는 나랑 결혼한 걸 후회하는 거야?"

"아니, 그게 아니라 요즘 세상에는 평생 독신이라는 선택지도 있잖아. 우리 때는 결혼하는 게 상식이었지만 지금 같았으면 다른 인생을 살고 있을지도 모르겠다 싶어서."

"남자는 독신도 괜찮을지 모르지만, 나처럼 별 볼 일 없는 여자는 일본에서 혼자 살기 어려워. 경제적으로 불안하고, 싹싹한 성격이 아니라 가정이 없으면 외로울 테고."

"지카는 경제적으로 문제없잖아."

"무슨 소리야? 내가 취직할 때 얼마나 고생을 했는데."

"하지만 우연히 뛰어든 컴퓨터업계에서 재능을 발휘하고 있잖아. 지카는 나랑 같은 학교를 나왔다고는 생각되지 않을 만큼 머리가 좋아. 그러니까 만약 결혼하지 않았다면, 아니면 자식이 없었다면 더 자유롭게 살 수 있지 않았을까?"

"과대평가야. 하지만 남편이나 아이를 돌보지 않아도 되는 삶을 상상해보면⋯⋯. 월급도 여가도 나를 위해 마음껏 쓸 수 있는 거니까, 음. 뭐 나름대로 인생을 즐겼을지도 모르지."

"그렇지? 정년이 코앞에 닥치니까 인생이 얼마나 짧은지 알겠더라고. 한 번뿐인 인생, 다른 것에 흔들리지 않고 혼자 오롯이 즐기며 살아도 좋지 않을까 싶어. 물론 결혼한 걸 후회하는 건 아니야. 오해하지 마."

"만약 독신이었던 시절로 돌아간다면, 나는 영어 공부를 다시 해서 세계를 여행하고 싶어. 이 나라 저 나라에서 아르바이트를 하면서."

"그런 삶을 살 수 있다면 재미는 있겠지만, 경제적으로는 불안할걸."

"그렇긴 하지. 그럼 결혼을 안 했더라도 역시 회사에 다니는 수밖에 없나?"

"그래도 독신이면 훨씬 자유로울 건 분명하지. 가족에게 묶일 일이 없으니까 시간도 돈도 훨씬 자유롭게 쓸 수 있고."

"그 말은 즉, 평생 독신인 인생도 그렇게 나쁜 건 아니니까 만약 도모미가 결혼하지 못해도 낙담하지 말자는 뜻이지?"

"그렇기도 하고. 뭐, 어떤 인생이 좋은지는 아무도 모르는 거니까."

"결혼이 좋은지 아닌지는 결국 경험해보지 않으면 모르지. 남의 떡이 커 보이는 것일 수도 있고. 확실하게 말할 수 있는 건 어느 쪽이든 일장일단이 있다는 거지. 자기 성격에 맞는 쪽을 선택하는 게 좋을 것 같아."

"맞아. 싫은데 억지로 결혼하면 그게 바로 불행의 씨앗이야. 결혼해서도 독신처럼 지낸다면 얼마나 불행하겠어? 도모미가 뭘 원하고 어떤 선택을 하느냐에 달려 있는 거야."

"도모미는 멋진 사람과 결혼해서 가정을 꾸리기를 원해."

지카코는 그렇게 잘라 말했다. 33세의 시나 준이치와 맞선을 봤고 데이트도 했다. 총명하고 젊고 육아남이 되고 싶다던 시나와의 맞선 후, 도모미의 얼굴에 떠올랐던 잔잔한 미소를 잊을 수 없다. 유감스럽게도 상대방에게 거절 당했지만.

"맞선도 쉬운 게 아니야. 생각해보라고. 중고등학교 때 우리 반은 40명이었는데 남녀가 반반이어서 남학생과 여학생이 각각 20명이나 있었거든. 그런데 그중에 좋아하는 이성 친구가 늘 있었던 것은 아니야. 그러니까 20명과 맞선을 본다고 해도 짝을 만날 확률이 높다고는 볼 수 없어."

"그러고 보니 나도 그랬어. 그때는 조건 같은 건 생각도 안 했지. 나이도 상관없었고, 수입이나 사회적 위상 같은 것도 안중에 없었어. 그렇게 별다른 조건을 따지지 않았는데도 같은 반에 좋아하는 남자아이가 없을 때가 많았어. 하물며 서로 눈이 맞아 사랑할 확률이 낮은 나이에는 더 어렵겠지."

결국 결혼하려면 타협하는 수밖에 없는 건가. "원하는 사람과 결혼할 확률은 사막에서 다이아몬드 한 알을 찾는 것과 같아"라던 남편의 말이 떠올랐다.

부모 대리 맞선에서 들었던 설명에 따르면, 만나자마자 마음이 맞아 결혼에 골인한 커플도 없지는 않다. 하지만 사정을 들어보면, 남자는 예외 없이 잘생긴 엘리트고 여자는 거리에서 마주치면 누구나 돌아볼 정도로 미인이다.

"성격이 좋으면 그걸로 된 거 아닌가? 지난번처럼 생리적 혐오감이 드는 경우는 예외지만."

"나도 지금 그 생각을 하고 있었어."

착한 남자라면 감지덕지 아닌가. 그 외의 사소한 조건에는 눈을 감는 것밖에 결혼할 길이 없지 않을까? 남자친구를 고르는 게 아니니까. 인생이라는 거친 파도를 함께 헤쳐 나갈 동반자를 선택하는 일이다. 아이가 생기면 함께 아이를 지키고 키워야 할, 둘도 없는 동료가 될 것이다. 그런 걸 생각하면 외모 따위는 중요하지 않다. 천성이 성실한 남자가 좋은 게 당연하다. 부지런하고 자상한 남자가 최고다.

생각은 그렇게 하지만 젊을 때는 아무래도 약간 그늘이 있고 남성미 풍기는 남자에게 끌리기 마련이다. 하지만 결혼해보면 그

늘 따윈 방해가 될 뿐이라는 걸 깨닫게 된다. 무게만 잡는 바보라며 남편을 경멸하게 될 것이다. 이런 사실들을 뼈저리게 실감하는 게 결혼하고도 몇 해가 지나서라는 게 문제다. 그러므로 부모인 자신들이 나서는 것은 의미가 있다.

그래, 긍정적으로 생각하자. 지금까지의 부모 대리 맞선은 전혀 헛되지 않았다. 아무리 좋은 사람이어도 생리적으로 호감이 느껴지지 않는 사람과 결혼할 수는 없다는 걸 알게 된 것만으로도 성과다. 앞으로 경험을 쌓아가며 끝까지 양보할 수 없는 조건은 무엇인지 단계적으로 알아 나가면 된다. 그러자면 일단 부모 대리 맞선에 참가하는 것이 중요하다. 일일이 상처받고 멈춰 서면 안 된다.

'할 일을 담담하게 해 나가자.' 도모미에게 어울리는 사람을 찾을 때까지. 차분하게. 서두르지 말고.

23

오늘은 도모미의 스물아홉 번째 생일이다. 남편은 아침 출근 길에 부탁한 대로 퇴근길에 홀 케이크를 사 왔다. 납작한 마지팬 (아몬드와 설탕 반죽에 식용 색소를 넣어 모양과 색감을 만든 뒤 케 이크 위에 얹는 장식품—옮긴이)에 '생일 축하해'라고 초콜릿으로 쓰여 있었다.

"초를 몇 개 달라고 할지 고민을 좀 했는데, 서른 살 빼기 한 살로 쳐서 굵은 초 세 개에 가는 초 하나로 했어. 굵은 초 두 개랑 가는 초 아홉 개면 케이크에 구멍이 숭숭 뚫려서 좀 그렇잖아."

신나게 말하는 것을 보니 좋은 아이디어라고 생각한 모양이 다. 분명 점원에게도 그렇게 말했을 것이다. 점원도 점원이다. 남 편이 주문한 대로 초를 주다니.

"뭐야, 꼭 서른이 코앞이라고 겁주는 것 같잖아."

도모미가 손에 가는 초를 들고 바라보며 말했다.

"도모미, 그건 네가 너무 생각이 많아서 그런 거야."

남편은 예의 그 관대함을 가장한 미소를 지어 보였고, 도모미는 미간의 주름이 한층 깊어졌다.

"그전에 말이지"라고 지카코가 끼어들었다. "이렇게 하면 서른한 살이야."

"어? 아, 정말이네. 듣고 보니 그러네."

남편과 도모미가 동시에 말했다.

바보 같다고 생각하며 지카코는 말없이 부엌에 들어가 재빨리 차를 준비하기 시작했다. 그것을 보고 남편과 도모미는 당황한 듯 따라와 쟁반을 내밀었다. 특별한 날에만 꺼내 쓰는 고란샤(일본의 고급 도자기 제조사—옮긴이) 찻잔과 금 테두리가 둘러진 케이크 접시를 세트로 준비했다. 테이블을 가지런히 정돈하고 자리에 앉자 도모미가 케이크에 초를 꽂으며 말했다.

"아, 또 나이를 먹는구나. 지금 생각하면 생일이라고 순수하게 기뻤던 건 스물세 살까지였던 거 같아. 앞으로 다시 생일이 반가워질 때가 있다면 아마도 미수(66세 생일을 이르는 한자어—옮긴이) 때가 아닐까."

지카코도 솔직하게 축하할 기분은 아니었다. 그러기는커녕 왜 진작 부모 대리 맞선을 시작하지 않았는지 후회의 소용돌이에 휩싸일 뻔했다.

"무슨 소리야, 도모미." 지카코는 후회를 떨치려는 듯 기세 좋게 의자에서 일어나 토치로 초 네 개에 불을 붙였다. "무사히 생일을 맞을 수 있다는 건 감사한 일이야. 전 세계적으로 테러나 기아 때문에 죽는 사람이 얼마나 많은데."

빈말은 아니라고 생각하면서도 무심코 훈계를 늘어놓았다. 부모는 어떤 상황에서든 규범을 따르지 않을 수 없다. 지금 솔직한 심정을 말하면 어떻게 되겠는가.

'생일도 이제 지긋지긋해. 너는 나이도 한 살 더 먹었는데 이제 어떻게 할 거야? 눈 깜짝할 사이에 서른이 될 텐데, 그러면 마흔도 금방이야. 우리 세대가 보기에 마흔은 중년도 한참 중년이라고.' 이런 생각을 입 밖에 내는 부모도 있겠지. 하지만 남들이야 어떻든 자신만은 끝까지 아이의 편이 되어 격려해줘야 한다고 지카코는 생각했다.

"그래도 스물아홉과 서른은 느낌이 전혀 다르지."

남편이 능청스럽게 말했지만, 도모미는 말하지 않아도 안다는 듯 입을 다물었다.

"그럼 생일 축하 노래 부를까."

남편이 말했다.

"그래, 노래하자."

"해피 버스 데이 투 유."

남편과 둘이 노래를 부르기 시작했지만 목소리가 작았다. 도모미도 어렸을 때는 좋아했지만, 이미 어른이 되어서인지 김빠진 분위기다. 하지만 노래를 불러야 촛불 끌 타이밍을 잡을 수 있으니 어쩔 수 없다. 그러고 보니 도모미는 스무 살 이후로는 생일 기념으로 이성에게 식사 초대를 받은 적이 없다. 노래가 끝나자 남편은 "도모미, 생일, 축하해"라고 기운차게 말했다.

"응……, 고맙습니다."

도모미가 웅얼거리듯 대답하고 숨을 몰아쉬며 촛불을 껐다.

어렸을 때는 촛불을 끌 특권이 자신에게 있다는 사실에 기뻐하는 기색을 감추지 못하더니 지금은 마냥 귀찮아하는 것 같다. 케이크를 자르는 것은 언제나 남편의 몫이다.

"오늘은 생일이니까, 한 해 목표를 세워보는 게 어때?"

"후쿠, 그거 설날에 하는 거 아니야?"

"아, 그런가?"

"목표라면 일단 있기는 한데."

도모미가 나직이 말했다.

"서른 살까지 결혼하는 거?"

지카코가 물었다.

"응, 그것도 있지만 일에 대해서도 목표가 있어."

도모미는 올봄부터 판매원 겸 점장이 됐다. 점장이라고 하니 듣기는 좋지만, 정직원은 도모미를 포함해 둘뿐이고 나머지는 모두 아르바이트생이다. 점장 수당도 쥐꼬리다. 그날 매상을 정리하는 일은 전부터 하고 있었으므로 일의 내용도 지금까지와 크게 다르지 않다. 그러니까 점장으로 일하던 두 살 위의 여자가 회사를 그만두는 바람에 순서대로 승진한 것뿐이다.

"지난번에 과장님이랑 연례 면담을 했거든. 직원들의 요청이나 불만을 듣는다는 명목인데 뭐, 그냥 형식적인 거지. 부서를 옮기고 싶다고 요청하거나 월급에 대한 불만을 조금이라도 털어놓으면, 오히려 설교를 늘어놓거나 더 심한 곳으로 배치해버려. 그래서 이제는 아무도 아무 말도 안 하게 됐어. 악덕 기업까지는 아니지만 악덕과 한 끗 차이랄까."

몇 번을 들어도 암담하다. 한 번 격차 사회의 가장자리로 떨어지면 두 번 다시 위로 올라올 수 없는 사회 구조다. 도모미의 풀 죽은 모습을 볼 때마다 지카코의 마음은 다시금 후회로 가득 찼다. 막연하게 대학교만 졸업시킬 게 아니라 기술을 가르쳤어야 했다는 생각이 들었다. 아아, 그만하자. 취직도 결혼도 온통 후회 투성이다. 똑 부러진 부모상과는 거리가 멀다. 부모는 인생의 선배이니 요소요소에서 적확한 조언을 해주어야 했다. 지카코는 정말이지 자신이 싫어졌다. 자신은 얼마나 어리석은 부모인가.

생크림을 입에 머금은 뒤라 딸기가 몹시 시게 느껴졌다. 보기에나 빨갛고 요염하고 사랑스러울 뿐, 속은 빈껍데기잖아. 그렇게 말하며 딸기에조차 화풀이를 하고 싶어졌다.

"도모미, 아까 일에 대해서도 목표가 있다고 하지 않았어?"

"그게 말이야" 하고 도모미는 포크를 놓더니 홍차를 꿀꺽 마셨다. "과장님이랑 면담할 때 어차피 무슨 말을 해도 소용없겠다 싶어서 '특별히 바라는 건 없습니다'라고 대답했거든. 그랬더니 평소처럼 면담 시간이 엄청 남더라고. 과장님도 할 말이 없었는지 관심은 1도 없는 얼굴로 '쉬는 날엔 뭐해?'라고 물었어. 그래서 '이탈리아어를 공부해요'라고 대답했더니 갑자기 과장님 눈이 동그래지면서 그때까지는 소파에 눕다시피 기대어 앉아 있더니 갑자기 테이블을 넘어오지 않을까 싶을 정도로 바싹 몸을 세우며 앉더라. 그러더니 다음번에 바이어와 함께 밀라노에 가보지 않겠느냐고 물었어."

"잠깐만. 이탈리아어라니? 네가 언제부터 그런 걸 공부했어?"

"나도 금시초문인데."

"사실은 돈이 모이면 언제 이탈리아 여행이라도 가볼까 해서 지난달부터 라디오 강좌를 듣기 시작했어. 과장님이 마음대로 오해하고 간단한 통역 정도는 할 수 있을 거라고 지레짐작한 거야. 그래서 무서워 죽겠다니까."

"뭐? 못한다고 확실하게 말했으면 됐잖아. 바로 그 자리에서 정정했지?"

"……말 안 했어."

"왜? 그러다가 밀라노로 통역하러 가게 되면 어쩌려고?"

"알아. 그래서 지금 엄청 초조하다니까. 내가 잠깐 미쳤는지 '네! 제가 밀라노에 모시고 가겠습니다!'라고 나도 놀랄 정도로 큰 소리로 대답해버렸네."

"뭐야? 애가 큰일 나려고. 그렇게 이탈리아에 가면 뭐해?"

"그러니까 아까부터 얘기하잖아. 마음이 급하다고. 그때 이후로 출퇴근 전철이나 점심시간이나 집에 돌아와서도 필사적으로 공부하고 있어. 거짓말한 걸 들키면 잘릴지도 몰라."

지카코는 할 말을 잃고 도모미를 바라보았다. 옆에서 남편이 후 하며 어이없다는 듯 한숨을 쉬었다. 도대체 누구를 닮았는지 도모미는 어렸을 때부터 앞뒤 생각 않고 행동하는 대담한 면이 있었다.

"엄마, 그렇게 황당한 표정 짓지 마. 이 기회를 놓치면 난 평생 판매원으로 일해야 될 거야. 월급도 그대로겠지. 우리 회사에 중장년층 판매원이 한 명도 없는 것만 봐도 나이가 어느 정도 되면 내치려고 할 게 분명해. 취급하는 옷도 젊은 애들 것뿐이잖아."

"그래서 어떻게 할 건데?"

자신도 모르는 사이에 지카코의 입에서 묘하게 차분하고 무게감 있는 목소리가 나왔다. 어이없는 것을 넘어 직장인으로서 도모미의 앞날이 걱정되기 시작했다.

"어떻게 하긴……. 두 달 사이에 이탈리아어를 마스터하는 수밖에 없지."

"너 진심으로 하는 말이야?"

"응, 진심인데."

도모미는 도전적인 눈으로 남편을 바라봤다.

"같이 이탈리아에 가는 바이어는 어떤 사람인데? 둘이서만 가는 거야?"

최근 중장년 남성의 성희롱 사건이 잇따라 뉴스에 보도됐다.

이번에는 그게 걱정되는 모양이었다.

"바이어는 사장의 조카딸이야."

"아, 여자구나."

"뒤에서는 다들 왕언니라고 부르는데 수완가라는 평판이 자자해. 마흔둘에 독신이고 키가 크고 미인이야. 가족 회사라서 생산관리나 매입처럼 보람 있고 연봉이 높은 자리는 친족들이 절반 이상을 차지하고 있어. 친척도 아닌 내가 거기에 끼는 건 어려울 거라고 생각했는데 왠지 처음으로 기회가 온 것 같은 냄새가 나더라고." 도모미는 그렇게 말하며 히죽거렸다. "그리고 이탈리아는 일본보다 더 봉건적이고 남녀차별이 심하다는데, 그 자존심 센 왕언니가 가격 협상을 어떻게 하는지 직접 보고 싶기도 해. 그러다 나중에 왕언니의 오른팔이 되면 더 좋고."

어쩜 이렇게 낙관적일 수 있을까. 남편을 닮았나? 적어도 걱정 많은 자신은 닮지 않은 것 같다.

"알았어. 그럼 차라리 이탈리아어 개인 수업을 들어."

남편이 갑자기 명령조로 말했다.

"개인 수업은 비싸지 않아?"

"지카, 무슨 소리야? 지금 돈 안 쓰고 대체 언제 쓸 건데?"

들어본 대사였다. 도모미가 맞선에 입고 나갈 옷을 사러 갈 때도 그렇게 말하지 않았던가.

"맞아. 지금야말로 소박한 예금을 헐 때야."

옷을 살 때와 달리 도모미가 바로 대답했다. 의욕이 넘치는 모습이다. 이렇게 되면 응원하는 수밖에 없는 건가.

"알았어. 그럼 이제 두 달밖에 안 남았다고 생각할 게 아니라 두 달이나 남았다고 생각하자. 일상 회화와 구매에 관한 용어를 잘 외우면 어떻게 될지도 몰라. 말문이 막히면 영어로 대응하면 되고. 도모미는 영검(일본영어검정협회에서 실시하는 영어 시험—옮긴이) 2급이니까."

"맞는 말이야. 지카, 우리도 돕자."

"돕자니? 예를 들면 어떻게?"

"현관에 들어선 순간부터 이탈리아어만 쓰기로 해. 나도 공부 할게."

막상 그렇게 하면 남편은 입을 꾹 다문 채 숨 막혀 할 게 빤 하다.

"그럼 후쿠는 그렇게 해. 나는 바쁘고, 이탈리아어도 전혀 몰라서 새로 배우기는 어려워. 그래도 응원은 할게. 나는 두 달 동안 도모미에게 도시락을 싸줄게."

"정말? 엄마 고마워. 개인 수업, 바로 신청할게."

도모미는 재빨리 스마트폰으로 검색하기 시작했다.

"이제 슬슬 정리할까?"

크기가 작기는 해도 홀 케이크는 역시 한 번에 다 먹기 어렵다. 남은 케이크를 접시에 옮겨 랩을 씌우고 냉장고에 넣으며 문득 생각난 것이 있어 입을 열었다.

"아, 맞다. 나 내일은 부모 대리 맞선장에 다녀올게."

"부탁해, 엄마. 바쁜데 미안해."

도모미는 스마트폰에서 고개를 들지도 않고 말했다.

부모 대리 맞선은 내일이면 여섯 번째 참가다. 지금까지는 도모미의 마음에 들었던 남자에게는 모조리 거절당하고, 취향이 아닌 남자는 적극적으로 교제를 신청해오는 식이었다.

'원하는 사람과 결혼할 확률은 사막에서 다이아몬드 한 알을 찾는 것과 같아.' 언제인가 남편이 그런 말을 한 적 있다. 그때는 우스갯소리로 들었지만, 요즘은 그 말을 뼈저리게 실감하고 있다. 어설픈 총이라도 여러 번 쏘면 적중하겠지 하는 생각은 너무 안이했다. 엄청난 양의 총알을 쏘지 않고서야 웬만해서는 적중하기 어렵다. 이상형이 나타나기를 바랄 게 아니라 타협할 수 있는 기준을 세우고 나머지에 대해서는 미련을 갖지 않아야 한다. 그렇지 않으면 아무리 시간이 지나도 결혼을 못 할지도 모른다고 지카코는 마음을 바꾸기 시작했다.

내일 참가 인원은 20 대 20이라고 했다. 소규모 모임이지만 지금까지와는 달리 참가자 모두와 대화를 나누는 형식이다. 인원이 적은 만큼 성혼에 이르는 확률도 낮을 것이다. 그것을 알면서도 참가하기로 한 이유는 부모 대리 맞선 기회가 생각보다 많지 않기 때문이다. 믿을 만한 주최자를 고르고 골라서는 한두 달에 한 번 정도밖에 기회가 없다. 지카코는 형편이 되는 한 닥치는 대로 참가하겠다고 각오를 했다.

어떻게든 다이아몬드를 찾아야 한다.

24

　회의장에 들어서니 긴 책상이 줄지어 놓여 있었다. 지카코는 자신의 번호가 붙어 있는 책상을 발견하고 철제 의자에 앉았다. 저쪽은 아들을 둔 부모의 줄인가 보다. 회의장을 대충 둘러보니 이번에도 70대로 보이는 부모가 많았다. 내 세대와 달리, 이웃한 사람끼리 대화의 실마리를 찾아 이야기꽃을 피우는 것은 여전해서 장내는 이미 말소리와 웃음소리로 떠들썩했다.

　"저기, 저기."

　갑자기 옆자리에서 뻗어 나온 하얀 손이 지카코의 팔을 툭툭 쳤다. 놀라 고개를 돌리니 낯선 여자가 "따님이랑 우리 딸이 동갑이네요"라며 구김살 없는 미소를 지으며 바라봤다. 이목구비가 또렷한 미인으로, 선명한 푸른색 니트와 흰 바지가 잘 어울렸다. 자신보다 훨씬 젊어 보였지만, 도모미 또래의 딸이 있다는 것으로 봐서 실제로는 그렇게 젊지 않은 모양이다. 화사한 외모에 약간은 사치스러운 분위기도 있어서 40대라고 해도 믿을 것 같다.

"전 데라오카 에미라고 해요. 잘 부탁해요. 어머, 그쪽 따님은 정말 예쁘네요."

그렇게 말하며 아무렇지 않다는 듯 지카코의 신상서를 들여다봤다. 지카코는 "에이, 말도 안 돼요"라고 말하며 에미의 손에 들린 사진을 흘깃 곁눈질했다. 순간, 갑자기 소리를 지를 뻔했다. 성형수술한 것이 너무나 티 나는 얼굴이었다. 앞트임을 한 모양이다. 똑같이 큰 눈이라도 지지와는 달리 부자연스러웠다. 게다가 마치 철사가 들어 있는 것처럼 콧날이 선 모양도 이상했다.

성형수술 받은 것을 비난할 생각은 없다. 남녀가 만나게 되는 계기가 인간성이 아니라 외모라는 것은 지금까지의 부모 대리 맞선을 통해 충분히 깨달았다. 그러나 남자들이 미인을 좋아하는 것은 맞지만, 어디까지나 선천적인 미인에게만 해당하는 이야기다. 성형수술을 한 게 드러나면 오히려 홀대를 당한다. 남자들은 성형은커녕 진한 메이크업도 싫어한다.

그렇다면 대체 여자는 어떻게 해야 할까? 여자의 가치는 무엇일까? 여자는 애완동물이 아니다. 이런저런 생각을 하다 보면 수십 년간 버리지 못한 타고난 페미니즘 기질이 맹렬하게 고개를 쳐들기 시작한다. 아, 큰일 났다. 여기서 또 고지식한 사고방식을 지닌 부모들을 만나면, 대화를 나누다가 공격적인 성향을 드러내고 말 것이다. 기분을 가라앉히기 위해 지카코는 가져온 페트병의 물을 한 모금 마신 뒤 옆자리의 에미를 보며 말했다.

"그쪽 따님이야말로 미인이잖아요."

눈물겨운 노력을 칭찬하지 않을 수 없었다.

"고마워요. 저랑 닮았다는 이야기를 많이 들어요."

에미는 태연히 대답했다.

"아, 그런 말을 들으면……."

지카코는 말끝을 흐렸다. 미인인 엄마를 닮았다고 우기면 믿는 사람도 있을 것이다. 사실은 아버지를 닮았겠지만.

'자녀가 연예인이 아닌 이상 제대로 된 부모라면 딸이 성형수술 받는 것을 허락할 리 없다.' 이곳에 모인 부모들은 그렇게 생각하는 세대가 대부분일 것이다. 남자가 귀고리만 해도 얼굴을 찡그리는 세대다.

"따님 이름이 도모미네요. 이름도 예뻐라."

겉치레인 줄은 알지만 칭찬을 듣는 게 나쁘지 않았다. 벌써 몇 번째 참가인데도 여전히 자신감을 갖지 못하고 긴장하기 때문이리라. 말을 잘하는 게 아닌 데다 사진과 신상서를 아무리 잘 준비하더라도 동네방네 자랑할 만한 딸이 아닌 게 사실이다. 딱히 부끄러운 것은 아니지만, 학력과 직장이 훌륭하고 미인인 딸들이 많은 이상 어쩔 수 없다.

"그쪽 따님이 부럽네요."

에미가 말했다. 이번에는 무엇을 칭찬하는 걸까.

"초혼이잖아요."

에미가 갑자기 목소리를 낮췄다.

무심코 일람표를 다시 보니, 에미의 딸은 '재혼'이라고 적혀 있었다.

"아이가 생기기 전에 헤어진 게 그나마 다행이에요."

"그랬군요."

요즘은 이혼이 흠이 아니다. 오히려 이혼녀가 인기 많다는 말도 있다. 지금까지 한 번도 이성에게 인기를 얻지 못하고 지내온 사람보다 결혼하고 싶을 만큼 누군가에게 사랑받았던 과거가 있는 쪽을 매력적이라고 느끼는 사람도 적지 않다. 남편이 산 결혼활동 지침서에도 그렇게 적혀 있었다. 그렇다고는 해도 그것은 연애결혼의 경우이리라. 부모 대리 맞선장에서는 아무래도 서류상의 조건부터 따지고 들어갈 수밖에 없다. 많은 사람 중에서 굳이 이혼 경력이 있는 여성을 선택하는 부모는 적을 것이다. 적기는커녕 대화도 못 해보지 않았을까.

"네, 그럼 시간이 됐습니다. 지금부터 부모 모임을 시작하겠습니다."

앞쪽에서 마이크를 통해 당찬 목소리가 들려왔다. 대표를 맡은 남성이 대충 인사를 마치자 마이크를 건네받은 여성 직원이 절차를 설명했다.

"여러분, TV에서 '맞선 대작전'이라는 프로그램을 보신 적 있으시죠? 거기 보면 회전초밥이라는 코너가 있어요. 오늘은 그 회전초밥 같은 방법으로 해보려고 합니다. 따님을 둔 부모님께서는 계속 지금 자리에 앉아 계시면 됩니다. 그리고 아드님을 둔 부모님, 대단히 죄송합니다만, 한 분과 얘기가 끝날 때마다 한 칸씩 옆자리로 이동해주시기 바랍니다."

바로 회전초밥이 시작됐다. 처음에는 45세 아들을 둔 아버지였다.

"아이고, 이런. 따님이 아직 20대예요? 저희는 상관없습니다만, 부담되시지요?"

"글쎄요. 죄송하지만, 나이 차이가 너무 나네요"라고 지카코는 솔직하게 말했다. 도모미도 싫어하겠지만, 자신과 불과 열 살밖에 차이가 안 나는 사위를 어떻게 대해야 할지 알 수 없었다. 딸이 좋아하는 남자라면 어쩔 수 없지만, 선택의 여지가 있는 이런 자리에서 일부러 고를 필요는 없다.

"저희는 지난 연말에 부모 대리 맞선을 시작했어요. 너무 늦게 시작했지요. 잘 안 돼서 힘들어요."

남자가 그렇게 말하며 쓴웃음 지은 것을 계기로 잡담을 나누는 분위기가 됐다. 말투에 사투리가 섞여 있어 남자의 주소란을 보니 교토부 북부 동해 부근의 지명이 적혀 있었다. 아들의 주소지는 다치카와시(도쿄도 서쪽에 있는 도시—옮긴이)였다.

"혹시 아버님은 이 모임을 위해 일부러 상경하신 건가요?"

"예. 저 말고도 그런 부모가 간혹 있어요. 부모 대리 맞선 때문에 3개월에 한 번은 상경하는데, 지금은 복잡하고 희한한 전철 환승에도 익숙해졌어요. 오늘 밤에는 아들이랑 식사도 할 겸 술집에서 한잔하고 아들네 아파트에서 잘 거예요. 아들 집에 올 때마다 매번 옛날이야기를 하는 게 재미있어요. 우리 아이는 외아들인데, 고등학교를 졸업하고 메이세이대학교에 진학한 뒤 그대로 도쿄에서 취직해 제가 좀 허전했어요. 3년 전 아내가 죽고 나선 더 그렇지요. 몇십 년 만에 아들과의 거리감이 줄어든 것 같아서 좋기도 해요. 그전까지는 어떻게 사는지도 몰랐거든요, 내 아들이지만. 이렇게 눈 뜨면 코 베어 가는 대도시에서 열심히 노력하면서 사는 것을 보니 안심되기도 하고요."

"그러시군요. 잘됐네요."

부모 대리 맞선 활동이 길어지면서 본의는 아니지만, 얻는 것도 많았다. 남자의 말을 듣고 있으니 같은 부모 처지에서 눈물이 날 것 같았다.

"며느릿감의 연령대를 어느 정도로 보고 계신가요?"

"역시 손자를 보고 싶으니까 가능하면 35세 이하가 좋겠지요? 아, 물론 20대도 괜찮고요."

"……그러시군요."

'그런 생각으로는 결혼하기 어려우실 것 같아요.' 사실은 그렇게 말해주고 싶었다. '아드님이 마흔다섯이나 됐으니 이제 손자는 포기하고 평생의 반려자를 찾는 데 집중해야 한다고 딱 잘라 말씀해보시면 어떨까요? 부부와 두 자녀로 이루어진 쇼와 시대

의 4인 가족 형태에 얽매여 있으면 앞으로 나아갈 수 없지 않을까요?'

그런 참견을 할 수 있을 리 없다. 무례하다며 불같이 화를 낼지도 모른다. 부모 대리 맞선에서는 자녀의 나이가 어릴수록 우위에 선다. 그러므로 20대 딸을 둔 입장에서 그런 말을 하면 고깝게 들릴 수도 있다. 그전에 50대인 자신이 70대인 아버지에게 조언하는 것 자체가 건방져 보일 것이다.

"네, 그럼 시간이 됐습니다. 옆자리로 이동해주시겠습니까?"

다음으로 눈앞에 앉은 사람은 베이지색 정장을 입은 은발 부인이었다.

"잘 부탁합니다. 이것이 우리 아들의 신상서입니다."

"고맙습니다. 저야말로 잘 부탁합니다."

서로의 신상서를 손에 들고 바라보았다. 아들은 32세로, 종합병원에 근무하는 의사였다. 가족란을 보니 부친은 개업의인 것 같았다. 눈앞의 여자는 커다란 에메랄드 반지를 끼고 있었다.

"따님이 20대네요. 이번에는 우리 아들보다 어린 아가씨가 적어서 따님은 참 귀한 맞선 상대예요. 하지만…… 흐음."

뭐야? 이 말투는.

뭔가 마음에 들지 않는 것이 있는 모양이다. 학력일까, 직장일까, 아니면 사진일까. 기분 나빴지만, 시간이 정해져 있으므로 빨리 신상서를 훑어보아야 했다. 그렇게 생각하며 가족란의 나이로 눈을 돌렸을 때였다.

"응? 설마." 다음 순간 지카코는 엉겁결에 감탄사를 내지르고 말았다. "어머님과 제가 동갑이네요."

여자는 지카코를 힐끗 본 뒤, 말없이 얼굴을 찡그리며 눈을 돌렸다. 아, 큰일 났다. 후회해봤자 이미 늦었다. 엄청 놀란 듯 감탄사를 내뱉고 말았다. 은발인 데다 손등에 검버섯도 몇 개나 있으니까……. 그래서 자신보다 훨씬 나이가 많을 것이라고 생각했다. 아, 아무리 생각해도 이건 내 잘못이다. 엄청난 실례를 했다. 하지만 여기서 사과하면, 더 실례가 될 것이다. 어떻게 하지?

이제 돌이킬 수 없다. 아들의 신상서에는 불만이 없다. 뭐니 뭐니 해도 도모미와 나이가 비슷하다. 하지만 사진만 봐서는 도모미와 맞지 않을 것도 같았다. 보기에는 교육을 잘 받고 자란 것 같고, 하얀 피부에 웃는 모습도 점잖다. 상스러운 농담 따먹기와는 거리가 멀 것 같은 사람이다. 취미란에는 피아노라고만 적혀 있을 뿐, 아웃도어 관련 취미는 적혀 있지 않다. 이런 사람과 교제하면 도모미는 지루함을 참지 못하고 한껏 기지개를 켤 것이다. 하지만 최종적으로 결정하는 사람은 도모미이므로 우선은 신상서를 교환해보고 싶었다.

"어떻습니까. 교환해주시겠어요?"

입을 한일자로 굳게 다문 여자에게 조마조마한 심정으로 물어보았다.

"글쎄요, 어떨지……. 우리 아들과는 맞지 않을 것 같아서, 죄송합니다만 사양하겠습니다."

여자는 단호하게 말했다. 생긋 미소를 보이지도 않았다.

"……그러시군요."

도모미에게 미안한 마음이 가득했다. 역시 나 같은 엄마는 기회를 놓치기 일쑤다. 누가 봐도 이미지 좋고 상냥한 엄마가 아니고서는 부모 대리 맞선을 척척 해내기가 쉽지 않다. 이런 생각이 들기 시작한 것은 세 번째 대리 맞선에 나가고부터였다.

힐끗 눈치를 봤지만 상대방 엄마는 무뚝뚝한 표정 그대로다. 그래도 생각하기에 따라서는 지금 거절당한 게 다행일 수도 있다. 놀라서 놀란 반응이 나오는 걸 어쩌란 말인가. 그런 일로 뾰로통해지는 마음 좁은 여성이 시어머니라면 아무리 눈치 빠른 며느리라도 힘들 것이다.

이상하게 분위기가 숨이 막혔다. 한시라도 빨리 헤어지기 바랐지만, 회전초밥 형식이라 시간이 될 때까지 마음대로 움직일 수 없다. 대화가 끊긴 채 서로 엉뚱한 방향을 보고 있을 때였다. 옆자리에 앉은 에미의 목소리가 또렷하게 들려왔다.

"하지만 1년밖에 안 됐어요."

매달리는 듯한 간절한 목소리였다. 에미의 목소리는 톤이 높아서 잘 들렸다. 몇 번이나 같은 말을 반복하고 있는 것이 아까부터 신경 쓰였다.

"게다가 출장이 많아서 집에 없는 때가 많았어요."

"과연, 그랬군요."

45세 아들을 둔 조금 전의 아버지가 깊이 고개를 끄덕이며 맞장구쳤다.

"그러니까요, 이혼 경력은 있지만 결혼한 기간은 1년밖에 안되고, 남자는 출장이 잦았어요. 무슨 말인지 아시겠죠?"

응? 지금 무슨 뜻이야? 지카코는 자신도 모르는 사이에 숨을 멈추고 들었다. 그 말은 즉, "우리 딸은 그렇게까지 더러워지지 않았어요." 그렇게 말하고 싶은 건가? 불쾌한 기분이 들어 견딜 수 없었다. 어머니가 딸을 상품화하고 있었다. 신상품은 가치가 높고, 중고품은 상처나 얼룩 상태에 따라 등급이 나뉘는, 마치 경매 사이트나 벼룩시장 앱에 출품된 물건 같다.

"사실 사진이 한 장 더 있거든요. 보시겠어요?"

에미는 그렇게 말하며 봉투에서 사진을 꺼냈다. 어떤 사진일지 궁금하지만 노골적으로 들여다볼 수는 없다. 지카코는 고개를 정면으로 향한 채 있는 힘껏 곁눈질했다. 헉, 진짜야? 하마터면 소리를 낼 뻔했다. 수영복 차림의 사진이었다. 그것도 엄청 작은 비키니를 입은. 가슴 확대 수술이라도 받았는지 깡마른 몸매에 가슴만 유난히 크다.

"허허, 이건."

아버지는 쑥스러워하면서도 사진을 손에 쥐었다. 늙은 남자의 느끼한 옆모습이 무척 인상적이었다. 지카코는 차마 똑바로 보지 못하고 눈을 돌렸다.

"어떠세요? 신상서를 교환해주시겠어요?"

에미가 어리광 부리는 듯한 목소리로 물었다.

"그럼 잘 부탁합니다."

아버지가 즉답했다. 저 집 아들은 마흔다섯인데, 에미는 나이에 구애받지 않는 모양이다. 과연 딸도 그렇게 생각할까? 만약 그렇다면 선택지가 넓어져 생각보다 빨리 결혼으로 이어질 수도 있을 테지만……

"시간이 다 됐습니다. 이동해주십시오."

그 뒤로도 옆자리에서 "겨우 1년밖에 안 됐어요"라는 에미의 목소리가 여러 차례 들려왔다.

이번에는 20 대 20의 소규모 모임이라 빨리 끝날 거라고 쉽게 생각했다. 하지만 모두와 이야기를 나눴기 때문에 끝날 무렵에는 평소보다 더 지쳐버렸다. 신상서를 교환한 사람은 두 명이다. 둘 다 30대 중반으로 중견 기업에 근무했다. 엄마들끼리 서로 마음에 쏙 들어 한 건 아니고, 긍정도 부정도 하지 않은 상태에서 자녀에게 판단을 맡기자는 분위기였다. 돌아갈 채비를 하고 맞선장을 나오려는데 에미가 말을 걸어왔다.

"가는 길에 차라도 한잔하실래요?"

"네?"

"뭐 급한 일이라도 있으세요?"

"아니요, 음, 딱히요"라고 솔직하게 대답한 순간, 후회했다. 순간적으로 거짓말을 할 수 없었다. 이런 상스러운 엄마와 차를 마셔서 뭘 하겠다고.

"여기 오는 길에 느낌이 괜찮은 카페를 봤거든요."

에미는 그렇게 말하며 앞장서서 걷기 시작했다. 상대방의 대답을 듣지 않고 바로 행동에 나서는 이런 매너를 가진 친구는 지카코의 주변에 없었다. 모두 상대방을 배려하고 분위기를 읽으려고 하는 조심스러운 사람들이다. 승무원인 마유미가 직설적으로 말하기는 하지만, 매너가 좋고 믿음직스러워 전혀 불쾌하지 않다.

하는 수 없이 에미 뒤를 따랐다. 맛있는 커피를 마시며 피로를 풀고 싶다는 마음도 있었다. 걸으면서 에미의 뒷모습을 보니, 굽 높은 구두를 신고 등이 쭉 뻗어 있다. 여자는 아무리 나이를 먹어도 이래야 한다는 본보기를 보는 듯했다. 나는 굽이 있는 구두는 고사하고 워킹화를 신고 왔는데. 게다가 배를 감추기 위해 밑단이 평퍼짐한 옷을 좋아하고 고무줄 바지도 즐겨 입는다. 겉모습보다는 착용감에 중점을 두고 옷을 고르게 된 지 벌써 10년이 지났다.

카페에 들어가 안뜰과 면한 창가에 자리를 잡았다.

"깜짝 놀랐죠?"

커피잔을 사이에 두고 마주 앉았을 때, 에미가 장난기 어린 눈으로 이쪽을 봤다. 무슨 말인가 하고 당황하며 에미를 봤다.

"내가 하는 이야기 들었죠? 수영복 차림 사진도 봤고요?"

"……예, 뭐."

"무슨 생각을 했어요? 경멸스럽다는 생각? 왜냐하면 그쪽은 바르게 자란 것 같아서요. 학교에서도 모범생이었죠?"

"경멸스럽다기보다는 신기했어요. 부모 대리 맞선에 나온 사람 중에서 20대는 적으니 그만큼 유리할 텐데, 그렇게까지 하지 않아도 되지 않을까 생각했어요."

"젊지 않아요. 도쿄에서나 스물아홉을 젊다고 말하지 지방에서 이 나이면 결혼하기 힘들어요."

"그럴지도 모르죠. 아까 그 마흔다섯 살 남자와도 교환했잖아요. 상대방의 나이는 안 보시나 봐요."

"전혀요. 왜냐하면 난 지금 마흔여덟인데 우리 남편은 여든하나거든요."

"아, 그래요?"

최근에는 부모 자식뻘은 될 만큼 나이 차이가 많은 부부도 드물지 않지만, 에미의 연령대에서는 들어본 적 없었다.

"음, 그러니까……."

에미 부부는 나이 차이가 몇 살인 건가. 81에서 48을 빼면……. 중고교 시절 내내 수학을 잘했지만 사실 뺄셈은 잘 못 한다.

'그건 그렇고 이 여자가 아직 마흔여덟밖에 안 됐다고? 그 나이에 스물아홉 살짜리 딸이 있다는 것은 즉, 48 빼기 29는 그러니까…….'

"나는 열아홉에 딸을 낳았어요."

"아, 그렇게 되네요. 그런데 그 따님이 우리 딸과 같은 스물아홉이라는 건 남편이 쉰일 때 아이를 낳은 거네요."

"아니에요. 남편과는 3년 전에 결혼했어요."

"네?"

"결혼이란 건요, 나와 우리 딸에게는 살기 위한 수단 이상도 이하도 아니에요."

할 말을 잃은 지카코를 보며 에미가 웃음을 터뜨렸다.

젊었을 때라면 이런 여자를 싫어했을 것이다. 여성성을 무기 삼아 처세하고 있다고. 하지만 지금은 그렇게 생각하지 않는다. 불행한 성장 과정을 겪으며 자란 여성이나 불운을 안고 사는 사람이 세상에 적지 않다는 사실을 이제는 안다. 게다가 요즘에는 격차가 점점 벌어져 더욱 살기 힘든 세상이 됐다.

"애의 친아빠는 답이 없는 인간이었어요. 고생의 연속이었죠."

"도박이나 가정폭력 같은?"

"둘 다요."

뉴스에서는 종종 들어봤지만 가까이에 그런 사람은 한 명도 없었다. 여자에게 폭력을 행사한다는 건 상상할 수도 없다. 지금까지 단 한 번도 그런 현장을 보지 못하고 산 내가 축복받은 걸까. 내가 모를 뿐, 세상은 사실 폭력으로 가득 차 있는 걸까.

"따님도 같은 생각인가요? 결혼은 살기 위한 수단이라고."

"그렇게까지는 생각 안 해요. 걔는 바보거든요."

"하지만 따님도 일하고 계시니 수입은 있으시겠죠?"

"네, 일단은요. 하지만 파견직원이고 자란 환경이 그렇다 보니 이대로 두면 분명 질리지도 않고 또 나쁜 남자에게 걸려들겠지요."

마치 딸의 미래를 미리 본 듯 확신에 찬 말투다.

"자란 환경이 그렇다는 건 예를 들면 어떤⋯⋯?"

너무 사적인 질문인가 생각하면서도 물었다.

"왜 TV 드라마 같은 데 자주 나오잖아요. 엄마는 밤에 장사하러 나가고, 애는 혼자 집 지키는 거. 그렇게 살았어요. 늘 피곤하고 짜증이 나서 화만 내고 손찌검도 여러 번 했어요. 그때는 저도 어렸고 고독하고 쓸쓸했어요. 어렵고 가난하고 의지할 사람도 없는데 생활은 너무 한심하고 비참해서⋯⋯. 머리가 어떻게 됐었나봐요. 그런 상황이 딸아이에게도 예외는 아니었겠죠. 그 애는 이상하리만큼 외로움을 많이 타는 사람으로 자라서 남자가 조금만 자상하게 대해주면 금세 그 남자가 시키는 대로 해버려요. 그래서 엄마인 내가 제대로 된 남자를 찾아줄 수밖에 없다고 생각해서 여기 온 거예요. 대체 몇 살까지 돌봐줘야 하는 건지."

"⋯⋯그렇군요."

"하지만 나는 달라졌어요. 지금의 남편과 결혼하고 나서 거짓말처럼 생활이 편안해졌어요. 그 증거가 밖에서 일하지 않게 됐다는 거예요. 드디어 바라던 전업주부가 됐어요. 일하지 않아도 먹고살 수 있다니, 중학생 이후로 처음이에요. 마음에도 여유가 생겼어요. 그래서 지금 이렇게 딸의 앞날을 진지하게 생각할 수 있게 된 거예요."

"저런⋯⋯. 힘드셨겠어요. 그래서 오늘은 몇 분하고 신상서를 교환하셨어요?"

"세 장이 전부네요. 그 호색한 아버지는 좋게 봤겠지만, 근엄한 어머니는 눈엣가시로 봤을 거예요. 옛말로 여우 같은 여자라고 생각했겠죠. 신상서에 쓴 남편의 나이를 보고 다들 깜짝 놀라더라고요. 유산을 노리고 돈 많은 영감을 속였다고 생각하나 봐요. 뭐, 사실이지요."

그렇게 말하며 에미는 후후 하고 웃었다.

부모 대리 맞선에 참가하는 엄마 중에는 고지식한 분위기를 풍기는 여자가 많다. 에미를 한번 보고 신상서를 볼 것도 없이 자신과는 다른 여자라는 걸 알아차렸을 것이다.

"하지만 돈이 있다고 해서 아무나 좋은 건 아니에요. 우리 남편은 정말로 자상하고 부드럽고 좋은 사람이에요. 처음에는 얼굴에 노인성 기미가 많아서 싫었는데 성형외과에 가서 레이저로 제거했더니 깔끔해졌어요. 그때 내친김에 딸도 코 수술을 해줬어요."

"그렇군요."

"만화 같은 데 보면 '콧대를 꺾는다'는 말이 자주 나오잖아요. 그게 실제로 있는 일이더라고요. 딸은 전남편에게 맞아서 코가 심하게 비뚤어졌었어요. 그 수술비도 지금 남편이 내줬지요."

"세상에…… 다행이네요…… 그래서 따님의 결혼 상대로 바라는 조건은 뭐예요?"

"첫째, 안정된 삶과 높은 수입이죠. 그리고 착하고 성실할 것. 그 외의 조건은 없어요. 외모도 나이도 아무려면 어때요?"

진지한 얼굴이었다.

"하지만 따님의 취향이라는 것도 있잖아요?"

"그럼요. 딸이 이런 남자는 절대 안 된다거나 싫다고 하면 나도 강요하지는 않을 거예요. 하지만 어렸을 때부터 엄마가 남자에게 당하고 산 걸 봐온 것치고는 여전히 남자 보는 눈이 없어요. 학습능력이 모자란다고 할까요? 쉽게 말하면 바보예요. 우리 정도 나이가 되면 젊은 남자는 한 번만 봐도 어떤 사람인지 금방 알게 되잖아요."

"확실히 그런 게 있기는 하지요."

"그렇죠? 겉으로는 싱글벙글해도 실제로는 사소한 일에 화를 잘 내는 성격이라든지."

"젊었을 때는 그런 걸 잘 모르지요."

"난 말이에요, 남자에게서 언뜻 보이는 못된 성미나 버릇을 절대 놓치지 않을 자신이 있어요."

"하지만 못된 것처럼 보이지만 알고 보면 신사적이고 자상한 남자도 있을지 모르잖아요."

"글쎄요, 그런 남자도 더러 있기는 하겠죠. 하지만 그런 괜찮은 남자가 우리 딸을 선택할 것 같아요? 그런 사람들은 재색을 겸비한 여자만 봐요."

"……그렇군요."

"그보다 그쪽은 딸의 상대로 어떤 남자를 원해요?"

"서로 어울리는 남자가 좋다고 생각해요. 허세를 부리거나 맞추기 위해 애써야 할 필요 없이 자연스럽게 같이 있을 수 있는 상대요."

"흐음. 매일 꼬박꼬박 출퇴근하는 남자라든가, 주먹을 휘두르지 않는 남자가 좋다든가 하는 건 떠오르지 않겠죠. 그쪽 같은 경우는요."

무슨 뜻인지 몰라 에미를 응시했다.

"남자들은 대부분 다 성실하게 일하고 집에 돈을 갖다 준다고 생각하죠?"

"네? 네, 뭐."

그렇게 말하자 에미는 지카코를 한 번 보고는 말없이 팔짱을 낀 채 창밖으로 시선을 옮겼다.

"왜 이렇게 불공평하지? 하느님은 정말 심술 맞아요. 부러워서 질투가 나요. 당신같이 고생 모르고 사는 여자."

고생을 모른다고? 내가? 오늘 처음 만난 당신에게 내가 왜 그런 말을 들어야 하는 거지? 나도 나름대로 고생했거든. 비참한 어린 시절을 보내지도 않았고, 남편은 매일 성실하게 회사에 다니고, 한 번도 주먹을 휘두른 일이 없지만.

'하지만 에미 씨, 우리 집은 계속 맞벌이를 하는데도 남편은 볶음우동과 오믈렛밖에 만들 줄 몰라서 힘들어요. 그게 나는 지금도 원망스럽다고요.' 그렇게 말하면, 에미는 목소리를 높이며 따지고 들까.

에미가 보기에 나는 아무래도 고생 모르고 산 여자의 범주에 드는 것 같다. 고생은커녕 질투가 날 만큼 복 받은 인생 같을 것이다. 유유상종이란 말이 있듯, 친구나 친척들 모두 비슷하게 살아왔다. 격차가 벌어지는 사회에서도 비슷하게 사는 사람들이 무리를 지어 다른 계층과는 좀처럼 섞이지 않는다. 그렇게 격차는 굳어지고 점점 더 벌어지는 게 아닐까. 그 증거로, 나는 에미처럼 사는 사람과 만날 기회가 없었다. 거의 모든 사람이 좁은 세상에 산다. 그렇다면 다른 계층 사람들의 생각이나 생활상을 뼈저리게 느끼기 어렵다. 정치인 2세나 3세가 서민의 삶을 상상하지 못하고 서민과 동떨어진 정책을 펴는 이유를 새삼 알 것 같았다.

"남편과는 어떻게 알게 됐어요?"

에미가 물었다.

"동창이에요."

"흐음, 고등학교?"

"아니, 대학교요."

"대학교? 흠, 그렇구나."

그러면서 에미는 컵받침 위에서 잔을 천천히 돌렸다. 티스푼이 부딪치며 달그락 소리가 났다.

"이러니 저러니 해도 여자의 인생은 여전히 남자에 의해 좌우돼요. 사고 칠 물건이랑은 절대 엮이면 안 돼요. 여자의 인생이 엉망진창될 테니까요. 서로 열심히 합시다."

그렇게 말하며 에미는 커피를 들이켰다.

"여기는 내가 살게요. 내가 오자고 했으니까"라고 말하며 에미가 벌떡 일어섰다.

"아니에요. 각자 내요."

"괜찮아요. 내가 낼게요. 돈 많은 영감과 결혼해서 부자가 됐거든요. 이 버킷백도 120만 엔짜리예요."

그렇게 말하며 지카코의 손에서 영수증을 빼앗더니 재빨리 계산대로 걸어갔다. 가게에 들어설 때는 밝은 표정이었는데, 나갈 때는 기분이 가라앉아 보였다. 평범한 인생을 살아온 나 같은 여자와 대화하며 스트레스를 풀 생각이었는데, 자기 이야기를 털어놓는 사이에 오히려 비참해진 걸까.

아직 커피가 반 이상 남아 있었기 때문에 지카코는 자리에 앉아 창밖을 보았다. 안뜰에 심어진 나무가 하늘을 향해 곧게 뻗어 있었다. 올려다보고 있으려니 너무 눈이 부셔 황급히 테이블로 눈을 돌렸다. 그때 문득 고등학교 동창인 미스즈의 얼굴이 떠올랐다. 몇 년 전, 미스즈의 딸도 돈 많은 남자에게 시집을 갔다. 미스즈는 이혼 후 친정의 도움을 받으며 외동딸을 키웠다. 고생을 많이 한 만큼 딸의 결혼이 더 기뻤을 것이다. 언젠가 전화로 그 일을 이야기하던 미스즈의 들뜬 목소리가 귀에 선했다.

25

그날 밤 미스즈에게 전화를 걸었다.

"여보세요, 지카? 통화 오랜만이네."

기분 탓인지 미스즈의 목소리에 기운이 없는 것 같았다.

"그러고 보니 지카, 그때 이후로 부모 대리 맞선은 어떻게 됐어?"

"너무 힘들어. 그래도 기죽지 않고 열심히 하는 중이야. 유키코는 어때?"

"소식이 늦어서 미안. 유키코는 무사히 아들을 낳았어. 애가 너무 귀여워."

"그랬구나. 축하해."

유키코는 도모미보다 한 살 어리다. 만난 적은 없지만 미스즈에게 가끔 이야기를 들었다. 공부도 스포츠도 서투른 데다 둔하고 한심하다며, 대체 누구를 닮았는지 모르겠다고 자주 푸념했다. 유키코는 고등학교를 졸업하고 전문학교에 진학해 보육사 자격증을 딴 뒤 사립 어린이집에서 일했다.

"유키코는 머리도 안 좋고 못생겨서 결혼 못 할지도 몰라."

미스즈는 통화할 때마다 그렇게 한탄했다. 그래서 지방의 유서 깊은 명문가에 시집갔다고 들었을 때는 적잖이 놀랐다. 유키코의 남편은 상사에 근무하는 다섯 살 위의 남자로, 현지 청년 클럽에서 만난 모양이었다. 시댁은 대대로 현청에 근무하는 집안이었다. 지방에서 현청 공무원은 초특급 엘리트로 꼽힌다. 게다가 유키코의 시아버지는 캐리어 공무원의 최고봉이라 할 수 있는 부지사를 잠깐이지만 역임한 적이 있고, 시어머니는 음대 피아노과를 나와 지금도 현립 단기대학에서 강사로 일하고 있다고 했다.

"저쪽 집에서도 대를 이을 아들이 생겼다고 엄청 좋아해."

"그래, 참 잘됐네."

친구의 딸이 좋은 집안에 시집갔다는 말을 듣는데 왜 이리 마음이 들썩이는지. 질투일까? 엄청난 일을 해내서 퍽도 좋겠다고 생각하는 내가 너무 꼬인 걸까? 미스즈의 말대로 유키코가 머리가 나쁘고 예쁘지 않은 것은 사실이다. 그렇다면 도모미에게도 기회가 있지 않을까 지카코는 무심코 생각했다.

오늘 부모 대리 맞선에서 알게 된 에미가 질문했을 때는, 편안한 남자가 제일이라고 말했다. 벽이 높지 않은 집안의 남자, 친척 끼리도 부담 없이 만날 수 있는 남자가 좋을 줄 알았는데.

"지카는 어떤 사위를 원해?"

"어떤 사위라······. 균형이 맞는 상대가 좋지. 경제적으로나 보나 나이로 보나 도모미와 차이가 없는 편이 대화도 잘될 테 니까."

"그렇구나. 균형이 맞는 상대가 좋다고 말할 수 있다는 건, 지 금까지 혜택을 받으며 불만 없는 생활을 해왔다는 증거야."

"응? 내가 딱히 혜택을 받은 것 같지는 않은데. 120만 엔짜리 가방도 없고, 물론 갖고 싶은 건 아니지만. 그리고 지금도 풀타임 으로 필사적으로 일하고 있고."

"그게 아니라 균형 잡힌 상대가 좋다며. 중국 농촌에서 가난하 게 사는 여자는 그런 느긋한 소리 못 해."

"뭐야, 갑자기 중국 농촌이라니? 도대체 무슨 소리야?"

"아무리 발버둥쳐도 가난에서 벗어나지 못하는 여자들을 생각 해봤니? 그곳을 벗어나려면 조건 좋은 남자와 결혼하는 수밖에 없는 삶. 그런 건 예나 지금이나 마찬가지야. 딸이 천재여서 의사 나 변호사라면 몰라도. 우리 유키코는 누구를 닮았는지 머리도 나쁘고 못생겨서."

"그거 겸손이지? 좋은 집 아드님을 잡았으니 사실은 얼굴도 예쁘고 마음씨도 좋았던 거 아닐까?"

"설마, 아니라니까. 그런데 듣고 보니 글쎄, 확실히 20대 중반부터 화장이 조금 늘기는 한 것 같네. 예전보다는 살이 빠져서 보기에 약간 괜찮아진 것 같기도 하고. 남자한테 애교 부리는 건 원래 잘했지. 그래서 철부지 여자에게 익숙하지 않은 남자를 잡을 수 있었는지도 모르지. 어쨌든 유키코는 지금 아주 잘 살아. 걔는 슈퍼나 백화점 식품 코너에서 쇼핑할 때도 가격표를 안 봐. 놀랐다니까."

"야, 대단하네. 난 가끔 타임 세일로 나오는 바나나를 사는데. 부자들은 엄청 구두쇠라 돈을 안 쓰기 때문에 모은다더니, 역시 그럴 리 없지."

다시 찝찝한 기분이 들었다. 지카코는 이런 상황에서 의미 없는 말을 혼자 중얼거리는 버릇이 있다. 미스즈의 자랑 따위 듣고 싶지 않았다. 이렇게 생각하는 것도 내 성격이 비뚤어졌기 때문일까? 나는 나, 남은 남. 그렇게 딱 자를 수 있으면 좋으련만 어느새 남과 비교하고 만다.

그때 문득 구글맵에서 본, 절인가 신사인가 싶게 녹음으로 둘러싸여 있던 저택이 떠올랐다. 그게 몇 번째 맞선이었더라. 아들은 초등학교 때부터 사립학교를 다닌 사람이었다. 그 위성사진을 보며 남편은 질투했다. 그런 남편을 보며 남자는 누구나 다른 사람과 자신을 비교하는 동물인가 생각하며 한심하다고 생각했는데, 결국 나도 같은 사람이었다.

미스즈와는 고등학교 때부터 친했다. 그런데도 미스즈 딸의 행복을 진심으로 기뻐하지 못하다니, 나는 사실 속 좁은 사람이었던 걸까? 만일 도모미의 혼처가 정해져 있었다면 조금은 마음의 여유가 생겨 다르게 생각했을 수도 있다. 아니, 꼭 그렇지도 않다. 도모미의 약혼자가 명문가의 자제나 자산가가 아닌 한, 역시 마음이 편하지 않았으리라.

"네가 부러워. 우리 애가 시집가서 잘살고 있다고 생각하면 얼마나 행복하겠어."

애써 밝은 목소리를 내기 위해 있는 힘껏 활기를 불어넣어야 했다.

"응, 뭐 그건 그런데. 음, 뭐라고 말해야 할지……."

잔뜩 힘이 빠진 목소리였다. 무슨 일일까?

"너라면 손자가 너무 귀여워서 딸네 집에 틀어박혀 있을 것 같은데. 유키코네는 집도 좋지? 거실이 엄청 넓고 시원하다고 전에 말한 적 있어. 다다미 15장(약 7.5평 넓이―옮긴이)쯤 된다고 했던가?"

"나, 유키코네 집에…… 거의 못 가."

"왜? 너희 집에서 차로 7~8분 거리라고 하지 않았어?"

"맞아. 그 정도면 갈 수 있는 거리인데."

갑자기 잡음이 들려왔다. 혹시 크게 한숨을 쉰 건가?

"아이 봐달라고 안 해?"

"안 해. 한 번도…… 그런 적 없어."

"왜? 보모를 뒀어?"

"뭐랄까. 사는 게 참 어렵네."

"뭐? 왜 그래? 외동딸이 결혼했고, 게다가 손자를 안 봐줘도 된다면 이제 네 인생을 즐기면서 살면 되는 거 아닌가? 아니면 어머니가 편찮으셔서 네가 병간호하고 있는 거야?"

"아니, 우리 엄마는 말도 못 하게 건강해서. 여든인데 정신도 또렷하시고. 아마 나보다 체력이 좋으실 거야."

"그럼 됐잖아."

"응, 그건 그런데. 난 이혼했잖아. 그래서 유키코는 절대 실패하지 않았으면 하는 생각을 계속했어."

미스즈는 20대 중반에 회사 선배와 결혼해 전업주부가 됐다. 미스즈의 집에 초대를 받아서 간 적이 있다. 갓 태어난 유키코를 안고 마중 나온 미스즈는 행복해 보였다. 그래서 몇 년 후 이혼했다고 들었을 때는 깜짝 놀랐다. 미스즈의 남편은 고지식하다고 해도 좋을 만큼 점잖게 보였는데, 겉모습과는 다른 남자였나 싶었다.

미스즈가 이혼의 원인을 말해준 것은 40대 중반 때였다. 남편의 언어 폭력을 견딜 수 없었다고 했다. 미스즈의 어린 시절에 관해 남편은 멋대로 열등감을 느낀 모양이었다. 남편을 무시한 기억은 한 번도 없다는 미스즈의 말에 지카코는 고개를 끄덕였다. 미스즈는 딱히 부유하다고 할 것 없는 평범한 직장인 가정에서 자랐다. 전쟁 전 세대가 대부분 그렇듯, 부모님은 두 분 다 대학교를 나오지 않았다. 미스즈의 남편은 낮에 일하면서 야간 고등학교를 졸업하고 야간 대학교에 진학했다. 그렇게 어렵게 일군 학력에 대해 미스즈와 미스즈의 부모가 훌륭하다고 감탄할 때마다 남편은 인내심을 잃을 정도로 굴욕감을 느낀 모양이었지만, 이혼조정 때까지도 미스즈는 그 사실을 몰랐다. 남편은 처가에 대한 열등감으로 조금씩 일그러져갔고, 그러는 사이 언어 폭력을 조절할 수 없게 되었다고 했다.

"유키코가 나를 반면교사로 봐주길 바랐어. 그래서 유키코가 좋은 집 아들과 교제를 시작하자 날아갈 듯이 기뻤지."

"그래서? 설마 유키코의 남편이 우리 언니의 전남편처럼 밤마다 고급 클럽에 드나들면서 가정은 나 몰라라 하는 사람이었어?"

미스즈는 지카코의 언니에 대해 잘 알았다. 지금도 이웃에 살고 있고, 미스즈가 중학교에 입학하자마자 농구부에 들어갔는데, 그때 주장이 지카코의 언니였다.

"그런 건 아니야. 고급 클럽과는 거리가 먼 남자야. 성실한 사람인걸. 가정적이고."

"그럼 문제없잖아."

"응, 뭐."

아무래도 말하기 어려운 사정이 있는 것 같다. 궁금하지만 무작정 물어보는 것은 예의가 아니다. 그렇게 생각하며 뭔가 다른 화제가 없을까 생각하고 있는데, 미스즈가 말했다.

"저기, 유키코가 내 얼굴을 볼 때마다, 뭐라고 해야 할지…….이렇게 말하더라고."

"응, 뭐?"

"나보고 말이야……. 구질구질하대."

"뭐? 왜 그런 말을 해? 네가 이상한 일을 했어?"

"아니야. 있는 집에 시집가더니 내 일거수일투족이 신경에 거슬리나 봐. 만날 때마다 어찌나 조심하라고 하는지. 먹는 게 품위가 없다는 둥, 기침할 때는 손수건으로 입을 가리라는 둥, 말투가 상스럽다는 둥, 입은 옷이 싸구려 취향이라 안 좋다는 둥. 얼마 전에는 유키코가 좋아하는 토란이랑 닭고기 조림을 해서 가져갔더니 이런 궁상맞은 음식을 갖고 왔다면서 망신을 줘서 혼났어."

"세상에……."

"나를 부끄러운 엄마라고 생각하는 것 같아. 남들 앞에 드러내고 싶지 않다고 분명히 말하더라고. 절에 갈 때나 첫 명절 때도 시댁 쪽 부모만 부르고 나에게는 말도 안 걸어. 나는 말이야, 지카. 있잖아, 나는 말이야……."

전화기 너머에서 미스즈의 목소리가 먹먹해졌다.

"나…… 괴로워. 외로워."

듣고 있는 지카코의 목구멍에서도 애절함이 끓어올라 꿀꺽하고 침을 삼켰다.

"이혼하고 난 뒤 계속 유키코를 위해 살아왔어."

"맞아, 그랬어. 힘들었지. 미스즈, 잘했어. 정말 잘해냈어."

"나 어떻게 하지?"

위로할 길이 없었다. 좋은 집에 시집보냈다고 안심했더니 친정 엄마를 무시하다니. 이런 일이 세상에서 흔히 벌어지고 있는 걸까? 틀림없이 유키코는 시집을 가면서 말투를 바꾸고 행동거지도 바꾸었을 것이다. 돈이 있으면 외모를 업그레이드하는 것도 어려운 일이 아니다. 가격표를 보지 않고 쇼핑할 수 있는 신분이 됐는데, 고생해서 자신을 키워준 친정 엄마에게 맛있는 음식을 사드리고 싶은 생각은 왜 들지 않을까.

아마 유키코도 필사적일 것이다. 친정 엄마가 얼굴을 내밀어 태생이 드러날까 봐 두려워하고 있을 것이다. 부잣집 사모님이라는 자리를 지키기 위해 필사적인 게 아닐까. 어떻게 보면 억센 여자로 자랐다는 말이다. 언젠가 시부모님이 돌아가시고 자신도 나이가 들어 아들을 결혼시키게 됐을 때, 유키코는 자신이 얼마나 잔인했는지 비로소 깨닫고 후회할지도 모른다.

그리고 미스즈도 알고 있을 것이다. 변변치 않은 남자에게 시집가서 딸이 어떻게 사는지 매일 걱정하는 것보다는 지금이 백 배 낫다는 사실을.

"미스즈, 나랑 여행 갈래? 1박 정도 하면서 맛있는 거 먹고 여기저기 바람 쐬고 오자."

"응, 가자."

훌쩍이는 소리가 들려왔다.

"가고 싶은 곳 생각해둬. 먹고 싶은 것도."

"응, 알았어. 지카, 고마워."

조금은 목소리가 좋아져 안심하고 전화를 끊었다.

26

매주 도모미와 함께 신주쿠 왓슨호텔의 카페 밀라노에 갔다. 신상서를 교환한 상대와 모두 만나보자고 결정한 것은 도모미였다. 실제로 맞선을 보니, 사진이나 경력만 보고 상상했던 것과는 다른 점이 많았다. 사진으로는 화를 잘 내고 강할 것 같은 인상이었는데 만나보니 비실비실하거나 중성적인 느낌을 주는 남자도 있었다. 경력이 훌륭한데 겸손한 사람이 있는가 하면, 경력은 그저 그런데 자존심만 센 사람도 있었다.

부모 대리 맞선은 여섯 번째도 일곱 번째도 잘되지 않았다. 하지만 지카코와 도모미는 점점 강해졌다. 거절당하면 여전히 상처받았지만 예전만큼은 아니다. 거절당한 횟수 이상으로 이쪽에서도 거절하고 있었다.

"거절했다고 해서 너나 우리 가족 전부를 무시한 건 아니야."
"상대방에게 너의 매력이 전달되지 않았을 뿐이야.""단지 취향이 달랐을 뿐이야." 이렇게 말하며 도모미를 계속 격려해왔기 때문인지 지카코도 어느새 마음속으로 그렇게 생각하게 됐다. 그래도 멋지다고 생각한 남자에게는 거절당하고, 취향이 아닌 남자에게는 교제 신청을 받는 일이 계속 이어지는 것은 속상했다. 상대방에게 큰 실례인지 몰라도, 취향은 아니지만 용기 내서 다가와주는 남자가 적지 않다는 사실이 내심 버팀목이 돼줬다.

그날 밤, 도모미가 일주일간 이탈리아 출장을 마치고 돌아왔다.

"다녀왔습니다. 아, 피곤해."

현관에 들어선 도모미의 얼굴을 보자마자 하루하루 충실히 보냈음을 알 수 있었다. 이렇게 반짝반짝 웃는 얼굴을 본 게 언제였더라.

규모가 큰 회화 학원에 이탈리아어 개인 수업을 신청했는데, 수강료가 생각보다 비싸지 않았다. 비장하게 각오를 다지고 구매에 관한 대화로 범위를 좁혀 특별 훈련을 받았다. 그렇게 노력한 보람이 있어서인지 두 달 사이에 어느 정도 회화가 가능해졌다.

"어서 와."

"선물 사왔어."

"고마워. 일 때문에 간 거니까 신경 안 써도 되는데."

"왕언니가 마지막 날에는 꼭 슈퍼마켓에 들르겠다고 해서 간

김에 샀어. 일본에 비하면 훨씬 저렴해서 나도 재미있게 쇼핑했어."

그렇게 말하며 거실 한복판에서 곧바로 여행가방을 열고 커다란 치즈와 갖가지 모양의 파스타를 차례차례 꺼냈다.

"엄마, 프라다 가방이 아니라서 미안. 그래도 이 치즈, 맛있을 것 같지?"

"프라다까지는 아니어도 페라가모만 돼도 좋았을 텐데"라고 심술을 부려보았다.

"나는 불가리 시계랑 아르마니 넥타이를 갖고 싶었지만, 치즈로 만족할게"라며 남편도 장단을 맞췄다.

"에이, 정말" 하며 도모미가 즐거운 듯 웃었다.

"그럼 오늘 저녁은……." 지카코가 입을 떼자 "치즈가 있으니까 샐러드와 빵으로 할까"라며 남편은 자신이 좋아하는 카페 메뉴를 제안했다.

금세 차린 저녁상이지만, 치즈 몇 가지와 더불어 냉장고에 있던 햄과 토마토의 붉은색, 로메인 양상추의 연두색이 어우러져 풍성한 분위기를 자아냈다.

"이탈리아에서는 어땠어? 잘했어?"

남편이 샐러드를 덜며 물었다.

"잘된 것 같아. 이야기하자면 길어. 일이 너무 많았어. 왕언니는 개성적인 건지 이상한 건지……." 그러다 갑자기 무엇인가가 생각난 듯 혼자 낄낄거렸다. "다음번 출장 때도 날 데려가겠다니까 이탈리아어 개인 수업은 계속해야겠어."

도모미는 아무래도 '왕언니'의 광팬이 된 것 같았다.

"그러고 보니 지카, 다음 대리 맞선이 언제지?"

"다음 주."

"여덟 번째인가? 슬슬 고정 멤버를 만나는 거 아냐? 많이 참가할수록 서로 다 아는 사이가 된다든지."

"의외로 그렇지도 않아. 지금까지 아는 얼굴을 만난 건 손에 꼽을 정도야."

그 일에 대해서는 지카코도 계속 이상하게 생각하고 있었다. 주최자가 많지 않아서 자주 참가하는 부모들과 아는 사이가 될지도 모른다는 두려움이 컸기 때문이다. 언젠가 마흔 살 안팎의 딸을 둔 엄마들과 동석한 적이 있었다. 그들은 몇 년째 참가했는데 그런 부모는 소수라고 했다.

"혹시 다른 사람들은 속속 결혼이 결정된 건가? 잘 안 돼서 여러 번 참가한 나 같은 부모가 적은 거야?"

"설마 그건 아닐 거야. 다 그렇게 잘되지는 않았을 거야. 단번에 결혼이 결정되는 건 미남 미인에 부자이거나 엘리트뿐이라고 책에도 적혀 있어."

"역시 그렇지. 하지만……."

"부모들이 대부분 중도에 단념하는 게 아닐까."

"포기했다? 그럴 수도 있지. 왜냐하면……."

맞선 자리에서는 소중한 내 자식뿐 아니라 부모까지도 평가

당하고 가차 없이 무시 당한다. 그 굴욕감과 상심을 견뎌낼 수 있는 사람이 몇이나 될까.

"도모미는 행운아야, 지카처럼 강한 사람이 엄마라서. 고마워 해야 해."

"아빠가 말 안 해도 마음속으로 고마워하고 있어."

지금까지는 맞벌이하느라 도모미를 제대로 돌봐주지 못했다는 생각에 늘 미안했다. 전업주부였다면 아이가 어렸을 때부터 더 부지런히 돌보고 요소요소에서 적확한 조언을 해줄 수 있었을지도 모른다. 하지만 지금 이 순간, 처음으로 생각했다. 남편이 말했듯이 도모미는 나 같은 사람이 엄마여서 행복했던 게 아닐까. 그렇게 생각한 순간, 온몸에서 기쁨의 아드레날린이 터져 나온 듯 단숨에 기분이 고양됐다.

"게다가 공부도 엄청 됐어. 휴일에도 나가느라 힘들기는 했지만, 언제 이렇게 다양한 남자들과 만나보겠어? 엄마들이 동석해서 집안 분위기도 알 수 있었고. 정말로 엄마 덕분이야. 지금까지 정말 고마웠어."

도모미는 마치 결혼을 포기한 것처럼 말했다.

바라보니 홀가분한 얼굴이다. 일이 재미있어진 것도 영향을 미쳤을 것이다. 왕언니처럼 독신으로 사는 것도 재미있을 거라고 생각하게 된 걸까. 설사 결혼하지 못하더라도 도모미가 말했듯, 여러 남자와 맞선을 본 것이나 데이트한 것이 그렇게 나쁜 경험이 아닐지도 모른다. 무엇보다 좋은 것은, 결과는 만족스럽지 않지만 할 수 있는 만큼 최선을 다했다고 스스로 인정할 수 있다는 사실이다. 그것은 앞으로의 긴 인생에서 결코 마이너스가 되지 않을 것이다. 나중에 지금을 돌이켜보며 '그때 좀 더 적극적으로 결혼 활동을 했더라면' 하고 후회할 일은 없을 테니까. 게다가 서른이나 마흔에 애인이 생길지 누가 아는가? 그때 지금의 경험이 다소 도움이 되지 않을까.

"역시 맞선은 쉽지 않네."

도모미가 나직이 말했다.

"확실히 쉽지 않아. 사막에서 다이아몬드 한 알 찾기니까."

"내 동창 중에 결혼한 사람은 다 연애결혼이었어. 자기 힘으로 짝꿍들도 참 잘 찾아. 생각할수록 감탄사가 나온다니까."

도모미는 그렇게 말하며 치즈와 햄을 얹은 빵을 베어 물었다.

"그런가? 엄밀히 말하면 좀 다른 것 같은데. 연애결혼이라고는 하지만 정말로 연애한 건 아니라고 생각해."

"응?"

남편은 또 무슨 뚱딴지같은 소리를 하려는 걸까.

"전에 지카에게 말했지만, 중학교나 고등학교 시절을 생각해 보면 말이야. 모두가 우러러 보는 선배나 반에서 제일 인기 많은 아이와 서로 반해 좋아할 확률은 굉장히 낮아. 그런데도 사람들은 너도나도 연애결혼을 했다고들 하잖아."

"그러네. 듣고 보니 확률을 생각하면 확실히 이상해."

"그렇지? 난 연애 끝에 결혼했다는 생각 자체가 착각이 아닐까 싶어. 연애에 대해서든 결혼에 대해서든 두 사람이 서로를 정확하게 똑같이 좋아하는 일은 있을 수 없다고 봐. 둘 중 상대방을 더 많이 좋아하는 쪽이 먼저 결혼을 생각하는 거지. 그 비율은 남자가 6, 여자가 4일 수도 있고 7 대 3일 수도 있고, 아니면 한쪽이 적극적으로 구애해서 8 대 2인 경우도 드물지 않을걸."

"맞아. 상대가 너무 적극적이라 정 때문에 결혼할 수도 있고."

"그렇지? 끈질기게 구애 받으면 싫어질 수도 있지만, 아주 나쁘지는 않으니 승낙하자고 생각하는 경우도 있어."

"사람은 대개 무의식적으로 자신에게 호의를 보이는 사람 중에서 교제할 사람을 고르는 게 아닐까?"

"분명 그런 면도 있을 거야. 오르지 못할 나무를 쳐다보는 건 중고등학생 때나 하는 거야."

그때 지카코는 문득 에미가 들고 있던 딸의 수영복 사진이 생각났다.

"남자들은 성적 매력에 끌려서 다른 걸 못 보기도 하잖아."

"나이가 들면서 조바심이 나서 그러는 거야. 내 주변에는 더는 즐길 수 없는 나이라 결혼했다고 말하는 놈들도 많아. 비록 절반은 허세겠지만. 일방적인 생각인지 몰라도, 이상을 좇는 걸 포기하고 현실과 타협하는 게 아닐까."

"우리 아빠는 역시 예리해."

딸에게 칭찬 받은 것이 기뻤는지 남편은 얼굴 가득 미소를 지었다.

"아빠 말대로라면 내 동창들이 어떻게 연애결혼을 했는지도 대충 이해가 가. 새끼손가락에 이어진 운명의 빨간 실도 아니고, 사막 속의 다이아몬드도 아닌 거지." 도모미가 말을 이었다. "하지만 좋아하던 남자에게 어느 날 갑자기 프러포즈를 받았다는 말을 들으면 부러워 죽을 것 같아. 그런 순정만화 같은 이야기는 현실에 없다는 거지?"

"글쎄, 서로 똑같이 좋아하는 경우는 세상에 거의 없다고 봐."

"그렇다면 결혼도 그렇게 어려운 일이 아닐 텐데, 최근에는 결혼하지 않는 사람이 늘고 있어."

그렇게 말하며 지카코는 생각했다. 왜 그럴까? 부모나 지인들을 보니 결혼해봤자 좋을 게 하나도 없다고 생각하기 때문일까? 아니면 사람들이 말하는 것처럼 2차원 애니메이션 속 여자 캐릭터만 좋아하고, 실제로 살아 있는 여성과는 대화조차 나누지 못하는 남자들이 늘고 있는 걸까?

"설문조사에 따르면, 언젠가는 결혼하고 싶다고 대답하는 사람이 많대."

도모미가 말했다. 지카코도 잡지에서 몇 번 그런 기사를 읽었다.

"우리 회사 선배 이야기인데……," 도모미가 홍차를 한 모금 마시고는 이야기를 계속했다. "남자가 청혼을 안 한다나 봐. 몇 년째 사귀고 있는데 결혼 얘기를 꺼내지 않는다고 한탄하더라고."

"그럼 여자 쪽에서 결혼하자고 하면 되잖아."

"엄마, 그런 말 하는 게 쉽지 않지."

"그래? 진짜로? 구식인데. 옛날이랑 똑같은 거 정말 싫다."

전쟁 후 강해진 건 여성과 양말뿐이라고들 하지만, 그런 말은 여자를 하대하는 사람들이 지껄이는 농담일 뿐이다. 아직도 백마 탄 왕자님의 청혼을 기다리다니. 여자들은 전혀 강해지지 않았다.

"엄마, 지금도 결혼하면 남자의 성을 따르는 게 보통이잖아."

"그렇기는 해. 어떤 성을 쓸지 상의해서 결정한다는 말은 들어본 적 없으니까."

결혼 활동에서 만난 사람들을 보면, 대부분의 남자가 여자도 돈을 벌어야 한다고 생각했다. 연봉이 높은 남자들도 다르지 않았다. 그런데도 가사와 육아는 여자가 하는 게 당연하고, 남자는 '가능한 한 돕는다' 정도로 끝낼 수 있다고 생각했다.

그나마 지카코의 세대는 이러니저러니 해도 아내가 경제권을 쥐었다. 남존여비 사상이 뿌리 깊은 나라치고는 이상한 현상이다. 국가나 조직 차원에서 보면 경제권을 쥔 쪽이 우위를 점하고 실권을 쥔다. 하지만 요즘 젊은 사람들은 부부라 해도 각자 돈은 각자 관리하는 게 대세다. 맞벌이하면서 생활비를 절반씩 낸다. 아내에게 자신의 통장을 보여주지 않는 남편도 있다고 한다. 그렇게까지 비밀로 해야 할 일이 있는 걸까? 그러다 보면 남편은 아내를, 아내는 남편을 당연히 불신하게 된다. 그런 상태로 오랜

세월 결혼 생활을 해 나갈 수 있을까? 불안에 가득 찬 아내는 아이가 생겨도 쉽게 일을 그만둘 수 없을 것이다.

"남자 입장에서는 동거할 수 있다면 굳이 결혼해야 할 메리트가 없잖아."

도모미가 말했다.

"그럴 수도 있겠네."

남자들은 분명 이렇게 생각할 것이다. '정식으로 결혼하지 않아도 언제든 당당하게 섹스할 수 있고, 집세도 공과금도 절반으로 줄고, 여자가 밥도 차려준다. 그렇다면 왜 혼인 신고를 해야 하는가. 이대로 충분하다.' 아니면 이렇게도 생각할 수 있다. '아늑하고 편안하기는 하지만, 솔직히 여자 친구에게 점점 싫증이 나고 있다. 기회만 있다면 더 좋은 여자로 갈아타고 싶다.' 이런 생각을 하는데, 순간 지카코는 마음속에 무거운 돌이 얹힌 듯한 기분이 들었다. 옛날에는 혼인율이 높았다. 왜 그랬을까? 동거가 용납되지 않는 사회였기 때문이 아닐까?

"여자가 봐도 결혼은 장점이 별로 없어. 왕언니가 늘 그렇게 말하더라고. 여자는 결혼하면 지금까지의 자유로운 생활은 끝장이고 해야 할 집안일만 잔뜩 늘어난다고. 아이가 생기면 더 바빠지기만 할 뿐이고, 남편이 도와주기를 기대하면 안 된다고."

다음 순간 지카코는 막막함에 사로잡혔다. 메리트니 단점이니……. 요즘은 온통 그런 말뿐이다. 언제부터 인생이 손익계정이 됐을까? 옛날이 좋았다는 말이 아니라 요즘 세상이 너무 각박해진 것 같다. 아니면 내가 지금까지 아무것도 몰랐던 걸까?

'혹시 세상이 원래 이랬나요?' 에미를 다시 만나 그렇게 물어보고 싶었다. 부모 대리 맞선에 나가지 않았다면 몰랐을 그녀의 존재가 지카코의 마음속에 아직 머물러 있었다. 그녀라면 분명한 답을 갖고 있을 것 같다.

"어쩐지 여자는 점점 약자가 되어가는 것 같아."

그렇게 말하며 지카코는 식은 커피를 목구멍으로 흘려보냈다.

27

도모미는 여덟 번째 결혼 활동에서 만난 남자 두 명과 계속 교제하고 있다. 레스토랑에서 식사하는 정도의 데이트지만, 벌써 두 달 가까이 이어지고 있다. 슬슬 틀어질 때가 왔는지도 모른다고 지카코는 생각했다. 교제하면서 그동안 몰랐던 불성실함이나 헤픈 씀씀이, 남존여비식 사고방식이 드러날 시기다. 데이트할수록 친해지기는커녕 상대의 허물만 보이기 시작한다고 도모미도 말했다. 단점을 발견하지 못한 남자라도 딱히 좋지도 싫지도 않은 상태로 머물러 있어서, 아주 가까워지지는 않았다. 매력을 느끼지 못하는 것이다.

"엄마, 미안. 이번에도 안 되겠어."

도모미의 한숨 섞인 말에 이번에는 먼저 "인연이 닿지 않는 것 같습니다"라고 거절했다. 그런 일이 몇 번이나 계속됐다.

반년 전의 일이다. 학원에서 근무하는 마쓰이 고이치라는 남자와 몇 번 데이트했다. 연애와 달리 처음부터 결혼을 목적으로 만나서인지 '만약 결혼한다면'이라는 전제하에 대화를 나눠온 모양이었다.

"나는 장남이라서." 마쓰이는 사사건건 그렇게 말했다. 신혼집을 구해도 부모님과 가까운 곳이 좋다. 장남이니 부모님은 우리가 모셔야지. 피로연은 두 번 해야 한다. 첫 번째는 도쿄에서, 두 번째는 아버지의 고향인 도야마에서. 효자인 것은 알겠지만, 마음이 개운치 않았다. 도모미는 원래 화려한 피로연을 바라지 않았다. 마쓰이가 꼭 부모의 고향에서도 피로연을 하고 싶다고 하자, 도모미는 자기 부모님의 고향인 야마가타와 히로시마에서도 하는 게 당연하지 않으냐고 했다. 그런 도모미를 마쓰이는 몰상식한 사람 대하듯 바라봤다. 여자 쪽 친척에 대한 배려는 전혀 없었다. 그러던 어느 날, 도모미는 폭발했다.

"저기요, 그쪽이 그쪽 부모님을 소중하게 여기듯 저도 저희 부모님이 소중하거든요."

마쓰이는 도모미의 말에 당황한 듯 입을 떡 벌렸다. 두 사람의 결혼관 차이가 드러나는 순간이었다. 도모미는 둘이 함께 힘을 모아 가정을 꾸리는 것이 결혼이라고 생각했지만, 마쓰이는 여자가 자기 집안에 시집을 와서 시부모를 모시는 게 당연하다고 생각했다. 21세기에 이런 남자가 적지 않다는 사실에 도모미는 놀랐다고 했다. 그래서 도모미는 더 분명하게 말했다.

"자기 부모만 소중히 여기는 건 이상하죠."

마쓰이의 얼굴은 분노로 일그러졌다. 그날 중 마쓰이의 부모에게 "인연이 닿지 않는 것 같습니다"라는 전화가 걸려왔다.

그리고 또 한 사람. 이건 작년 일이다. 주택설비 제조사에 근무하는 우에하라 야스유키와 잠시 교제했다. 이대로 결혼까지 가는 건가, 지카코는 기대했는데 우에하라는 각자 돈은 각자 관리해야 한다는 사실에 엄청난 집착을 보였다.

"남녀가 평등한 세상이니까."

우에하라는 사사건건 그렇게 말했다.

도모미는 걱정스러워 물었다.

"그래도 아이가 생기면 회사 제도나 어린이집 사정 때문에 계속 일하지 못할 수도 있어요. 내가 수입이 없을 때는 어떻게 하려고요?"

"출산휴가 중에도 월급은 받잖아요. 못 받으면 도모미 씨가 독신 시절에 쌓아둔 예금을 헐면 되지 않을까요?"

우에하라가 그렇게 대답한 순간, 도모미는 단번에 마음이 식었다.

할 말을 잃는다는 게 이런 거구나. 이 이야기를 듣고는 지카코도 남편도 너무 놀라 아무 말도 나오지 않았다.

"아, 귀중한 시간을 또 허비했어."

그렇게 말하며 도모미는 한탄했다. 많은 남자와 대화를 나눠

보는 것은 긴 인생을 놓고 볼 때 결코 헛된 일이 아니다. 좋은 의미든 나쁜 의미든 공부가 될 것이다. 하지만 지금은 그런 느긋한 말을 할 상황이 아니다. 교제가 순조롭게 이어지면 결혼식이나 피로연은 어떻게 할지, 살림이나 신혼집은 어떻게 할지 이야기가 구체화된다. 그러면 비로소 두 사람의 생각 차이가 드러난다. 아무리 생각해도 타협할 수 있는 일이 아닌지라 이야기가 어긋나고 만다. 그런 일을 반복하다 보면 눈 깜짝할 사이에 시간이 흐른다. 한편, 도모미가 멋지다고 생각한 남자에게는 부모가 동석한 첫 맞선 때 아니면 첫 데이트 때 거절당하기 일쑤였다.

이제 슬슬 다음 부모 대리 맞선을 신청해야 할 시기다. 부모 대리 맞선을 시작한 지 1년이 지났다. 참가비만도 10만 엔 넘게 썼다. 부모 동석 맞선을 거듭할수록 균형이 잡혔는지 아닌지 알아보는 능력이 생긴 것 같다. 너무 차이 나는 집에는 며느리로 들이지 않는 편이 좋다는 확신도 갖게 됐다. 부잣집 도련님과 결혼한 미스즈의 딸을 부러워하던 마음도 꽤 누그러졌다.

"만날 기회는 많이 있으니까, 조만간 댁의 따님에게도 어울리는 상대가 분명 나타날 겁니다."

언젠가 숲으로 둘러싸인 듯한 저택에 사는 남자의 아버지에게 그런 말을 들은 적이 있다. 그때는 무시당했다고 느껴져 화가 났는데 이제는 안다. 그 아버지가 한 말은 지극히 당연했다.

벚꽃 개화 소식이 들려오던 어느 날, 지카코는 도모미와 둘이 백화점으로 쇼핑을 갔다. 집에 오는 길에 남편과 만나 셋이서 전통 찻집에 들어갔을 때의 일이다.

"나 타협할 수 있을 것 같아"라고 도모미가 씩씩하게 말했다.

"타협이라니 무슨 소리야?"

"왜, 그 오치아이 소타 씨 말이야."

오치아이 소타는 건축학과를 졸업하고 중견 건설회사에 다니는 31세 남자로, 여덟 번째 부모 대리 맞선에서 만난 사람 중 한 명이었다.

"그 사람이라면 잘 지낼 수 있을 것 같아."

이런 적극적인 말을 도모미에게 듣는 것은 처음이었다.

"어, 정말이야?"

지카코는 놀라서 아와젠자이(찐 조 위에 팥소를 얹은 일본의 전통 디저트─옮긴이) 접시에서 얼굴을 들었다. 맞은편에 앉은 남편도 입을 벌린 채였다.

"그게 그러니까 결혼해도 좋다고 생각하는 거야?"

"뭐랄까, 이 사람을 놓치면 내 인생이 허무해질 것 같은 느낌이 들어."

도모미는 눈을 마주치지 않은 채 크림 안미쓰(한천 젤리 위에 과일과 떡을 얹은 일본식 디저트─옮긴이)에 곁들여진 다시마 자반을 입으로 가져갔다. 어쩐지 쑥스러워하는 것 같았다.

"그래서 그쪽 생각은 어떤데?"

"나랑 진지하게 생각한대."

"정말? 그럼 프러포즈 받은 거야?"

"뭐, 그렇게 되지 않을까."

"정말로 그 사람이 좋아?"

소타는 삼 남매로 여동생과 남동생이 있다. 세 사람 모두 대학교를 졸업하자마자 부모 슬하를 떠나 독립해서 살고 있다. 부모님은 두 분 다 홋카이도 출신으로 고등학교를 졸업한 후 상경해 지바현에 작은 단독주택을 갖고 있다. 아버지는 이미 정년퇴직하고 자택에서 서예 교실을 열었다고 들었다.

"어라? 아빠랑 엄마는 반대야?"

남편도 지카코도 기뻐하지 않는다고 생각한 모양인지 도모미가 걱정스러운 얼굴로 부모님을 번갈아 봤다.

"그런 건 아닌데 갑작스러워서 좀 놀랐어"라고 남편이 말했다.

"도모미가 좋다면 나는 할 말 없어……. 시원시원해 보이고 느낌이 좋은 사람이었어."

소타의 어머니는 60대 초반으로, 아름다운 외모와는 어울리지 않을 만큼 소탈한 여성이다. 20년째 역 앞 도시락집에서 일한다고 했다. 맞선장에서 대화하는데 서민적인 삶이 엿보였다. 균형이 맞아 교제가 가능할 것 같은 집안이기는 했지만, 그런 집 아들이라면 전에도 몇 명 있었다. 이미 스무 명 가까운 남자와 맞선을 봤으니까.

"나는 오치아이 씨를 만난 적이 없어서 뭐라고 말할 수 없지만, 도모미 마음에 들고, 통찰력 있는 너희 엄마가 좋다면 괜찮을 것 같아."

"네가 그 사람을 그렇게 좋아하는 줄은 몰랐어."

"결정적인 계기가 뭐였어?"

"착하고 성실한 거. 게다가 그쪽도 적극적이고."

"지금까지 적극적으로 마음을 보인 사람이 몇 명 있었잖아."

"그 사람들과는 생각이 안 맞았어. 한 달에 한 번은 부모님을 식사에 초대해서 요리 솜씨를 발휘해달라고 했을 때는 정말 끔찍했어. 지난번 그 남자는 자기 부모만 중요하고 우리 부모님 생각은 전혀 안 했고. 그 외에 다른 남자 중에는 여자는 20대하고만 이야기가 통해서 나를 선택했다고 대놓고 말한 사람도 있었어. 저게 칭찬이라고 생각하는 건가 싶더라고. 나도 조금 있으면 20대가 아닌데."

"오치아이 씨에게는 그런 이상한 점이 없었어?"

"응, 아직은 없어."

"아직은……."

이것으로 충분할지도 모른다. 진심으로 상대방의 일과 상대방의 부모를 소중히 여기고, 여성을 깔보지 않는 남자는 많지 않다. 이 사실도 부모 대리 맞선을 통해 배웠다.

"그러니까 오치아이 씨는 성격도 외모도 도모미의 채점 기준에 맞는 거네."

"응, 그거야."

열심히 마음을 보여준 것도 중요한 요소일 것이다. 그렇지 않았다면 누구도 좀처럼 결단을 내리지 못하는 법이다. 부모 대리 맞선에서 불타는 사랑이란 없으니까.

"정말 괜찮은 거지, 오치아이 씨?"

"도모미, 정말로 후회 안 하겠어?"

"응, 난 오치아이 씨로 결정할래"라고 도모미는 단호하게 말했다.

다음 순간 지카코는 후우 하고 크게 숨을 내쉬었다. 불과 1년이지만 이 얼마나 긴 여정이었던가.

"뭐야, 엄마. 이제 짐 좀 덜었다는 거야?"

"요새 너 점점 이탈리아어에만 집중하고 패션지를 닥치는 대로 사서 연구했잖아. 바이어 언니의 영향을 받아 평생 일만 하면서 살 생각인가 보다 했어."

"아빠도 그런 줄 알았어."

"왕언니한테 영향을 많이 받기는 했지."

"그렇지? 그래서 도모미도 그 언니처럼 독신으로 살 생각인가 보다 했어."

"그 반대야, 반대. 왕언니가 좀 더 긍정적인 사람이었다면 나도 결혼할 생각 안 했을 거야."

"그게 무슨 뜻이야?"

"왕언니는 일도 잘하고 미인인 데다 스타일도 좋고 멋있어. 가격 흥정도 잘해서 수다스러운 이탈리아 남자를 상대해도 절대 안 지더라고."

"그건 여러 번 말했어."

"게다가 분양 받은 아파트도 있어. 그것도 미나토구에 방 두 개, 거실과 부엌이 있는 넓은 집으로."

"야무진 사람이네."

지카코의 머리에 떠오른 것은, 자연광이 내리쬐는 넓은 거실이었다.

"분명 근사했을 거야. 만약 내가 지금까지 독신이었다면……."

돌봐야 할 사람도 없고 나만의 시간이 있다. 게다가 보람 있는 일을 하며 이탈리아에 자주 출장을 간다. 상상만 해도 부러워서 한숨이 나왔다.

"그런데 말이야, 가끔 전업주부 이야기가 나오면 이성을 잃고 헐뜯더라고."

"그래? 왜?"

"대학교 때 사이가 좋았던 친구들이 지금은 모두 전업주부래."

"그 친구들을 무시한다는 거야?"

"응. 그런 거 엄마는 어떻게 생각해?"

"전업주부 친구들은 삼시 세끼 밥 먹고 낮잠이나 자면서 한가하게 산다고 생각하는 건가?"

"그게 아냐. 왕언니 친구 중에 전업주부인 사람들은 모두 남편들이 연봉이 높아서 아내들끼리 멋 부리면서 놀러 다닌대. 왕언니는 그 친구들을 자기 부모님의 원수라도 되는 것처럼 서슬 퍼렇게 헐뜯더라고. 하지만 그 이면에는 여자로서 졌다는 열등감이 있는 게 아닐까? 자기가 우월하다고 느낀다면 그렇게 나쁘게 말할 리 없잖아."

"음, 그럴지도 모르지."

그 마음은 쉽게 상상할 수 있었다. '여자는 결혼해서 아이를 낳아야 여자 몫을 제대로 해내는 것이다.' 그런 해묵은 사고방식에서 아직도 해방되지 않은 것이다. 이런 생각을 하는 건 일본 사회 구조가 구태의연하기 때문이리라.

"나로서는 좋아하는 왕언니가 좀 더 느긋했으면 싶어. 돈도 있겠다, 일도 잘하겠다, 휴가철마다 하와이로 떠나겠다, 남들이 부러워하는 삶을 살고 있잖아. 그럼 전업주부를 보면서도 독신인 내가 낫다고 생각할 수 있지 않을까?"

"정말 그러네."

"왕언니가 그랬다면, 나도 결혼 같은 거 안 해도 되겠다고 생각했을 거야. 하지만 왕언니는 결혼과 출산 경험이 없다는 것에 계속 열등감을 느끼고 있는 것 같아. 그걸 보고 나는 역시 결혼을 해봐야겠다고 생각했어."

도모미의 말에서 걸리는 게 있었다. 결혼을 해야겠다가 아니라 해봐야겠다고 말했기 때문이다. 하지만 지금은 그런 시대인지도 모른다. 일생에 한 번뿐인 큰일이라고 생각하면 계속 머뭇거리기만 할 뿐, 결정할 수 없게 된다. 게다가 상대방과 결혼 생활을 잘할지 어떨지는 실제로 결혼해보지 않으면 모르니까.

"있지, 도모미. 엄마 동창 중에 승무원인 마유미 아줌마 기억 나니? 그 친구도 독신이지만 당당하게 잘 살아."

"같은 독신이라도 왕언니 같은 사람이 있고, 마유미 아줌마 같은 유형이 있는 건가? 나는 왕언니 같은 유형이 될 것 같은데."

그건 성격 차이만으로는 단정할 수 없다. 도모미가 말하는 왕언니는 지금 막 출산 가능 나이를 지나려 하고 있다. 그래서 좋든 싫든 남과 나를 비교하게 되는 게 아닐까. 어느 쪽이든 왕언니는 경제 기반이 튼튼하고, 능력도 있고, 게다가 사장의 친척이다. 미인이고 몸매가 좋다면, 앞으로도 주변에 남자들이 많이 모일 것이다. 도모미를 그런 사람과 비교하는 건 좋지 않다.

마유미라 해도 지금까지 단 한 번도 후회한 적 없다고는 말할 수 없을 것이다. 하지만 마유미는 언제 만나도 자신감에 차 있다. 실제로는 고생도 많이 했을 테지만 모리코나 자신보다 훨씬 인생을 즐기는 건 틀림없다. 한 가지 신경이 쓰이는 것은, 도모미가 왕언니에게 신뢰를 받고 있다는 점이다. 도모미가 결혼을 하면 일할 때의 태도가 달라지지 않을까? 지금 고민해봤자 어쩔 수 없는 일이기는 하지만.

"결혼하기로 결정하면 이것저것 준비하느라 바빠질 거야."

지카코는 그렇게 말하며 문득 예전 생각을 떠올렸다. 데이트를 거듭하면서 이렇게 결혼까지 가는 건가 기대했는데, 구체적인 이야기를 나누면서 생각의 차이가 드러난 적이 있었다.

"오치아이 씨와 구체적인 이야기는 해봤어?"

"응, 진작 물어봤지."

지금까지의 경험으로 결혼식이나 신혼집에 대한 생각은 되도록 빨리 물어 확인하게 되었다고 했다.

"다행이야. 어느 한쪽이 인내해야 하는 생활은 안 돼."

"오치아이 씨가 그러더라고. 맞벌이할 때는 각자 통장을 관리하고 내가 일을 못 하게 되면 자기가 생활비를 전부 내겠다고."

"잘됐네."

"무슨 소리야? 그게 당연하잖아. 남녀평등을 내세우면서 도모미의 예금을 헐면 되지 않느냐고 말한 남자가 이상한 거지."

"맞아, 후쿠. 하지만 지금 시대는 우리 때와 많이 달라."

통장을 각자 관리하고 휴대전화가 보급되면서 부부라도 서로 잘 알지 못하는 영역이 엄청나게 많아지고 있다. 이런 세상에서 좋은 결혼이란 무엇일까? 부모 대리 맞선을 시작한 후, 지카코가 몇 번이나 생각하게 된 문제. '둘 다 각자의 개성이나 인생의 목표를 양보하지 않고, 부부가 서로 도우며 살아가는 것.' 아마 이쯤 되겠지만, 이건 정말 쉽지 않은 일이다.

"오치아이 씨가 좋은 사람인 건 틀림없다고 생각해."

도모미가 말한다.

"그건 나도 느꼈어. 자상하고 밝은 면이 좋더라."

"마른 것도 내 취향이고."

"응, 도모미가 좋아하는 유형일 거라고 엄마도 처음부터 생각했어."

그렇게 말하면서 지카코의 마음속에 안도감이 퍼졌다.

"그건 그렇고, 참 멀리 왔네."

"지카, 고생했어. 이렇게까지 해주는 엄마는 별로 없어. 도모미, 알고 있지?"

"안다니까. 엄마가 우리 엄마여서 정말 다행이야."

지카코는 눈시울이 뜨거워졌다. "됐어, 과장은" 하고 웃으며 얼버무렸다.

"난, 좀 이상한 말 같지만, 상처받는 것에 익숙해졌어"라고 도모미가 말했다.

"상처받는 일이 너무 많으면 힘들겠지만, 딱 익숙해질 만큼이면 나쁘지 않은 것 같아. 인생은 짧으니까. 하나하나에 빠져 있기에는 시간이 아까워." 남편은 능청스럽게 받아치며 흐뭇한 얼굴로 와라비모치(고사리 전분으로 만든 떡―옮긴이)를 입에 넣었다. "상처받고 멈춰서면 행복을 손에 쥐기는커녕 오히려 행복이 멀리 도망가버려. 힘들더라도 몇 번이고 일어서야 해."

"그래, 항상 과감하게 공격적으로 나가야 해. 그런 긍정적인 마음이 중요한 거야."

돌아보면 응축된 나날이었다. 이렇게 감정 기복이 큰 하루하루를 보낸 때가 또 있었던가. 수없이 많은 낯선 부모와 아들들을 만나 우리 딸의 평생 반려자로 적합할지 묻고 또 물었던 나날들……

세상에는 다양한 부모 자식이 있다. 그런 가운데 꼭 맞는 건 아니어도 허용 범위 내에서 좋은 사람을 찾을 수 있었다. 불타는 사랑이 아니고 극적인 만남도 없었지만 이것이 운명일지도 모른다고 말하는 도모미의 얼굴을 보면, 확실히 마음이 끌린다는 걸 알 수 있었다. 그 마음을 소중히 키워 나가면 된다. 가족으로서 서로 의지할 수 있기를 바란다고 지카코는 기도했다.

28

결혼은 뜻밖에 쉽게 결정된다. 돌이켜보면 지카코 자신도 그랬고, 언니도 그랬다. 이 기세를 놓쳐서는 안 된다고 지카코는 생각했다. 연애 끝의 결혼이 아니므로 간신히 켜진 불을 꺼뜨려서는 안 된다. 그렇게 생각하며 지카코는 하루빨리 상견례 자리를 마련하도록 도모미와 오치아이 소타에게 말해뒀다.

그날은 오치아이의 가족 다섯 명까지 해서 총 여덟 명이 레스토랑 개인실에서 식사하기로 했다. 엄마와 자녀들끼리는 안면이 있지만, 남편과 다른 형제자매들과는 첫 만남이었다. 샴페인으로 건배했다.

"솔직하게 여쭤볼게요. 부모 대리 맞선에는 몇 번이나 참가하셨어요?"

지카코가 물었다.

"다섯 번쯤 될까요?"

소타의 어머니가 미소를 지으며 느긋하게 대답했다. 젊었을 때는 필시 인기가 많았을 것 같은 상당한 미인이다.

"멋진 아가씨도 많았는데 소타가 마음에 들어 하지 않아서 좀처럼 마음이 편하지 않았어요. 그런데 도모미 씨와 만난 날, 굉장히 마음에 드는 사람이라고 해서 정말 안심됐어요."

마치 집에서 연습해온 것처럼 소타의 어머니는 말을 술술 쏟아냈다. 도모미를 보며 기쁨을 감추지 못하는 얼굴로 웃었다. 소타의 어머니는 역시 젊은 시절 인기가 많았을 것이다. 당신이 아니면 안 된다는 사랑의 마법을 알고 있는 듯했다.

"그러셨어요? 참 고마운 일이네요."

"도모미의 어머니는 어떠셨어요?"

"우리도 여러 번 참가했어요. 좀처럼 맞는 상대를 찾지 못해서 이리저리 고생을 많이 했습니다만, 소타 씨와는 정말 마음이 맞는 것 같아요. 이런 멋진 사람을 만나다니, 부모 대리 맞선을 한 보람이 있다고 남편과도 이야기했어요."

이쪽도 질세라 말을 이었다.

그밖에 마음에 드는 남성이 몇 명 더 있었지만, 전부 차였다는 이야기까지는 굳이 할 필요 없다. 지금 눈앞에 있는 소타가 가장 좋았다고, 이쪽도 균형을 맞추는 편이 좋다. 어머니끼리의 아첨 호흡이랄까. 결혼에 골인할 것 같으면 주변에서 두 사람을 띄워

주는 연출도 필요하다고 남편의 결혼 지침서에 적혀 있었다.

소타의 여동생과 남동생은 형을 놀리는 듯한 눈으로 바라보고 있었다. 형제 사이가 좋은 모양이다. 여동생은 서른 살이고, 내년에 결혼한다고 했다. 남동생은 소타와 딜리 이목구비가 뚜렷한 미남으로, 아직 스물여덟이지만 대학교 동창과 결혼해 이미 아이가 있었다.

인원이 여덟 명이나 되다 보니 테이블 끝자리에서는 소리가 잘 들리지 않기도 해서 자연스럽게 무리가 지어졌다. 앉은 자리에 따라 여성 쪽과 남성 쪽으로 나뉘었다. 여성 쪽에서는 최근 개봉한 영화나 여행 이야기가 화제에 올랐다. 시답잖은 대화 속에서 뜻밖에 인간성이 엿보이는 법이다. 그렇게 생각하며 지카코는 다양한 화제를 던져 상대방의 생각을 신중하게 확인했다. 결혼은 인생을 크게 좌우한다. 상견례 자리를 마친 뒤라도, 설령 날짜가 정해진 뒤라도 '이런 사람과는 안 되겠어'라고 생각되는 일이 있다면 상대측에게 아무리 비난을 받아도 거절할 수밖에 없다고 지카코는 생각했다.

"나와 우리 아들은 낚시만큼 좋아하는 게 없어요"라는 소타 아버지의 목소리가 남성 쪽에서 들려왔다.

"저는 계곡 낚시를 좋아합니다."

소타의 목소리가 들렸다.

"저도 어렸을 때는 근처 강에서 낚시를 하곤 했어요."

남편이 호응했다.

남성 쪽이 모두 낚시를 좋아하는 것을 알게 된 뒤, 갑자기 흥이 오르기 시작한 모양이다. 맥주를 대체 몇 병째 마시는 건가 싶을 정도로 웨이터가 쉴 새 없이 가져왔다.

"도모미." 소타의 어머니가 갑자기 상체를 숙이고 목소리를 낮추며 도모미를 불렀다. "부부는 시작이 중요해"라며 도모미를 바라봤다.

"그게 무슨……?"

도모미도 덩달아 작은 소리로 물었다.

"남자들은 금방 버릇이 나빠져. 퇴근하고 와서 식탁에 맛있는 밥이 차려져 있고, 빨래도 청소도 전부 아내가 해놓으면 그게 당연한 줄 알아."

그렇게 말하며 지카코 쪽을 보고는 "어머니, 그렇지요?"라고 동의를 구했다.

"맞는 말씀이세요." 지카코는 크게 고개를 끄덕였다.

"그러니까 처음부터 집안일은 반반씩 하는 거야. 맞벌이니까. 도모미 씨는 부엌에 서서 바쁘게 일하고 있는데 소타는 TV를 보고 있으면 불공평하잖아. 집안일을 다 떠맡기면 큰 소리로 화를 내야 해. 알았지?"

"네, 꼭 그렇게 하겠습니다."

도모미는 온순한 얼굴로 대답하며 "이해심 많은 시어머니를 만나서 다행이에요"라고 덧붙였다.

"이건 소타를 위해서도 필요한 일이야. 앞으로는 남자도 집안일을 하지 않으면 아내에게 버림받게 될 거야. 그래서 나는 소타를 딸과 구별하지 않고 키웠어. 삼 남매 중에서 소타가 제일 요리를 잘해. 음식물쓰레기 버리는 일이나 배수구 청소도 자주 시켰어. 남자들은 더러운 거 치우는 건 질색하니까. 소타는 영양 균형에 대해서도 알아서 공부해서 평소 채소를 많이 먹으려고 신경 쓰는 편이야."

"엄마, 나한테도 엄청 공부가 되고 있어."

소타의 여동생이 진지한 얼굴로 말했다.

어쩌다 보니 여자 넷이서 얼굴을 가까이 대고 고개를 끄덕이고 있었다. 벌써 한 팀이 된 듯해 지카코는 마음이 든든해졌다. 이런 어머니의 아들이면 안심해도 되지 않을까.

"그런데 결혼식은 어디서 하지요?"

남편의 목소리가 이쪽까지 날아왔다.

"아직 결정하지 않았지만……."

도모미가 소타를 바라봤다.

"도모미 씨도 저도 소박한 결혼식이 좋다는 쪽으로 의견이 일치했어요."

소타가 대답했다.

"레스토랑을 빌려서 간단하게 피로연을 하는 게 적당하다고 생각해요."

도모미는 그렇게 말하며 소타와 마주 보고 미소 지었다. 그 모습을 보는데, 지카코는 갑자기 외로움에 휩싸였다. 도모미는 자신과 남편을 떠나 소타에게 가버릴 것이다. 이번에야말로 정말로 딸이 떠나는 것이다. 차분한 마음으로 도모미의 옆모습을 바라보았다. 하지만 외롭다고 생각해서는 안 된다. 축하해야 한다. 나이를 보면 전혀 빠르지 않다. 오히려 자신의 젊은 시절에 비하면 늦은 감이 있다. 물론 결혼해서도 이따금 친정에 들를 것이다.

"소박하게 해도 정말 괜찮으시겠습니까?"

남편이 걱정스러운 듯 소타의 아버지에게 물었다.

"네, 두 사람에게 맡기면 된다고 생각하고 있습니다."

소타의 아버지가 온화하게 미소 지었다.

남편도 "작은 결혼식도 나름대로 괜찮지요"라며 찬성하는 눈치였다.

"아버님께서 장기를 좋아하신다고 도모미 씨에게 들었습니다."

소타가 화제를 돌렸다.

"응. 하지만 같이 둘 상대가 없어서……."

"저도 장기 좋아해요. 다음에 같이 한 판 어떠십니까?"

"이야, 반갑다. 대환영이지."

남편에게도 드디어 아군이 생긴 모양이다.

29

돌연 집중력이 끊겼다. 프로그램을 만드는 중이었는데 좀 쉬어야겠다. 오후부터 줄곧 같은 자세로 컴퓨터를 봤더니 눈도 침침하고 어깨도 잔뜩 뭉쳤다. 아무도 없는 탕비실에서 크게 기지개를 켰다. 선반에서 자신의 머그잔을 꺼내 홍차 티백을 넣을 때였다.

"따님께서 결혼하신다면서요."

돌아보니 마쓰모토 사오리가 미소 지으며 서 있었다.

"축하해요."

"고마워. 잘 아네."

"우리 회사는 소문이 빠르잖아요."

상견례 후, 후카자와 히사시에게 딸이 결혼하게 됐다고 말했더니 질문을 쏟아내 그만 부모 대리 맞선에 나갔다는 이야기를 한 것이 소문이 난 모양이다.

"그래서, 저……."

사오리가 머뭇거렸다. 사오리가 이런 건 드문 일이다.

"무슨 일 있어? 내가 도울 일이 있으면 뭐든지 말해."

관리직 여성에게는 친절한 편이 좋다. 기술직과 달리 총무나 인사부장을 맡은 남성들과 쉽게 대화할 수 있는 위치에 있기 때문이다. 계약을 연장하려면 실력과 실적뿐만 아니라 인간관계도 중요하다.

"네, 저, 그게 의논하고 싶은 일이 있는데, 후쿠다 씨는 바쁘시죠?"

"이번 주면 일이 끝나니까 시간을 좀 낼 수 있을 것 같은데."

사실은 전혀 바쁘지 않다. 지금 만들고 있는 프로그램은 마감이 다음 달이다. 일정을 너무 빼놔서 좀 더 천천히 해야겠다고 생각하고 있었는데 집중하는 버릇이 있어서 자신도 모르게 속도를 내고 말았다. 게다가 다음 주에는 사흘이나 휴가를 낼 예정이고, 그중 하루는 마유미와 함께 모리코의 집으로 손자인 쓰바사를 보러 갈 예정이다. 이번에는 축하 선물을 정성스럽게 준비해서 가져가야지. 호빵맨이 그려진 세발자전거는 어떨까. 지금은 어려워도 여름이나 가을에는 탈 수 있지 않을까.

"그래도 오늘 저녁은 너무 빠르시죠?" 사오리가 지카코의 안색을 살피며 물었다. "사실은 시골에서 엄마가 올라오셔서요."

"어머니께서? 그렇다면 어머니를 모시고 도쿄 야경이라도 즐기는 편이 좋지 않아?"

"아니, 그게……. 뭐라고 해야 할지……. 저희 엄마가 부모 대리 맞선에 이상하게 흥미를 갖고 계셔서 제가 참 난감해요."

난감한 얼굴은 아니었다. 수줍은 미소 속에 자신의 결혼 활동에 대한 기대감이 엿보였다. 후카자와는 포기한 모양이다. 후카자와는 여전히 사내 젊은 여성들에게 주목을 받고 있고, 사오리에게는 마음이 없는 듯했다. 그런 모습을 매일 보고 있으니 좋아하는 마음이 사라질 법도 하다. 젊은 여성 직원 중에서도 특히 일 잘하고 예쁘다고 소문난 대학원 출신 기술자와 데이트하는 장면을 목격한 사람이 있다는 소문도 돌았다.

"저희 엄마가 부모 대리 맞선에 참가하고 싶어 하시는 것 같아서요. 혹시 가능하시다면 지도를 좀 해줄 수 있으실까 하고……."

조언할 내용은 많다. 분명 도움이 될 것이다. 만약 지카코가 부모 대리 맞선에 나가지 않았다면 연애에 서툰 도모미는 평생 독신이었을 확률이 높다. 사오리도 마찬가지이리라. 사오리는 착하고 성실하고 머리가 좋다. 게다가 남자 직원이 많은 직장에 다닌다. 그런데도 만나는 사람이 생기지 않는다. 하지만 주변에서 조금만 손을 내밀어주면 인생이 달라질 것이다. 옛날에는 이웃이나 친척, 형제자매, 직장 상사가 사랑의 큐피드 역할을 했다.

"난 말이에요, 남자에게서 언뜻 보이는 못된 성미나 버릇을 절대 놓치지 않을 자신이 있어요." 지금도 에미의 말이 가끔 생각날 때가 있다. 불행한 결혼을 하지 않기 위해서라도 부모의 안목은 중요한 역할을 한다. 물론 원하지 않는다면 억지로 결혼할 필요는 없다. 하지만 결혼하고 싶다면, 주변까지 가세해 과감하게 도전해야 한다. 사람은 누구나 순식간에 나이를 먹는다. 나중에 후회하지 않도록 할 수 있는 만큼 최선을 다해야 한다. 과잉보호니 나잇살이나 먹은 사람이 어쩌고 하는 말은 신경 쓸 필요 없다. 왜냐하면 단 한 번뿐인, 무엇과도 바꿀 수 없는 인생이니까.

"괜찮아. 어렵지 않아. 원래 오늘은 야근할 생각도 없었고."

"정말요? 감사합니다. 엄마도 좋아하실 거예요."

사오리의 얼굴이 반짝반짝 빛났다.

"지금 바로 레스토랑을 예약할게요. 후쿠다 씨는 무슨 음식 좋아하세요? 저희 모녀를 지도해주시는 거니 제가 대접하겠습니다."

"그래? 미안하네. 그럼 애써 마련한 자리니까 깜짝 놀랄 만큼 고급스러운 식당으로 예약해줄래?"

지카코의 말투가 이상했는지 사오리는 웃음을 터뜨렸다. 농담으로 한 말이 아닌데.

"그런데 그 후로 지지는 어떻게 됐는지 알아?"

지지의 실수로 은행 온라인 시스템이 마비된 뒤, 지지는 한 번도 출근하지 않았고 퇴사 절차도 우편으로 끝냈다.

"소문에 의하면 결혼한 모양이에요."

"그래? 그렇구나……."

얼마 전까지도 후카자와와 시시덕거렸으면서.

"어떤 남자랑?"

"미팅에서 만난 잘생긴 치과 의사래요. 후카자와 씨는 실패했지만, 어디를 가도 남자들이 내버려두지 않을 테니까요."

"……응, 그렇구나."

남자와 여자, 인생은 그런 것이다. 사람은 태어날 때부터 누구나 평등하다고 헌법에 적혀 있지만, 이성으로부터의 인기에 대해서 만큼은 통하지 않는 말 같다.

옮긴이 | 서라미

20대 끝물에 번역을 시작했다. 책도 좋고 외국어도 좋고 읽고 쓰는 일도 좋지만 행복은 짧은 법, 지금 번역하는 책이 마지막일 것 같은 싸늘한 예감에 늘 시달린다. 어쩌다 30대 끝물인 지금까지 번역 일을 이어오고 있지만 언제까지 연명할 수 있을지 알 수 없다. 번역에서 받은 스트레스를 뜨개로 풀다가 『아무튼, 뜨개』를 썼고, 『해도 해도 너무하시네요』 『왜 함부로 만지고 훔쳐볼까?』 『일상의 악센트』 외 다수의 책을 우리말로 옮겼다. 현재 바른번역에서 출판 번역가로 활동 중이다.

우리 애가 결혼을 안 해서요

초판 1쇄 인쇄 2021년 3월 12일
초판 1쇄 발행 2021년 3월 25일

지은이 가키야 미우
옮긴이 서라미
펴낸이 유정연

책임편집 김경애 **기획편집** 장보금 신성식 조현주 김수진 백지선 **디자인** 안수진 김소진
마케팅 임충진 임우열 박중혁 정문희 김예은 **제작** 임정호 **경영지원** 박소영

펴낸곳 흐름출판(주) **출판등록** 제313-2003-199호(2003년 5월 28일)
주소 서울시 마포구 월드컵북로5길 48-9
전화 (02)325-4944 **팩스** (02)325-4945 **이메일** book@hbooks.co.kr
홈페이지 http://www.hbooks.co.kr **블로그** blog.naver.com/nextwave7
출력 · 인쇄 · 제본 상지사 **용지** 월드페이퍼(주) **후가공** (주)이지앤비(특허 제10-1081185호)

ISBN 978-89-6596-432-2 03830

• 흐름출판은 독자 여러분의 투고를 기다리고 있습니다. 원고가 있으신 분은 book@hbooks.co.kr로
   간단한 개요와 취지, 연락처 등을 보내주세요. 머뭇거리지 말고 문을 두드리세요.
• 파손된 책은 구입하신 서점에서 교환해 드리며 책값은 뒤표지에 있습니다.